U0083877

古典詩歌研究彙刊

第一輯

龔鵬程 主編

第 11 冊

初唐前期詩歌研究

林 于 弘 著

國家圖書館出版品預行編目資料

初唐前期詩歌研究／林于弘 著 — 初版 — 台北縣永和市：花
木蘭文化出版社，2007〔民 96〕

序 2+ 目 2+198 面；17×24 公分
（古典詩歌研究彙刊 第一輯；第 11 冊）
ISBN-13：978-986-7128-92-8（全套：精裝）
ISBN-13：978-986-7128-82-9（精裝）
1. 中國詩－歷史－唐（618-907）2. 中國詩－評論
820.9104   96003135

ISBN - 9867128829

9 789867 128829

古典詩歌研究彙刊
第一輯　第十一冊   ISBN：978-986-7128-82-9

初唐前期詩歌研究

作　　者　林于弘
主　　編　龔鵬程
出　　版　花木蘭文化出版社
發 行 所　花木蘭文化出版社
發 行 人　高小娟
聯絡地址　台北縣永和市中正路五九五號七樓之三
　　　　　電話：02-2923-1455／傳真：02-2923-1452
電子信箱　sut81518@ms59.hinet.net
初　　版　2007 年 3 月
定　　價　第一輯 20 冊（精裝）新台幣 28,000 元

初唐前期詩歌研究

林于弘 著

作者簡介

林于弘，一九六六年生，台北市人。輔仁大學中文研究所碩士，國立台灣師範大學國文研究所博士。曾任國小、國中、高職及大專教師十餘年，現為國立台北教育大學語文與創作學系教授兼主任，學術專長為語文教學及現當代台灣文學。文學創作則以新詩為主，並兼涉散文、評論及傳統詩。作品曾獲：優秀青年詩人獎、教育部文藝創作獎、臺灣省文學獎、聯合報文學獎、中央日報文學獎、時報文學獎等重要獎項，並入選各類文學選集。著有詩集：《進化原理》、《文明併發症》，論文：《臺灣新詩分類學》、《九年一貫國語教科書的檢證與省思》，另編有：《應酬文書》、《大專國文選》、《現代新詩讀本》等書。

提　　要

　　初唐前期起自高祖武德元年（西元六一八年），迄於高宗龍朔三年（西元六六三年），前後共計約有四十六年，不論就作者或作品言，皆有其重要價值與代表意義。

　　事實上，初唐前期之詩壇一方面上承六朝以降之傳統，同時也下啟唐詩之全面發展與興盛，在整個詩學的成長發展上，是佔有承先啟後、繼往開來的重要地位。

　　故本論文即以《全唐詩》及《全唐詩補編》為主要資料來源，採用社會學的方法，著重量化之統計，與實際現象之分析批評，同時兼顧內外在之種種相關因素，來加以探究。

　　本文前後合計約有二十餘萬字，共劃分為九章。

　　第一章為「序論」，敘述研究動機與研究目的，以及資料的運用及相關的研究方法與態度。第二章為「初唐之社會背景與學術文學」，其中之社會背景又分成政治架構、經濟環境及教育發展等三個層面來探討；而學術文學之部份，則以探討當時之學術發展與文學概況為主。第三章為「唐詩之分期」，除論述各家之分期說之外，亦對初唐前期之起迄年代詳細加以界定。第四章為「初唐前期詩人之生平經歷」，在此分別依詩人卒年之先後順序，歸入高祖、太宗、高宗等三節。至於年次欠詳，以及僧道、外籍人士、仙鬼等，亦分別歸入第四、第五節，最後並略加歸納結論。第五章為「初唐前期詩歌之內容」，在此則以作品之內容差異為準，共劃分為：奉和應答、宮體閨怨、邊塞寫實、詠讚述懷、田園山水、及說理諧謔等六大節、其下再分別細分為十六小類，以呈顯當時詩歌作品之主要內容。第六章為「初唐前期詩歌之形式」，分別就詩歌體制、修辭技巧與修辭特色等三大項目，敘述初唐前期詩歌在形式上所展現的種種特色。第七章為「初唐前期詩歌之風格」，藉由作品的實際分析與研究，歸納出初唐前期詩歌之特殊風格。第八章為「初唐前期詩歌之成就及影響」，以討論初唐前期詩歌的種種成就，以及在傳承及開拓上的廣泛影響。第九章為「結論」，總結以上論述，並提出研究之心得與成果。篇末並隨附參考書目。

目 錄

自 序

　　初唐前期起自高祖武德元年（618 年），迄於高宗龍朔三年（663
年），前後共計約有四十六年，不論就作者或作品言，皆有其重要價
值與代表意義。

　　事實上，初唐前期詩壇一方面上承六朝以降之傳統，同時也下啓
唐詩全面發展與興盛，在整個詩學的成長發展，是佔有承先啓後、繼
往開來的重要地位。

　　本研究即以《全唐詩》及《全唐詩補編》為主要資料來源，採用
社會學的方法，著重量化之統計，與實際現象之分析批評，同時兼顧
內外在之種種相關因素，並加以探究。全文合計約有二十萬字，共劃
分為九章。

　　第一章為「緒論」，敘述研究動機與研究目的，以及資料的運用
及相關的研究方法與態度。

　　第二章為「初唐之社會背景與學術文學」，其中之社會背景又分
成政治架構、經濟環境及教育發展等三個層面來探討；而學術文學之
部份，則以探討當時之學術發展與文學概況為主。

　　第三章為「唐詩之分期」，除論述各家之分期說之外，亦對初唐
前期之起迄年代詳加界定。

　　第四章為「初唐前期詩人之生平經歷」，在此分別依詩人卒年之

先後順序，歸入高祖、太宗、高宗等三節。至於年次欠詳，以及僧道、外籍人士、仙鬼等，亦分別歸入第四、五節，最後並略加歸納結論。

第五章為「初唐前期詩歌之內容」，在此則以作品之內容差異為準，共劃分為：奉和應答、宮體閨怨、邊塞寫實、詠讚述懷、田園山水、說理諧謔等六節、其下再細分為十六小類，以呈顯當時詩歌作品之主要內容。

第六章為「初唐前期詩歌之形式」，分別就詩歌體制、修辭技巧與修辭特色等三大項目，敘述初唐前期詩歌在形式上所展現的種種特色。

第七章為「初唐前期詩歌之風格」，藉由作品的實際分析與研究，歸納出初唐前期詩歌之特殊風格。

第八章為「初唐前期詩歌之成就及影響」，以討論初唐前期詩歌的種種成就，以及在傳承及開拓的廣泛影響。

第九章為「結論」，總結前列論述，並提出研究之心得與成果，篇末並隨附參考書目。

《初唐前期詩歌研究》為筆者於民國八十四年十二月所撰寫完成的碩士論文，本書係根據該論文重新排版，除了校正明顯的錯誤之外，基本上是保存當年的原貌，以茲留念。回首輕狂年少，仰瞻無涯學海；白駒過隙匆匆，徒留華髮寸寸；萬千紅塵落盡，一盞孤燈長存。

民國九十六年二月林于弘謹識於台北教育大學

第一章　緒　論

第一節　研究動機與研究目的

顧炎武曰：「三百篇之不能不降而楚辭，楚辭之不能不降而漢魏，漢魏之不能不降而六朝，六朝之不能不降而唐也，勢也。用一代之體，則必似一代之文，而後爲合格。」〔註1〕王國維亦曰：「凡一代有一代之文學，楚之騷，漢之賦，六代之駢語，唐之詩，宋之詞，元之曲，皆所謂一代之文學，而後世莫能繼焉者也。」〔註2〕在歷朝諸代之中，皆有其最具代表性的文學形式與作品，來和時代相呼應，成爲時代的特色。

而詩即爲唐代文學中最具有代表性的文學，其論述者歷來多矣。而在有唐二百九十年的漫長歷史中，唐詩的發展實亦跟隨時局的演繹而有著不同的變化。是以分期的研究，實屬必要。然近代以來，學者大多依明代高棅之《唐詩品彙》，區分唐詩爲：初唐、盛唐、中唐、晚唐等四個時期。然在此四期之中，以論述後三期之學者爲多，初唐則乏人問津，縱有論述，亦偏重於部份作者或作品。事實上，初唐起自高祖武德元年（618年），迄於睿宗太極元年（712年），

〔註 1〕見顧炎武《日知錄》卷二二〈詩體代降〉。
〔註 2〕見王國維《宋元戲曲考》〈自序〉。

共計約為 95 年的時間，佔有全唐三分之一左右的時間，在作者與作品的數量上，亦有相當的可觀之處，故對於此時期的詩人與詩作，實仍有相當的研究價值。然一般學者對於此段詩學的研究重心，通常都以「初唐四傑」、「文章四友」、陳子昂，或者沈佺期、宋之問等人為代表，實在是有所偏廢的。按以上諸位詩人之生卒年約略如下：

王　勃（650 年～676 年）。

楊　炯（650 年～692 年）。

盧照鄰（644 年～683 年）。

駱賓王（650 年～684 年）。

李　嶠（644 年～713 年）。

杜審言（647 年～706 年）。

蘇味道（650 年～707 年）。

崔　融（653 年～706 年）。

陳子昂（661 年～702 年）。

沈佺期（656 年～712 年）。

宋之問（656 年～713 年）。

由以上諸位詩人的生卒年代可以清楚發現，這些代表作家的出生年代最早也是在唐太宗貞觀十八年（644 年），故這些作家所活躍的時期，主要也應該是在高宗初年以後，大約是在西元 663 年前後的時間，甚至更晚。因此，這些作家所能代表的時代性，只能算是初唐的「後半期」。而真正屬於初唐「前半期」的代表作者，應該是以唐太宗君臣及其相關之詩人為主的。如：

唐太宗（598 年～649 年）。

虞世南（558 年～638 年）。

李百藥（565 年～648 年）。

魏　徵（580 年～643 年）。

上官儀（608 年～663 年）。

王　績（585 年～644 年）。

王梵志（590 年～660 年）。

這些屬於初唐前半期的詩人們，他們的出生都是在隋代以前，而在初唐的武德、貞觀年間，成爲詩壇的主流，甚或延續到高宗的前期以後。他們的生平和作品雖然鮮爲人論，但不論在詩作的質與量上，均足與初唐後半期之作者或作品相抗衡。以唐太宗君臣爲主的宮廷詩人，加上王績、王梵志等代表不同階層的詩人們，各自在不同的基素上成熟發展。他們不僅向上繼承了六朝以降對於詩學的內容、形式與技巧上的優良傳統，同時對於前代的詩學理論也有更爲堅實的架構，在如此有利的情況下，也啓發了日後唐代詩學的輝煌成就。所以初唐前期的詩人與作品，對於整個唐詩的興盛與發展，實佔有樞紐的地位，故對於此一時期的詩家與作品，實有重新深入探析的必要。故本文即以此爲論證基準，配合時代因素的推展，實際加以統計、分析與考查，並以作者和作品爲本位，做更進一步的研究，以期明瞭初唐前期詩歌的成就與發展，及對整個唐詩開拓所造成的影響。

第二節　資料運用與研究方法

關於本文之研究素材，係以《全唐詩》十二冊，以及《全唐詩續拾》三冊爲主，並在必要時輔以其他新發現之相關資料。

《全唐詩》係由清聖祖敕編，由江寧織造通政使司通政使曹寅，於揚州天寧寺開局編纂。參與者計有：彭定求、沈三曾、楊中訥、潘從律、汪士鋐、徐樹本、車鼎晉、汪繹、查嗣瑮、俞梅等十人。主要內容係以明人胡震亨之《唐音統籤》與清初錢謙益等之《唐詩纂》增益而成，又旁採殘碑斷碣、稗史雜書，總結而成。其編排次序爲：「冠以帝王后妃、郊廟樂章，次以樂章樂府，殿以聯句、逸句、名媛、僧道、外國、仙神、鬼怪、諧謔及諸雜體。其餘皆以作者先後爲次，而以補遺六卷，詞十二卷別綴卷末。」〔註 3〕是書之編校始自康熙四十

〔註 3〕見《四庫全書》〈總目〉。

四年（1705 年），而次年十月一日即告完成，歷時僅一年又五月，全書共計九百卷，載有詩人二千二百餘人，詩作四萬八千九百餘首。

然僅以此有限的時間，完成此一鉅作，則疏漏必在所難免。故早在乾隆之時，日本上毛河世甯，即以彼邦之資料，輯錄《全唐詩佚》三卷。現行之《全唐詩》，亦多以此資料附於篇末。

此後，對於《全唐詩》的增補工作仍持續進行。《全唐詩外編》及《全唐詩續拾》即爲最主要之增補書籍。

《全唐詩外編》概分爲六編，第一、二編是由王重民所輯錄的〈補全唐詩〉和〈敦煌唐人詩集殘卷〉，第三編則是孫望所輯錄的〈全唐詩補逸〉二十卷，第四編則爲童養年輯錄的〈全唐詩續補遺〉二十一卷，第五編則是由王重民輯錄，劉修業整理的〈補全唐詩拾遺〉，第六編爲潘重規先生的〈補全唐詩新校〉，以及劉兆祐先生的〈清康熙御製全唐詩底本及相關問題之探討。該書於民國 72 年（1983 年），由台灣的木鐸出版社印行。

此外，大陸的中華書局也於一九九二年出版《全唐詩補編》，內容除包括原有之《全唐詩外編》一冊之外，另有新增之《全唐詩續拾》兩冊，合計三冊。但此版之《全唐詩外編》部份，則將原先第二編之《敦煌唐人詩集殘卷》，換由劉脩業整理的《補全唐詩拾遺》代替，（見王重民《敦煌遺書論文集》，中華書局 1984 年版），並與原第一編合併，統稱爲第一編。此外，又將《中華文史論叢》於 1984 年第二輯刊載的《敦煌唐人詩集殘卷考釋》，作爲本編的附錄。第二編爲《全唐詩補逸》，第三編爲《全唐詩續補遺》則大致保留原貌，只做校訂的工作。至於第二、三冊則爲《全唐詩續拾》六十卷，由陳尚君所輯校，新補錄作者逾千人，詩四千三百餘首，殘句千餘則。這對於唐詩的整理與研究工作上，可以說是有很大的貢獻。該書於 1992 年 10 月，由北京的中華書局印行。

本研究在資料的運用上，係以木鐸出版社之《全唐詩》十二冊爲主，另配合中華書局之《全唐詩補編》三冊來蒐補遺佚，以求完備，

必要時，再輔以其他的參考資料。

　　另外，在研究的理論基礎，則是採用社會學的方法。至於在研究的過程中，著重於量化的統計及現象之分析批評為主，並同時兼顧內在與外在之因素，務求以切實的證據來解釋當時的真確現象。

第二章　初唐之社會背景與學術文學

第一節　初唐之社會背景

　　隋大業十三年（617年）五月，李淵於晉陽（今山西太原）起兵，隨後便以穩健的策略，逐步地拓展自己的勢力。義寧二年（618年）三月，煬帝在江都被殺，五月，恭帝禪位，於是李淵自即帝位，改元武德，國號唐，是為唐高祖。〔註1〕

　　高祖武德二年（619 年），隋朝在名實兩方面均已宣告終結，但是當時與唐室並起的群雄，卻仍是擁兵自重，各據一隅。如盤踞在河北山東的竇建德、徐圓朗，江北、淮南的杜伏威，兩湖的蕭銑，陝北的梁師都，甘肅的薛舉，山西的劉武周，河南的王世充等等，都野心勃勃地想逐鹿中原，或是裂地稱王。所以統一的大業，是一條艱困且漫長的路途，而終高祖之世，這一項艱鉅的工作卻仍沒有完成。直到貞觀二年（628 年），唐太宗派遣柴紹等討平梁師都以後，才算是徹

〔註 1〕《資治通鑑》卷一八五〈唐紀一‧武德元年〉，註曰：「唐，古國名。陸德明曰：周成王母弟叔虞封於唐，其地帝堯、夏禹所都之墟。漢曰太原郡，在古冀州太行、恆山之西，太原、太岳之野。李唐之先，李虎與李弼等八人佐周伐魏有功，皆為柱國，號八柱國家。周閔帝受魏禪，虎已卒，乃追錄其功，封唐國公，生子昺，襲封。昺生淵，襲封，起兵克長安，進封唐王，遂受周禪，國因號曰：唐。」

底平定群雄，統一中國。

不過唐代帝國的統一工作，雖然要到太宗時代才算全部完成，但事實上，在武德七年（624 年）以後，唐朝宗室所控制的局勢已大致穩固，所剩下的殘餘割據勢力早已不足爲憂，但是諸子爭奪皇位繼承權的問題，卻是日趨嚴重。武德九年（626 年），「玄武門之變」發生以後，高祖遂禪位給次子世民，退居後宮，自號爲太上皇，不再過問朝政。而世民即位之後，改元爲「貞觀」，是爲唐太宗。唐太宗在位二十三年，其文治與武功的成就，均堪稱中國歷史上的極盛之至，後世史家遂稱此燦爛的時期爲「貞觀之治」。

太宗度量寬宏，納善從諫、關心吏治、體察民生，用人向無私心，唯才是任。所以能創造輝煌的盛世。他的名臣如房玄齡、杜如晦、李靖、魏徵等人，都能竭心盡力於政事，讓大唐帝國的根基益形穩固，而大唐制度的建立，也多成於太宗之手。

貞觀二十三年（649 年），太宗駕崩，九子李治即位，改元永徽（650 年），是爲高宗。而高宗也是在兄弟爭位的情況下，被妥協出來的皇位繼承者。高宗「幼而岐嶷端審，寬仁孝友。」〔註2〕即位之初，一方面有受命輔佐的長孫無忌、褚遂良等元老重臣的輔佐，〔註3〕同時高宗本人也能勵精圖治，故能有所建樹。是以「永徽之政，百姓阜安，有貞觀之遺風。」〔註4〕

不過這些美好的局面並沒有維持多久，原本是太宗才人的武則天，在永徽五年（654 年）重新被召入宮，同時很快地爭取到高宗的寵愛。「未幾大幸，拜爲昭儀。」〔註5〕次年，王皇后和蕭淑妃被

〔註2〕見《舊唐書》卷四〈高宗本紀〉。
〔註3〕《資治通鑑》卷一九九〈唐紀十五‧貞觀二十三年〉：載「（太宗）謂太子曰：『無忌、遂良在，汝勿憂天下。』」又《資治通鑑》卷一九九〈唐紀十五‧永徽元年〉：「無忌與遂良同心輔政，上亦尊禮二人，恭己以聽之。故永徽之政，百姓阜安，有貞觀之遺風。」
〔註4〕同註3。
〔註5〕見《資治通鑑》卷一九九〈唐紀十五‧永徽五年〉。

廢黜，武氏被冊立爲皇后。顯慶元年（656年），太子忠被廢，改立武后之子代王李弘爲皇太子，武后開始掌權。次年，韓瑗、來濟、褚遂良等具被貶斥。顯慶四年（659年）長孫無忌、柳奭、韓瑗等賢臣，俱遭武后殺害。麟德元年（663年）冬，已廢的太子忠被賜自盡，上官儀等下獄而死，朝士牽連甚多。此後大權盡入武后之手，乃與高宗並稱「二聖」。〔註6〕事實上，此時的高宗，早已成爲武后玩弄於股掌之上的政治傀儡。弘道元年（683年），高宗駕崩之後，武后遂改朝稱制，大權在握，開創出一番屬於她自己的嶄新局面。

在唐初的前三位君主中，草創基業的高祖因奔忙於軍事倥傯之際，無暇內顧，所以各方面的法制規章，多留待於太宗的手上完成。而高宗生性仁弱，後期又受制於武后，因此整個唐初的政治重心，實以太宗爲主。太宗一方面上承高祖的基業，開創出二十三年的「貞觀盛世」，另一方面也下啓高宗早期的「永徽之政」，所以整個初唐前期，大體上仍是呈現出四海昇平的景象。以下乃就政治、經濟、教育等三方面，分別敘論之。

一、初唐之政治結構

在政治架構上，唐代的中央政府組織仍因襲隋代的三省制，以三省並爲宰相之職，並詳確劃分三省的職掌。《新唐書・百官志》曰：「初唐，因隋制，以三省之長，中書令、侍中、尚書令，共議國政，此宰相之職也。其後以太宗曾爲尚書令，臣下避不敢居其職，由是僕射爲尚書省長官，與侍中、中書令號爲宰相。」〔註7〕，而關於三省首長的沿革，則是「唐武德初爲內史令，三年，改爲爲中書令，亦置二人。」〔註8〕是爲中書省的最高首長。又「唐初爲納言，武

〔註6〕《舊唐書》卷六〈則天皇后本紀〉曰：「帝自顯慶（656年～660年）以後，多苦風疾，百司表奏，皆委天后詳決。自此內輔國政數十年，威勢與帝無異，當時稱爲『二聖』。」

〔註7〕見《新唐書》卷四六〈百官志〉。

〔註8〕見馬端臨《文獻通考》卷五一〈中書令〉。

德四年，改爲侍中，亦置二人。」〔註9〕爲門下省的最高長官。尙書省雖有尙書令一人，但因太宗在即位之前曾爲此官，故以後遂改設左右僕射各一人，下轄有吏、戶、禮、兵、刑、工等六部及二十四司，負責推動各項工作。馬端臨曰：「按以三省爲宰相之司存，以三省長官爲宰相之職任，其說肇於魏晉以來，而其制定於唐。」〔註10〕於是「中書揆而議之，門下審而覆之，尙書承而行之」〔註11〕的三省制更加成熟。而在太宗時代，爲調和三省間的爭議，乃令三省長官於門下省合署議事，稱爲「政事堂」，用以協調三省之間的行政問題。〔註12〕

除去三省、六部、二十四司之外，唐代的中央尙有「掌邦國刑憲典章之政令，以肅正朝列」的御史臺，「掌邦國經籍圖書之事」的祕書省，「掌乘輿服御之政令」的殿中省，「掌在內侍奉、出入宮掖、宣傳制令」的內侍省，以及太常、光祿、衛尉、宗正、太僕、大理、鴻臚、司農、太府等九卿，以及少府、軍器、將作、都水、國子等五監，協助分理政事〔註13〕。

至於在地方組織上，唐初亦沿襲隋代的郡縣制度。高祖時改郡爲州，太宗因之。州設刺史，爲地方最高的行政長官，縣則稱爲縣令。貞觀元年（627 年），太宗再分天下爲關內、河南、河東、河北、山南、隴右、淮南、江南、劍南、嶺南等十道，而成爲道、州、縣三級的地方行政制度。

而在兵制上，唐代亦是採用隋代的府兵制而加以改良。事實上，唐代的府兵制乃是源於西魏北周，是種「寓兵於農」的徵兵制度。武德二年（619 年）七月，分關中爲十二道，置十二軍，「取象天官，

〔註 9〕見馬端臨《文獻通考》卷五〇〈侍中〉。

〔註10〕見馬端臨《文獻通考》卷四九〈職官考〉。

〔註11〕同註10。

〔註12〕《舊唐書》卷四三〈職官二・侍中〉載：「舊制，宰相常于門下省議事，謂之『政事堂』。」

〔註13〕見《唐六典》卷二三。

定其位號。」〔註14〕至貞觀時，改「統軍府」爲「折衝府」。貞觀十年（636 年），全國共設有六百三十四個折衝府，〔註15〕分屬於十二個衛和東宮六率，總兵力約有六十萬人。府兵制的優點是：「無事時耕於野，其番上者，宿衛京師而已，若四方有事，則命將以出，事解輒罷，兵散於府，將歸於朝。故士不失業，而將帥無握兵之重。」〔註16〕但王船山卻認爲：「府兵者，猶之無兵也，而特勞天下之農民于番上之中，是以不三十年，武氏以一婦人轉移唐祚于宮閨。」〔註17〕這種看法也是有相當的見解。而這項「兵農合一」的制度，也在基層制度的崩壞下，產生種種的弊病，等到玄宗以後，就逐漸被募兵的方式所取代了。

　　在刑律上，唐高祖入關之初，即「約法十二條，唯制殺人、劫盜、背軍、叛逆者死。」〔註18〕其餘隋末的苛法盡行廢除。高祖即位之後，又命劉文靜等制定「五十三條格」，隨後又命裴寂等撰定律令，大致是以「開皇律」爲主，在武德七年（624 年）頒行天下，計五百條，分爲十二卷，世稱「武德律」。貞觀十一年（637 年），太宗又任命長孫無忌、房玄齡修改「武德律」，改訂爲較客觀合理的「貞觀律」。而太宗在立法上以簡明、慎重、寬緩爲原則，同時重視道德的力量。事實上，在貞觀元年至四年（627 年～630 年）之間，「斷死刑天下二十九人，幾致刑措。」〔註19〕所以安定社會的力量，乃在於太宗持續改革唐律。等到高宗永徽年間，又命長孫無忌等修訂貞觀律，而成爲「永徽律」，又撰寫「唐律疏議」三十卷，加以逐條解釋。律疏於永徽三年頒行天下，從此斷獄者皆以此爲準，這也是目前所保存下來，最完整的古老法典之一。

〔註14〕見《唐大詔令集》卷一〇七〈置十二軍詔〉。

〔註15〕見《資治通鑑》卷一九四〈唐紀十・貞觀十年〉。

〔註16〕見《新唐書》卷五〇〈兵志〉。

〔註17〕見王夫之《讀通鑑論》卷二〇。

〔註18〕見杜佑《通典》卷一六五〈刑典・刑制下〉。

〔註19〕見吳兢《貞觀政要》卷八〈論刑法〉第三十一。

　　至於在外交策略上，唐朝初年，東突厥的侵擾一直是最嚴重的問題。隋末唐初，東突厥的勢力達到鼎盛。〔註20〕高祖起義太原，亦嘗遣劉文靜聘于始畢可汗，引以為援。及高祖即位，亦多加賞賜，優容相待。然自高祖武德三年（620 年）起，東突厥卻連年入寇，劫掠財貨女子，直至武德九年（626 年），東突厥才漸漸地衰弱。等到太宗即位以後，勵精圖治，同時也對於一再侵犯內地的東突厥，改採強硬的軍事行動。貞觀三年（629 年）冬，太宗派李靖等人領兵遠征，翌年大破東突厥，生擒頡利可汗，於是西域各藩王上書，尊太宗為「天可汗」。〔註21〕此後大唐帝國的勢力不斷提昇，而較遠的西突厥也在顯慶二年（657 年）被蘇定方平定，殘部勢力從此瓦解。

　　而在西域方面，太宗於貞觀九年（635 年）派遣李靖、侯君集等人，大破吐谷渾，貞觀十四年（640 年），又遣侯君集擊滅高昌等外族，統一西域，重新打通絲路的管道。但處於西方的吐番則從貞觀十二年（638 年）起開始寇邊，唐太宗再以侯君集等敗之。貞觀十四年，唐以文成公主和親，此後直到高宗龍朔三年（663 年），共有 23 年的時間，雙方始終維持著和平相處的狀態。

　　貞觀十九年（645 年），太宗又平焉耆，二十年破薛延陀，二十二年再破龜茲、天竺，伏契丹，武功之盛，可謂空前。但自貞觀十九年起對高麗的幾次軍事行動，卻都是師老無功，無法獲得決定性的勝利，直到高宗總章元年（668 年），才由李勣及薛仁貴討平，設立「安東都護府」，完成這一項艱困的軍事行動。唐初的國勢，在此已達到鼎盛。

　　總上而言，唐初堅實的政治架構，不僅穩定了社會的秩序，同時也壯大興盛了國家的聲威，在這些有利的條件下，的確是提供了唐朝詩學興盛的良好基礎。

〔註20〕《舊唐書》卷一九四〈突厥列傳上〉載：「東自契丹、室韋，西盡吐谷渾、高昌諸國，皆臣屬焉，控弦百餘萬，北狄之盛，未之有也，高視陰山，有輕中夏之志。」

〔註21〕見《新唐書》卷二〈太宗本紀〉，亦見《資治通鑑》卷一九三〈唐紀九‧貞觀四年〉，《唐會要》卷一○○〈雜錄〉。

二、初唐之經濟環境

　　唐初的執政者有鑑於前朝以賦役繁重，官吏貪求而覆亡，故在經濟上採取寬鬆的政策，去奢避靡，薄賦輕徭，以均田制安定人民，有效地提高生產的效能。

　　唐代的賦役制度也與隋代大同小異。武德二年（619 年），高祖頒租調令，規定「每丁租兩石，絹二匹，綿三兩，自茲以外，不得橫有調斂。」（註22）武德七年（624 年），均田制度頒行，於是度土地之肥瘠寬狹而居，計口以授田。根據《資治通鑑》上的記載：「初定均田，租庸調法。丁中之民，給田一頃，篤疾減什之六，寡妻妾減七，皆以什之二爲世業，八爲口分。每丁歲入租，粟兩石。調隨土地所宜，綾、絹、絲、布。歲役兩旬，不役則收其庸，日三尺。有事而加役者，旬有五日，免其調，三旬，租調俱免。水旱蟲霜爲害，什損四以上免租，損六以上免調，損七以上課役俱免。……男女始生爲黃，四歲爲小，十六爲中，二十爲丁，六十爲老，歲造記帳，三年造戶籍。」（註23）於是：「有田則有租，有家則有調，有身則有庸，天下法制均一。」（註24）這種政府爲民置產，然後因其所得所有而課徵稅賦的方法，實兼具公平合理與簡便易行的良好原則。

　　在此種經濟制度的施行下，使得國家的荒地得以開拓，農業的生產得以重興，人民的收入增加，使整個國家的經濟基礎能持續穩固的發展。根據調查統計，武德年間，全國僅有二百餘萬戶，但是到了永徽元年，便已增加到三百八十萬戶（註25）。《新唐書·食貨志》曰：「貞觀初，戶不及三百萬，絹一匹易米一斗，至四年，米一斗四五錢，外戶不閉者數月，馬牛被野，人經千里不齎糧，民物蕃息，四夷來降附者百二十萬。」（註26）《貞觀政要》亦云：「商野旅次，

〔註22〕見《資治通鑑》卷一八七〈唐紀三·武德三年〉。

〔註23〕見《資治通鑑》卷一九〇〈唐紀六·武德七年〉。

〔註24〕見《新唐書》卷五二〈食貨志〉。

〔註25〕見杜佑《通典》卷七〈食貨典·歷代盛衰戶口〉。

〔註26〕見《新唐書》卷五一〈食貨志〉。

無復盜賊，囹圄常空。馬牛布野，外戶不閉。又頻致豐稔，米斗三四錢，行旅自京師至於嶺表，自山東至於滄海，皆不齎糧，取給於路。入山東村落，行客經過者，必厚加供待，或發時有贈遺，此皆古昔未有也。」﹝註27﹞而由農業的發達，相對地也帶動了工商業的繁榮興盛，同時這也為文學的發展，提供了堅實有力的穩固基礎。

三、初唐之教育發展

唐代的學校制度主要也是承襲自南北朝以降的舊制，並加以擴大充實。唐代在中央設有六學二館，所謂「有六學焉。一曰：國子，二曰：太學，三曰：四門，四曰：律學，五曰：書學，六曰：筭學。」﹝註28﹞《新唐書》亦曰：「凡學六，皆隸于國子監。國子學生三百人，……太學生五百人，……四門學生一千三百人，律學生五十人，書學生五十人，算學生三十人。」﹝註29﹞六學的學生，皆由尚書省選補，並可依次遞升。其中四門學生畢業後，可以升入太學，太學生畢業後，則可以升入國子學。

而除了中央六學之外，尚有弘文與崇文等二館，弘文館隸屬門下省，學生三十人，崇文館則屬東宮，學生二十人，此二館所收之生徒，皆為皇親國戚高官顯貴之子弟，是純粹的貴族學校。

至於在地方上，早在唐高祖武德元年（618 年）五月，即詔令地方建置官學﹝註30﹞，於州縣也設有州縣學，所謂「京都學生八十人，大都督府、中都督府、上州各六十人，下都督府、中州各五十人，下州四十人，京縣五十人，上縣四十人，中縣、中下縣各三十人，下縣二十人。」﹝註31﹞至於州縣的學生，則由地方長官來挑選。

唐代的教育建設雖始於武德之世，但大盛則在貞觀以後。貞觀

﹝註27﹞見吳兢《貞觀政要》卷一〈論政體〉第二。
﹝註28﹞見《唐六典》卷二一〈國子監〉。
﹝註29﹞見《新唐書》卷四四〈選舉志上〉。
﹝註30﹞見王溥《唐會要》卷三五。
﹝註31﹞見《新唐書》卷四四〈選舉志上〉。

二年（628 年）「詔停周公爲先聖，始立孔子廟堂爲國學，稽式舊典，以仲尼爲先聖，顏子爲先師。」〔註32〕此後，遂確定儒學的尊崇地位。貞觀四年（630 年），太宗又以「儒學多門，章句繁雜，詔國子祭酒孔穎達與諸儒，撰定《五經義疏》凡一百七十卷，名曰《五經正義》，令天下傳習。」〔註33〕，如此遂使五經的地位益形穩固。而在教育的具體建設上，當時太宗亦曾大徵天下名儒爲學官。《唐摭言》曰：「貞觀五年以後，太宗數幸國學，遂增築學舍一千二百間，增置學生凡三千二百六十員。」〔註34〕而當時四夷君長皆遣子弟入學，可謂是盛況空前。《新唐書·儒學傳》亦云：「是時四方儒士，多抱負典籍，雲會京師。俄而高麗及百濟，新羅、高昌、吐蕃等諸國酋長，亦遣子弟請入於國學之內。鼓篋而升講筵者，八千餘人，濟濟洋洋焉。儒學之盛，古昔未之有也。」〔註35〕

高宗即位之初，也相當關心教育。永徽二年（651 年），詔長孫無忌等人修訂完成《五經正義》，同時也推行官學的建設。不過在武后掌握政權以後，整個教育的環境便逐漸衰微。光宅二年（685 年），陳子昂上書云：「而不知國學太學之廢，積以歲月久矣，學堂蕪穢，略無人蹤，詩書禮樂，罕聞習者。」〔註36〕聖歷二年（699 年），韋嗣立上〈請崇學校疏〉亦曰：「國家自永醇以來，二十餘載，國學廢散，胄子衰缺，時輕儒學之官，莫存章句之選。」〔註37〕，當時官學之殘破可見一斑。

而唐朝在取士的標準上，雖有館學、鄉貢、制舉等不同的途徑，但仍以科舉爲主。在隋代所創立的科舉制度，至唐初仍沿襲之。《新唐書·選舉志》曰：「唐朝取士之科，多因隋舊，然其大要有三：由

〔註32〕見吳兢《貞觀政要》卷七〈崇儒學〉第二十七。
〔註33〕見《舊唐書》卷一八九〈儒學傳序〉。
〔註34〕見王定保《唐摭言》卷一〈兩監〉。
〔註35〕見《舊唐書》卷一八九〈儒學傳上〉。
〔註36〕同註33。亦見《冊府元龜》卷六〇四〈學校部·奏議三〉。
〔註37〕見《全唐文》卷二三六。

學館者曰生徒，由州舉者曰鄉貢，皆生于有司而進退之。」〔註38〕至太宗時代，爲求進一步加強中央集權，抑制當時的門閥士族，所以更積極地推行科舉考試。科舉的項目雖然繁多，但以明經、進士兩科最爲重要，特別是進士科，因爲進士的名額少，錄取率低，故尤爲時人所重。《唐摭言》曰：「進士科，始於隋大業中，盛于貞觀、永徽之際，縉紳雖位極人臣，不由進士者，終不爲美。以至歲貢，常不減八九人，其推重者謂之：『白衣公卿』，又曰：『一品白衫』。其艱難謂之：『三十老明經，五十少進士。』」〔註39〕《文獻通考》亦云：「唐眾科之目，進士爲尤貴，而得人亦最盛。」〔註40〕是以在貞觀、永徽之後，進士已成爲一支獨秀，宰相出身於進士者，十有八九。所謂：「縉紳雖位極人臣，不由進士者，終不爲美。」唐高宗時的宰相薛元超就說：「吾不才，富貴過分，然平生有三恨：始不以進士擢第，娶五姓女，不得修國史。」〔註41〕所以進士的身份，遂成爲當時士子立志追求的主要人生目標。

　　至於科舉考試的內容，唐初的進士科試時務策五道，帖一大經。高宗永隆二年（681 年），始加考詩賦各一篇。從此以後，進士考試雖分成三大部分，但是卻都以詩賦爲重。

　　由此可見，科舉考試內容改以詩賦雖和初唐前期的詩歌的關係不大，但對於日後唐詩的獨盛，卻是功不可沒的。楊萬里曰：「詩至唐而盛，至晚唐而工。蓋當時以此設科而取士，士皆爭竭其心思而爲之，故其工後無及焉。」〔註42〕嚴羽亦云：「或問：『唐詩何以勝我朝？』唐以詩取士，故多專門之學，我朝之詩，所以不及也。」〔註43〕李東陽亦曰：「唐以詩取士，畿甸之地，王化所先，文軌車書所聚，雖欲

〔註38〕同註31。
〔註39〕見王定保《唐摭言》卷一〈散序進士〉。
〔註40〕見馬端臨《文獻通考》卷二九〈選舉二〉。
〔註41〕見劉餗《隋唐嘉話》卷中。（引自《顧氏文房小說》，頁27。）
〔註42〕見楊萬里《誠齋集》卷七九〈黃御史集序〉。
〔註43〕見嚴羽《滄浪詩話》〈詩評七〉。

其不能，不可得也。」〔註44〕所以詩賦能壓倒時務、帖經，成為進士科取決的重要部份，的確對唐詩的興盛有決定性的影響。

第二節　初唐之學術發展與文學概況

一、初唐之學術發展

　　隋朝建立之後，由於政治的逐漸穩定，整體的經濟民生也開始有復甦的跡象，於是文化典籍的收錄保存，又重新被重視。當時的祕書監牛弘嘗上書曰：「臣以經書，自仲尼以後，迄於當今，逾千載，數遭五厄，興集之期，屬膺盛世。……今祕藏見書，亦足批覽，但一時載集，須令大備，不可王府所無，私家乃有。然士民殷雜，求訪難知，多懷吝惜。必須勒之以天威，引之以微利，若猥開明詔，兼發購賞，則異典必臻。觀閣所積，重道之風，超於前世，不亦善乎？」〔註45〕文帝然之。於是「開皇三年，祕書監牛弘，表請分遣使人，搜訪異本，每書一卷，賞絹一匹，校寫既定，本即歸主，於是民間異書，往往間出。」〔註46〕等到開皇八年（588 年）八月，文帝遣高熲、王韶等人伐陳，次年正月，賀若弼、韓擒虎攻入建康，陳亡。是時「裴矩領元帥記室，既破丹陽，晉王廣與高熲，收陳圖籍。」〔註47〕於是「及平陳以後，經籍漸備，檢其所得，多太建時書。」〔註48〕於是在整個南北統一之後，關於典籍的收藏上，便有相當大的進展。《玉海》曾記載：「隋西京嘉則殿有書三十七萬卷，煬帝命祕書監柳顧言等詮次，除其重覆猥雜，得正御本三萬七千餘卷，納於東都修文殿。」〔註49〕由此可見，隋代在經籍的訪求整理上，也是有不小的貢獻。

〔註44〕見李東陽《懷麓堂詩話》。（引自《歷代詩話續編》，頁 1377。）
〔註45〕見《隋書》卷四九〈牛弘傳〉。
〔註46〕見《隋書》卷三二〈經籍志〉。
〔註47〕見《太平御覽》卷六一九引。
〔註48〕同註 46。
〔註49〕見王應麟《玉海》卷五十一。

　　但是經過隋末的戰亂，古籍散失毀壞的情形也是相當的嚴重。《舊唐書‧經籍志》云：「隋氏建邦，寰宇一統。煬皇好學，喜聚逸書。而隋書簡編，最爲博洽。及大業之季，喪失者多，此言但舉其近者而言，何況唐興以後，更有意外之劫？」〔註50〕如「武德三年，克平僞鄭，盡收其圖書及古蹟焉。命司農少卿宋遵貴，載之以船，泝河西上，行經砥柱，多被漂沒，其所存者，十不一二。」〔註51〕所以在唐朝開國之初，典籍的收藏整理仍是力有未逮的。

　　此後，直到「武德五年，時承喪亂，經籍亡逸。德棻奏稱購募遺書，重加錢帛，增置楷書令繕寫。數年之間，群書略備。」〔註52〕等到唐太宗的時代，又曾下令蒐購群書。《舊唐書‧經籍志》云：「貞觀中，令狐德棻、魏徵相次爲祕書監，上言經籍亡佚，請行購募，並奏引學士校定，群書大備。」〔註53〕《新唐書‧藝文志》亦曰：「購天下書，選五品以上子孫工書者爲書手，繕寫藏於內府，以官人掌之。」〔註54〕而胡應麟更詳細地說：「太宗初即位，即置弘文館，聚書二十餘萬卷，選天下文學之士虞世南、褚亮、姚思廉、歐陽詢、蔡允恭、蕭德言等，以本官兼學士，更日宿直，至夜分乃罷。又取三品以上子孫，充弘文館學生，據是時尚未改武德年號也。太宗甫定內難，即留意經籍如此，而馬氏《通考》，獨逸茲事，故詳載之。案弘文館書至二十萬卷，則自隋三十七萬卷外，僅再睹耳。」〔註55〕由於唐太宗對於典籍的保護與蒐藏，也使得此一時期的學術文化能夠迅速地復興，同時也相對的帶動了文學的發展。

　　此外，木刻印書雖源起於隋唐之際，然是時在技巧及應用上似乎尚未成熟風行，故典籍多假手錄，於是訛誤甚夥。而在唐代統一

〔註50〕見《舊唐書》卷四六〈經籍志上〉。
〔註51〕同註46。
〔註52〕見《舊唐書》卷七三〈令狐德棻傳〉。
〔註53〕同註50。
〔註54〕見《新唐書》卷五七〈藝文志一〉。
〔註55〕見胡應麟《少室山房筆叢》卷一〈經籍會通〉。

之後，積極推行教育與科舉考試，故經義的統一，也成爲學術文化的重要工作。當時「唐太宗以儒學多門，章句繁雜，詔國子祭酒孔穎達與諸儒撰定《五經義疏》，凡一百七十卷，名曰《五經正義》，令天下傳習。永徽四年，頒孔穎達《五經正義》於天下，每年明經依此考試，自唐至宋，明經取士，皆遵此本。」〔註56〕由此可見其影響之深遠。而由於經義的統一，直接地促成學術的興盛與發展，連帶也使得當時的文壇產生蓬勃的嶄新朝氣。

　　而在經學統一的同時，設局修纂前代史事的工作，亦在積極的進行當中。《舊唐書·令狐德棻傳》曰：「德棻從容言於高祖曰：竊見近代以來，多無正史，梁陳及齊猶有文籍，至周隋遭大業雜亂，多有遺闕。當今耳目猶接，尚有可憑，如更十數年後，恐事跡湮沒。陛下既受周禪於隋，復承周氏歷數，國家二祖，功業並有周時，如文史不存，何以貽鑑今古？如臣愚見，並請修之，高祖然其奏。」〔註57〕於是遂命蕭瑀等纂修梁、陳、北齊、北周、隋等諸代史，歷數年而未成。等到太宗即位以後，又繼續推動修撰史書的工作。貞觀三年（629年）「移史館于門下省北，宰相監修」，「及大明宮成，置史館于門下省之內」〔註58〕貞觀十年（636年），魏徵、姚思廉、李百藥、令狐德棻等人撰成隋、梁、陳、北齊、周等五代史。貞觀二十年（646年），太宗又頒發了〈修晉書詔〉，詔書中詳載修撰的要點是：「詮次舊聞，裁成義類，俾夫湮沒之誥，咸成發明，其所需可依五代史故事。」而爲了表現重視的程度，太宗還親自撰寫了〈晉宣帝論〉、〈晉武帝論〉、〈陸機論〉、〈王羲之論〉等四篇史論。除此之外，如李延壽私撰的《南史》與《北史》，日後也都成爲「正史」的一部份。在二十四史之中，唐人的著作即有八部，佔總數的三分之一，由此可見唐代在史學資料的整理編修上，的確也是有相當偉

〔註56〕見《舊唐書》卷一八九〈儒學傳序〉。
〔註57〕同註52。
〔註58〕見王溥《唐會要》卷六十三。

大的貢獻。而透過修史的工作，不僅讓不少的文人躋身唐初的政治核心，同時也讓他們能徹底地檢討前代文學的得失，並進而思考對未來文學發展所應努力的方向。

二、初唐之文學概況

（一）初唐之文學思想

　　自東晉歷南北朝至隋代以迄唐初，在這短短兩百多年的時間裡，朝代的更易雖然極為頻繁，但是在文學思想的表現上，卻是有極大的成就。

　　駢偶綺靡的文學在南朝的梁、陳之間已經發展至極盛的階段，而當時的文人對於這種只重形式的作品，也產生了相當的反動。蕭綱本是以做豔詩聞名的，他曾說：「立身之道與文章異，立身先須謹重，文章且須放蕩。」〔註59〕，但他在〈與湘東王書〉卻批評當時的文風說：「比見京師文體，儒鈍殊常，競學浮疏，爭為闡緩，玄冬脩夜，思所不得，既殊比興，正背風騷。……觀其遣辭用心，了不相似，若以今文為是，則古文為非，若昔賢可稱，則今體宜棄。」〔註60〕以上的言論，雖然沒有對當時的文壇產生影響，但是卻也表現出當時文士的一些反思空間。

　　相對的，北朝雖然在軍事武力上占優勢，但是在文學表現的水準上，其成就卻遠不如南朝。所以南朝在駢麗文學的發展上，也逐漸影響到北朝，使其文風亦趨向浮靡。故北朝的裴子野、顏之推等人，都曾有所異議。等到北周時的蘇綽等人，更發出強烈的批判。《北史‧文苑傳》曰：「是以蘇亮、蘇綽、盧柔、唐瑾、元偉、李昶之徒，咸奮鱗翼，自致青紫。然綽之建言，務存質朴，遂糠秕魏晉，憲章虞夏。雖屬辭有師古之美，矯枉非適時之用，故莫能行常焉。」〔註61〕蘇綽

〔註59〕見《全梁文》卷一一〈與當陽公大心書〉。
〔註60〕見《全梁文》卷一一〈與湘東王書〉。
〔註61〕見《北史》卷八三〈文苑傳〉。

甚至模仿《尚書》的語言形式來做《大誥》，其用心雖然良苦，但是卻沒有顯著的成效。

　　蘇綽復古運動雖然終歸失敗，但是卻埋藏下對南方綺靡文學的反動思想。到了隋文帝統一南北之後，他有鑑於南朝政治的腐敗與國勢的積弱，與靡靡之音的豔體文學，其關係是密不可分，於是蘇綽所埋下的那顆種子，到了此時，便又再度萌發。史載：「開皇二年，齊黃門侍郎顏之推上言：『禮樂崩壞，其來自久，今太常雅樂，並用胡聲，請馮梁國舊事，考尋古典』。高祖不從，曰：『梁樂亡國之音，奈何遣我用耶？』」〔註62〕在此，文帝的態度是非常明顯的，對於音樂如此，對於文學也是相同。於是在北周時代曾經失敗的復古運動，到了隋文帝的手裡，又運用政治的力量再次推展開來。

　　於是「開皇四年，普詔天下，公私文翰，並宜實錄。其年九月，泗州刺史司馬幼之文表華豔，付所司治罪。」〔註63〕李諤又上書痛斥南朝文學曰：「魏之三祖，更尚文辭。忽人君之大道，好雕蟲之小藝，下之從上，有同影響，競騁文華，遂成風俗。江左齊梁，其弊彌甚，貴賤賢愚，唯矜吟詠。遂復遺理存異，尋虛逐微，競一韻之奇，爭一字之巧。連篇累牘，不出月露之形；積案盈箱，唯是風月之狀。世俗以此相高，朝廷據茲擢士。……至如羲皇舜禹之典，伊傅周孔之說，不復關心，何嘗入耳。以傲誕為清虛，以緣情為勳績，指儒素為古拙，用詞賦為君子，故文筆日繁，其政日亂，良由棄大聖之軌模，構無用以為用也。捐本逐末，流遍華壤，遞相師祖，久而愈扇。」〔註64〕

　　李諤反對自魏晉以降的華麗文學，他認定文學是要以實用為主要的目的。文帝對此頗為認同，遂把奏書頒示天下，想藉此轉移當時的文學風氣。不過這些努力似乎也只是杯水車薪。《隋書·文學傳》云：「高祖初統萬機，每念斷雕為樸，發號施令，咸去浮華，然時俗詞藻，

〔註62〕見《隋書》卷一四〈音樂志中〉。
〔註63〕見《隋書》卷六六〈李諤傳〉。
〔註64〕同註63。

猶多淫麗，故憲臺執法，屢飛霜簡。」﹝註65﹞可見這種積重之風，雖然是透過政治的強制力量，但也不太可能在短時間之內，就能夠改善或消除的。

而等到隋文帝過世以後，奪位的次子楊廣便露出他的眞面目。所謂：「煬帝初習藝文，有非輕側之論，暨乎即位，一變其風。」﹝註66﹞事實上，煬帝即位後的荒淫程度，比起陳後主等昏君可說是有過之而無不及。《隋書‧煬帝本紀》云：「所至惟與後宮留連耽湎，惟日不足。招迎姥媼，朝夕共肆醜言。又引少年，令與宮人穢亂，不軌不遜，以爲娛樂。」﹝註67﹞〈音樂志〉又曰：「煬帝不解音律，略不關懷。後大制豔篇，詞極淫綺。令樂正白明達造新聲，創〈萬歲樂〉……等曲，掩抑摧藏，哀音斷絕。」﹝註68﹞在這樣的情形下，梁陳的色情藝術又再度抬頭，淫靡奢華的風氣再次流行之後，更加速隋朝政權的趨向衰敗與滅亡。

隋初藉由政治力量所推動的文風改革運動，雖然在煬帝即位之後便煙消雲散，不過部份在民間的學者，卻繼續經由教育、著書等的具體行動，持續表達他們的不同意見。當時的大儒王通就曾說：「古之文也約以達，今之文也繁以塞。」﹝註69﹞表達出他對當時文章的不滿。接著，他又說：「言文而不及理，是天下無文也，王道從何興乎？」﹝註70﹞並強調「學者，博誦云乎哉，必也貫乎道；文者，苟作云乎哉，必也濟乎義。」﹝註71﹞從以上的這些論點來看，的確都反映出，王通認定文章應偏重於教化倫理的實用觀念。

王通的學說雖然在當時並沒有發揮實質的力量，但是透過教育的

﹝註65﹞見《隋書》卷七六〈文學傳〉。
﹝註66﹞同註 65。
﹝註67﹞見《隋書》卷四〈煬帝本紀〉。
﹝註68﹞見《隋書》卷一五〈音樂志〉。
﹝註69﹞見王通《中說》卷三〈事君篇〉。
﹝註70﹞見王通《中說》卷一〈王道篇〉。
﹝註71﹞見王通《中說》卷二〈天地篇〉。

傳承，也在唐初的文學思想上，產生相當深遠的影響。

　　總的來說，隋代的文學思想是由魏晉南北朝過度到唐朝的轉折點，在短暫的三十八年間，齊梁的餘風和復古的反動都有相當的表現。但由於隋代政權的迅速崩滅，這些思想上的激盪便持續到大唐建國以後。

　　等到李唐建國以後，唐初的君臣文士對於六朝的崇尚駢麗文風的習尚，普遍都表示不滿。於是初唐的文史學者在《隋書》、《北齊書》、《梁書》、《陳書》、《北周書》、《北史》等的〈文苑傳〉或〈文學傳〉中，都對六朝華靡的文風大加抨擊，正如魏徵所言：「梁自大同之後，雅道淪缺，漸乖典則，爭馳新巧。簡文、湘東啓其淫放，徐陵、庾信分路揚鑣。其意淺而繁，其文匿而彩，詞尚輕險，情多哀思。格以延陵之聽，蓋亦亡國之音乎？周氏併吞梁、荊，此風扇於關右，狂簡斐然成俗，流宕忘反，無所取裁。」〔註72〕就是斥責六朝華靡之風爲前代亡國之本的具體表現。

　　對於文風的時尚，君主實有推波助瀾的決定性影響。故魏徵在《群書治要‧序》即曰：「近古皇王，時有撰述，并皆包括天地，牢籠群有。競採浮豔之詞，爭馳迂誕之說，騁末學之傳聞，飾雕蟲之小技，流蕩忘返，殊途同致。雖辨周萬物，逾失司契之源，述總百端，彌乖得一之旨。」〔註73〕在此，魏徵雖部份肯定文藝的功用，但是過度著重詞采的可怕後果，仍是令人必須警惕的。所以重建實用的文學理論，才是他的重心。在修史的過程中，魏徵曾一再地獲致相同的結論。所謂：「古人有言：亡國之主，多有才藝，考之梁、陳及隋，信非虛論。然則不崇教義之本，偏尚淫麗之文，徒長澆僞之風，無救亂亡之禍矣。」〔註74〕魏徵是太宗最信任的近臣之一，這些觀念自然也會對太宗產生深遠的影響。

〔註72〕同註65。
〔註73〕見魏徵《魏鄭公文集》卷三。
〔註74〕見《陳書》卷六〈後主本紀後論〉。

　　因此，太宗雖然也「游息藝文」，但他的文學思想卻是「釋實求華，以人從欲，亂於大道，君子恥之。」〔註75〕所以貞觀十一年（637年），鄧隆上表，請為太宗的文章編集傳世，太宗卻不以為然地對他說：「朕若制事出令，有益於人者，史則書之，足為不朽。若事不師古，亂政害物，雖有詞藻，終貽後代笑，非所須也。秖如梁武帝父子，及陳後主，隋煬帝亦大有文集，而所為多不法，宗社皆須臾傾覆。凡人主惟在德行，何必要事文章耶？」〔註76〕太宗也曾對房玄齡說：「比見前後漢史，載錄揚雄〈甘泉〉、〈羽獵〉，司馬相如〈子虛〉、〈上林〉，班固〈兩都〉等賦，此皆文體浮華，無益勸戒，何假書之史策？其有上書論事，詞理切直，可裨於政理者，朕從與不從，皆需備載。」〔註77〕由此來看，這似乎是反對文采的觀念。但事實上，卻未必如此。他親自下筆撰寫的〈陸機傳論〉稱讚其「文藻宏麗，獨步當時，言論慷慨，冠乎終古。高詞迥映，如朗月之懸光，疊意回舒，若重巖之積秀。千條析理，則電柝霜開；一緒連文，則珠流璧合。其詞深而雅，其義博而顯，故足遠超枚、馬，高躡王、劉，百代文宗，一人而矣。」〔註78〕

　　而這些論點是否和前面的觀念互相衝突呢？《貞觀政要・論禮樂》又記載：「太常少卿祖孝孫奏所定新樂。太宗曰：『禮樂之作，是聖人緣物設教，以為撙節，治政善惡，豈此之由？』御史大夫杜淹對曰：『前代興亡，實由於樂。陳將亡也，為〈玉樹後庭花〉，齊將亡也，而為〈伴侶曲〉。行路聞之，莫不悲泣，所謂亡國之音。以是觀之，實由於樂。』太宗曰：『不然。夫音聲豈能感人？歡者聞之則悅，哀者聽之則悲，悲悅在於人心，非由樂也。將亡之政，其人心苦，然苦心相感，故聞之則悲耳。何樂聲哀怨，能使悅者悲乎？

〔註75〕見《全唐詩》卷一〈帝京篇序〉。

〔註76〕見《貞觀政要》卷七〈論文史〉第二十八。

〔註77〕同註76。

〔註78〕見《晉書》卷五四〈陸機傳論〉。

今〈玉樹〉、〈伴侶〉之曲，其聲俱存，朕能爲公奏之，知公必不悲耳。』尚書右丞魏徵進曰：『古人稱：禮云、禮云、玉帛云乎哉？樂云、樂云、鐘鼓云乎哉？樂在人和，不在音調。』太宗然之。」〔註79〕音樂如此，文學亦然。由此可見，太宗並不過度強調藝術的影響性。他通常是站在有益政教的角度出發，所以才反對淫靡的文風，至於在藝術的表現手法上，技巧的要求仍是必須的，我們由此反證唐初的作品與文風，就可以得到如此的結論。

　　整體而言，若我們稍加注意便可以發現，唐初作家的文學思想與自身的創作表現，通常也不是完全一致的。如唐太宗、李百藥等人，他們一方面主張典正樸實，可是卻都有詞藻駢麗的詩歌，或是風花雪月之類的作品。事實上，這是因爲在他們的創作觀念中，並不因爲刻意要去符合教化的作用而流於枯澀呆板，只要不是「靡靡之音」，他們仍然是注重詞采的。這主要的關鍵，便是在於初唐作者在文學思想與實際創作的二元表現。

　　總的來說，對於唐初整體的文學思想，乃是根基在反綺靡的前提，以期建立文質並重的思想。關於這一點，我們可以由魏徵所說的：「江左宮商發越，貴於清綺；河朔詞意貞剛，重乎氣質。氣質則理勝其詞，清綺則文過其義。理深者便於實用，文華者宜於詠歌，此其南北詞人得失之大較也。若能掇彼清音，簡茲累句，各去所短，合其兩長，則文質彬彬，盡善盡美矣。」〔註80〕這可算是在唐初普遍的文學思想中，最具代表性的看法。

（二）初唐之詩學發展因素

　　唐詩之所以興盛的內外原因有很多，而在這些眾多的因素中，五七言詩體的成熟與發展，聲律說的興起，韻書的著作，以及帝王的重視提倡，對於整個初唐詩的發展，都是具有決定性的重要因素，故以

〔註79〕見吳兢《貞觀政要》卷七〈論禮樂〉第二十九。
〔註80〕同註65。

下僅就此數點，分別敘論之：

1、五七言詩體的成熟與發展

　　五言詩在唐初以前已相當成熟，關於五言詩的起源，鍾嶸《詩品》曰：「逮漢李陵，始著五言之目。」《昭明文選・序》亦曰：「降將著河梁之篇。」然此卻有相當大的可疑性，故劉勰即曰：「至成帝品錄三百餘篇，朝章國采，亦云周備，而辭人遺翰，莫見五言，所以李陵、班婕妤見疑於後代也。」〔註81〕所以五言詩的起源，還是要等到東漢的《古詩十九首》以後，才是比較成熟可信的。

　　至於七言詩的起源，舊說以為源自漢武帝之「柏梁聯句」，然世多存疑。目前一般的學者，還是多以魏文帝的〈燕歌行〉，才認定是七言詩的確立。

　　五言詩起於東漢之後，至建安而大盛，六朝之世，亦為其全盛期。七言體在鮑照以後也逐漸流行，不過相較於五言體，卻是少數，我們實際就初唐時的詩作來看，五言詩在質與量等兩方面都是比較可觀的。而在此時期，律絕也開始萌芽發展，並趨向成熟，成為日後古體和近體的分野關鍵。

2、永明聲律論的產生與影響

　　至於造成唐代古詩與近體之分野，則永明聲律有決定性的重要影響。

　　齊永明（483～493 年）之世，反切的運用日漸成熟，平上去入等四聲的分析也愈見明確。《南史・沈約傳》曰：「約撰《四聲譜》，以為在昔詞人，累千載而不悟，今獨得胸衿，窮其妙旨，自謂入神之作。」〔註82〕不過沈約等人的著作皆已失傳，莫知其詳。但我們由此卻也能清楚地明白，當時文壇對於詩文聲韻的要求，已由自然的直覺表現，轉化成為人工製定的類型。所以永明聲律論的形成，

〔註81〕見劉勰《文心雕龍》卷二〈明詩〉。
〔註82〕見《南史》卷五七〈沈約傳〉。

也正象徵著當時人們對於語文聲律之美的著重與追求，已經有了更進一層的發展與成就。而由於諷詠詩文、清言閒談、以及翻譯誦讀佛經等的實際需求，永明聲律論的興起與發展，便已是水到渠成的必然趨勢。

永明聲律論的重點在於「四聲八病」，《南史・陸厥傳》曰：「永明末，盛爲文章，吳興沈約、陳郡謝朓、琅邪王融、以氣類相推轂。汝南周顒，善識音律，約等文皆用宮商，將平上去入四聲，以此制韻，有平頭、上尾、蜂腰、鶴膝。五字之中，音韻悉異，兩句之內，角徵不同，不可增減，世稱爲『永明體』。」〔註83〕這種對聲律的發現與要求，無疑的，對於唐代詩歌的發展與成就，特別是在近體的孕育與完成上，更是功不可沒。

3、類書韻書的著作與使用

魏晉以後，繁用典故成爲當時詩文創作的必要條件，然典籍浩瀚，根本難求，故分類編輯，以供檢閱的類書，遂大量產生。

我國類書之作，始於魏文帝之《皇覽》。《三國志・劉劭傳》曰：「黃初中，爲尚書郎、散騎常侍，受詔集五經群書，以類相從，作《皇覽》。」〔註84〕此後類似的著作如劉峻的《類苑》，簡文帝的《法寶聯璧》，徐勉的《編略》等等，都是當時重要的著作。而摭拾前人佳句的類書，也在此時大盛，其中如張視的《摘句》、王微的《鴻賓》、張纘的《鴻寶》、沈約的《珠叢》、庾肩吾的《采璧》、朱澹遠的《語麗》等等，則是屬於這種類型的專著。〔註85〕類書的應用會造成用典繁雜隱僻的缺失，但是對於修辭技巧的精進，卻是有不小的貢獻。特別是在用詞講究言簡意遠的詩作來說，更是不可或缺的。

至於韻書之作，則始於魏之李登、晉之呂靜。封演《聞見記》曰：「魏時有李登者，撰《聲類》十卷，凡一萬一千五百二十字，以五聲

〔註83〕見《南史》卷四八〈陸厥傳〉。
〔註84〕見《三國志》卷二一〈劉劭傳〉。
〔註85〕參見盧清青《齊梁詩探微》，頁129～130。

命字。」《魏書‧江式傳》則曰:「忱弟靜,別仿故左校令李登《聲類》之法,作《韻集》五卷。」〔註86〕這些是我國韻書著錄的最早記載,自此以後,類似的著作日多,然皆散佚,不得詳考。惟隋代陸法言的《切韻》可考,並成爲日後韻書的根本。此書完成於仁壽元年（601年）,爲「因論南北是非,古今通塞」所作的私修韻書。此書目前雖有殘缺,但唐代孫愐所撰的《唐韻》,宋代陳彭年等所撰的《廣韻》,丁度等的《集韻》等等,都是依此而來的。而韻書的流廣與發展,配合著科舉對用韻的嚴格要求,這對於唐詩的成熟與發展,特別是律體的建立,更是有直接而深遠的影響。

4、帝王君主的獎勵提倡

此外,必須特別提出的是,一代文學風氣之所以興盛,實與帝王君主的獎勵倡有著密切的關係。所謂:「上有所好,下必甚焉。」君主挾著政治權力來推廣風雅,影響所至,更是所向披靡。而在南朝以後的君主,雖然在政治上乏善可陳,但對文學上的熱心提倡,卻是不遺餘力的。《南史‧文學傳》即曰:「自中原鼎沸,五馬南渡,綴文之士,無乏於時。降及元康,其流彌勝。蓋由時主儒雅,篤好文章,故才秀之士,煥乎雲集。」〔註87〕於是在這種情形之下,宋、齊、梁、陳等各代的文壇,也逐漸形成以皇室爲核心的文學集團。這種風氣一直影響到後代,隋唐以降,宮廷文學的勢力雖有所增減,但其結合政治與文學的型態,卻是未曾更改的。特別是在唐初的太宗、高宗,乃至武后時代,皆有與此類似的情形。

《唐詩品彙》曰:「有唐三百年詩,眾體備矣。故有往體、近體、長短篇、五七言律、絕句等製。莫不興於始,成於中,流於變,而移之於終。至於聲律、興象、文詞、理致,各有品格高下之不同。」〔註88〕《全唐詩‧序》亦云:「詩至唐而眾體悉備,亦諸法畢該,故

〔註86〕見《魏書》卷九一〈江式傳〉。
〔註87〕見《南史》卷七二〈文學傳〉。
〔註88〕見高棅《唐詩品彙》〈總序〉。

稱詩者，必視唐人為標準，如射之就彀率，治器之就規矩焉。」是
以唐詩之所以能蓬勃興盛，也是有賴於各種有利條件的彼此配合，
才能有此空前絕後的偉大成就。

（三）初唐之詩壇概況

　　明末的顧炎武說：「三百篇之不能不降而楚辭，楚辭之不能不降
而魏漢，魏漢之不能不降而六朝，六朝之不能不降而唐也，勢也。」
〔註89〕清代葉燮的亦云：「詩始於三百篇，而規模體製具於漢，自是
而魏而六朝三唐，歷宋元明以至昭代，上下三千餘年間，詩之質文、
體裁、格律、聲調、辭句、遞嬗升降不同，而要之詩有源必有流，有
本必達末。而又有因流而溯源，循末以返本，其學無窮，其理日出，
乃知詩之為道，未有一日不相續相禪而或息者也。」〔註90〕

　　因此，唐詩所繼承的文學基礎是豐富且活潑的，千餘年前的《詩
經》，是我國寫實精神的鼻祖，而稍後的楚辭，則是浪漫主義的先河。
到了兩漢，樂府詩強化了敘事的成份，古詩則增加了抒情的內涵。
建安以後，整個詩壇更呈現出多樣的面貌。而在西晉太康以後，雖
因政治的不穩定，及門閥士族的獨佔，造成偏重形式的唯美風氣，
但不論就內容或形式來看，唐詩都有著足夠的成熟條件，來放射出
萬丈的光芒。

　　但是在初唐文壇的表現上，一般均以為在唐朝建國之時，仍是
以陳、隋的宮體詩為主，無論是就格調或內容言。關於這點的誤解，
可能源自詩人與詩風這兩方面。劉大杰先生就說：「李唐建國之初，
文物制度基本上是繼承陳、隋舊業。當日文士詩人如：陳叔達、袁
朗、楊師道、虞世南、孔紹安、李百藥等人，俱為陳、隋舊人。他
們的文風，絕不能因為在政治上換了一個朝代，便能立刻有所改變。
因此他們的作品，仍然表現著陳、隋宮體的餘風，無論詩的格調與

〔註89〕見顧炎武《日知錄》卷二十二。
〔註90〕見葉燮《原詩》。（引自《歷代詩話續編》，頁565。）

內容，還是齊、梁一派的影子。」〔註91〕劉大杰先生從詩人承繼的角度出發，並在文中列舉四首時人的詩作爲例，看來似乎如此，但事實上卻未然。政權的轉移必然會造成文學表現手法在某種程度上的改變，這是眾所皆知的道理。此外，以偏概全的舉例，只是一種障眼的手法罷了。在其所列舉諸家的傳世作品中，此種類型的詩作實在十不及一二，如此怎麼能說「還是齊、梁一派的影子」呢？這實在是相當大的誤解。

此外，從詩風的角度來看的，不少人對於初唐詩作的評價，大都是採取貶抑的態度，認爲它不過是承襲著南朝的綺靡遺風，並無多大的改變。例如聞一多先生就說：「宮體詩在唐初，依然是簡文帝時那沒筋骨，沒心肝的宮體詩。不同的只是現在的詞藻來得更細緻，聲調更流利，整個的外表顯得更乖巧，更酥軟罷了。」〔註92〕這實在也是相當偏頗的錯誤見解。唐初的詩固然是承繼六朝的傳統，也不免受到齊梁餘風的影響，但若說唐初的詩只有這些，那卻也不是事實。因爲「從現有的材料來看，唐初的詩歌並非描寫色情的宮體詩，齊梁餘風也未繼續統治詩壇。它基本上反映了國家統一，經濟繁榮，文化發達的昌盛景象，歌頌了大唐帝國的國威聲教，體現了太平盛世的民族自豪感，表現了詩人豐富多彩的內心世界和奮發向上的精神。詩歌的題材風格多樣化，無統一的模式，呈現出百花齊放的新局面。由陳隋入唐的虞世南、李百藥、楊師道、陳子良、謝偃、李義府等詩人，他們寫的爲數不多的豔情詩，雖受齊梁綺麗詩風的影響，但絕非宮體詩，……無淫穢之氣，卻初露清越流麗，南北文學合流的傾向。」〔註93〕

如果我們從詩人、詩風與詩作等全方位的角度來考量，則可以發現初唐的詩作實有其獨特的風格與地位。就某個層面來說，歷史因素的影響本就無須諱言，但是就作品本身的發展而論，初唐的詩壇仍有

〔註91〕見劉大杰《中國文學發展史》，頁418。
〔註92〕見聞一多《詩選與校箋》〈宮體詩的自贖〉頁13～14。
〔註93〕見張步雲《唐代詩歌》，頁26～27。

其與眾不同的特色。

《師友詩傳錄》曰：「唐興而文運丕振，虞、魏諸公已稍離舊習。」
〔註94〕盧照鄰亦曰：「貞觀中，太宗外厭兵革，垂衣裳於萬國，舞干
戚於兩際，留思政途，內興文事。虞、李、岑、許之儔以文章進；王、
魏、來、褚之輩以才術顯，咸能起自布衣，蔚爲卿相。」〔註95〕而在
此優渥的條件之下，他們就能盡情地表現出各自不同的特色，所謂「變
風變雅，立體不拘一塗」，正是這樣的道理，所以初唐的詩學才能蓬
勃興盛，成爲日後成熟的養分，而成爲一代文學的主要特色。

而在初唐的文壇之中，主要是以唐太宗君臣爲核心所發展起來
的。武德四年（621 年）「世民以海內浸平，乃開館於宮西，延四方
文學之士。出教以王府屬杜如晦，記室房玄齡、虞世南，文學褚亮、
姚思廉，主簿李玄道，參軍蔡允恭、薛元敬、顏相時，諮議典籤蘇勗，
天策府從事中郎于志寧，軍諮祭酒蘇世長，記室薛收，倉曹李守素，
國子助教陸德明、孔穎達，信都蓋文達，宋州總管府戶曹許敬宗，並
以本官兼文學館學士，分爲三番，更日直宿，供給珍膳，恩禮優厚。
世民朝謁公事之暇，輒至館中，引諸學士討論文籍，或夜分乃寢。又
使庫直閻立本圖像，褚亮爲贊，號十八學士。士大夫得預期選者，時
人謂之『登瀛洲』。」〔註96〕

太宗在此時已成爲文壇的領袖，登基之後，更是身兼政治與文學
等兩方面的領導者。透過政治的力量，繼續推動他的文學理想，於是
再將文學館擴編爲弘文館，廣泛延聘天下鴻儒，寵渥有加。經常「罷
朝以後，引進名臣，討論是非，備盡肝膈，唯及政事，更無異辭。纔
及日昃，命才學之士賜以清閒高談典籍，雜以文詠，間以玄言，乙夜
忘疲，中宵不寐。」〔註97〕太宗這種尊重文人學者，努力於文學藝術

〔註94〕見郎廷槐《師友詩傳錄》卷一。（引自《清詩話》，頁130。）
〔註95〕見盧照鄰〈南陽公集序〉。
〔註96〕見《資治通鑑》卷一八九〈唐紀五・武德四年〉。
〔註97〕見《舊唐書》卷七二〈李百藥傳〉。

的精神，對於整個唐初的學術，都是有正面而積極的貢獻。所謂：「有唐三百年風雅之盛，帝實有以啓之焉。」〔註98〕實非過譽之詞。

太宗與當時文壇的關係，可說是深遠而廣泛的。早自武德四年（621年），太宗爲秦王時開文學館延請十八學士始，直到武后竊權之前，在這前後將近四十年的時間裡，太宗不只是政治上的領袖，同時也領導著當時文壇的核心成員，開創出初唐前期的特有風格。《舊唐書‧文苑傳》即曰：「文皇帝解戎衣而開學校，飾賁帛而禮儒生，門羅吐鳳之才，人擅握蛇之價。靡不發言爲論，下筆成文，足以緯俗經邦，豈止雕章縟句。韻諧金石，詞炳丹青，故貞觀之風，同乎三代。高宗、武后尤重詳延，天子賦橫汾之詩，臣下繼柏梁之奏，巍巍濟濟，輝爍古今。」〔註99〕所以帝王的獎勵與提倡，更是讓唐詩有不斷向上發展的原動力。而透過以帝王爲中心的文學藝術，也發展出其獨特的風格與特色。

而就修辭技巧言，唐初一方面受到六朝駢麗文風的影響，同時也配合當時提倡典麗的風格，加上經濟文化的發展，以及科舉應制的盛行，所以許多供作詩文取材檢索之用的類書，也多在此時出現。如虞世南早在隋代任祕書監時，就曾編纂過《北堂書鈔》一百七十三卷〔註100〕。等到唐高祖武德七年（624年），歐陽詢又受命編修《藝文類聚》一百卷。太宗貞觀年間，高士廉等又撰《文思博要》一千兩百卷，高宗顯慶、龍朔年間，許敬宗、李義府等又編成《東殿新書》二百卷，《瑤山玉彩》五百卷，《累璧》四百卷。此後，如武后時的《玄覽》一百卷，《三教珠英》一千三百卷，玄宗時的《事類》一百三十卷，《初學記》三十卷，等等，都是當時的重要成就。關於此時類書的興盛，實也有其政治上的意義。故胡應麟即曰：「太

<hr>

〔註98〕見《全唐詩》〈序〉。
〔註99〕見《舊唐書》卷一九○〈文苑傳〉。
〔註100〕見《舊唐書》〈經籍志〉及《新唐書》〈藝文志〉均著錄一百七十三卷。然今行本爲孔廣陶等人於光緒十四年刊行的「影宋《北堂書鈔》」，計一百六十卷，恐已有所亡佚。

宗以五代文人失職，慮生意外，故厚其廩祿，俾編集諸類書。文皇命高士廉等，當亦此意。」〔註101〕

　　故就整體而言，初唐詩壇的主流是以應制、奉和、詠物、遊宴、答贈、述懷等為主的宮廷詩為代表，雖然也有華豔之作，但是清綺、貞剛的詩風也正逐漸形成。所以總的來看，初唐的詩歌在文學理論與作品風格雖然並不完全一致，但是不論就其思考或是創作題材的形式來看，我們仍應給予正面而積極的評價。

〔註101〕見胡應麟《少室山房筆叢》卷二九丙部〈九流序論下〉。

第三章　唐詩之分期

第一節　各家分期說之平議

　　唐詩因材料豐富，故早自當代便已有劃分階段的討論。殷璠《河嶽英靈集・序》即曰：「貞觀初，微波尚在，貞觀末，標格漸高，景雲中，頗通遠調，開元十五年後，聲律風骨始備矣。」〔註1〕這便是針對初唐詩歌的特質，並依據其風格特點的差異，加以分期批評的開始。殷璠是盛唐時代的文人，〔註2〕而其依政治上的時代劃分初唐詩壇爲四期的看法，可以算是關於唐詩分期的首見之舉。不過以上的分期只侷限於初唐的部份，並非是全面性的。而在此之後百餘年的唐末詩人司空圖〔註3〕，才對整個唐詩的斷代分期，提出了

〔註1〕見殷璠《河嶽英靈集》卷上〈原序〉。

〔註2〕案：殷璠爲「丹陽進士」，生平事蹟不詳，但根據其作品推測，大約是西元八世紀中葉前後的文人。《河嶽英靈集》是一部詩選集，他在〈自序〉裡說：「竊嘗好事，願刪略群才，贊聖朝之美，爰因退跡，得遂宿心。粵若王維、王昌齡、儲光羲等二十四人，皆河嶽英靈也，此集便以《河嶽英靈》爲號。詩二百三十四首，分爲上下卷，起甲寅，終癸巳，倫次于序，品藻各冠篇額。」篇中所謂「起甲寅」是玄宗開元二年（714年），「終癸巳」則爲天寶十二年（753年）。」故據此推斷，殷璠當是盛唐時代的文人。

〔註3〕案：司空圖（837年～908年），字表聖，唐河中虞鄉（今山西永濟）人，咸通十年進士，著作有《司空表聖文集》、《司空表聖詩集》及

他的全面性的看法。

司空圖所生存的年代，正是唐代由崩潰到覆滅的最後階段，所以他就能比較全面地看到整個唐代詩歌的發展。他的《詩品》是眾所皆知的詩歌文學批評專著，但是在唐詩分期的論述上，卻沒有論及。不過在他的〈與王駕評詩書〉中，卻已大致談到唐代詩歌的演變。他說：「國初，主上好文雅，風流特盛。沈、宋始興之後，傑出於江甯，宏肆於李、杜，極矣。右丞、蘇州趣味澄夐，若清風之出岫。大歷十數公，抑又其次。元、白力勍而氣孱，乃都市豪估耳。劉公夢得、楊公巨源，亦各有勝會。閬仙、東野、劉得仁輩，時得佳致，亦足滌煩，厥後所聞，逾褊淺矣。」〔註 4〕他從初唐的沈、宋開始，然後標榜盛唐時李白、杜甫、王維、韋應物等人的地位，而後論及大歷、元和時期的諸位詩人，並略加評述，最後也對晚唐當時的詩歌表示不滿。整體的篇幅雖然不多，但是卻把整個唐朝詩歌的發展做了概括性的敘述，所以雖然沒有明確地加以劃分期限，但是已經表露出唐詩傳承的大致梗概。所以胡應麟說：「唐人評騭當代詩人自為見，掛一漏萬，未有克舉其全者。唯圖此論，擷重概輕，繇巨約細，品藻不過十數公，而初、盛、中、晚肯綮悉投，名勝略盡。後人綜覈萬端，其大旨不能易也。」〔註 5〕

不過要對唐詩做出全面性的分期工作，還是得等到唐朝完全結束以後，才能有比較客觀而全面性的批評。於是自宋代以後，即有不少關於唐詩分期的論辯。首先，我們要注意到的，是北宋初年由姚鉉（968 年～1020 年）所編纂的《唐文粹》。

《唐文粹》原稱《文粹》，南宋時始稱《唐文粹》。該書完成於宋真宗大中祥符四年（1011 年），全書一百卷，計分：古賦九卷，五十五篇，詩九卷，八百八十篇，各類文八十二卷，一千零四十五

《詩品》等。
〔註 4〕見《司空表聖文集》卷二，亦見《全唐文》卷八〇七。
〔註 5〕見胡應麟《詩藪》〈外編〉卷四。

篇。這雖然是一部以各類文體為主的綜合選集，但是姚鉉對於唐詩在各階段的演進情形，也做了相當程度的剖析。其序曰：「有唐三百年，用文治天下。陳子昂起於庸蜀，始振風雅。由是沈、宋嗣興，李、杜傑出，六義四始，一變至道。洎張燕公以輔相之才，專撰述之任，雄辭逸氣，聳動群聽。蘇許公繼以宏麗，丕變習俗。而後蕭、李以二雅之辭本述作，常、楊以三盤之體演絲綸，鬱鬱之文，於是乎在。惟韓吏部超卓群流，獨高邃古，……，於是柳子厚、李元賓、李翱、皇甫湜又從而和之。……世謂貞元、元和之間，辭人咳唾皆成珠玉，豈誣也哉？」〔註6〕

以上所論，雖然包含有詩文兩方面，但是由陳子昂的重建風骨，乃至沈佺期、宋之問的律體成熟，到李白、杜甫的大放光芒，確實是唐詩發展的重要關鍵。至於張說、蘇頲的「大手筆」，蕭穎士、李華、常袞，楊炎等人的創作，對於文體的開創，也有嶄新的影響。等到韓愈、柳宗元以後的貞元（785 年～804 年）、元和（806 年～820 年）時代，在詩文各方面的確也有著種種不同的面貌，表現出時代性的顯著差異。

而在《唐文粹》之後的半個世紀左右，由歐陽修（1007 年～1072年）負責修纂的《新唐書》也告一段落，而在其中代表文學思潮的〈文藝傳序〉中，亦有與姚鉉相近的看法。

《新唐書》於慶曆五年（1045 年）時，由宋仁宗下敕刊修，在嘉祐五年（1060 年）完成。其〈文藝傳序〉則曰：「唐有天下三百年，文章無慮三變。高祖太宗，大難始夷，沿江左餘風，綺句繪章，揣合低卬。故王、楊為之伯。玄宗好經術，群臣稍厭雕琢，索理致，氣益雄渾，則燕、許擅其宗。是時，唐興已百年，諸儒爭自名家。大歷、貞元間，孺嚅道真，涵詠聖涯，於是韓愈倡之，柳宗元、李翱、皇甫湜等和之。」〔註7〕

〔註6〕見姚鉉《唐文粹》〈序〉。
〔註7〕見《新唐書》卷二○一〈文藝傳上〉。

　　我們在比較姚鉉的〈唐文粹序〉及歐陽修的《新唐書‧文藝傳序》的兩段敘述之後，可以清楚地發現到彼此在立意行文的類似看法。不過《新唐書‧文藝傳序》的內容是偏重在整個文學思潮的改變，並沒有對唐詩的分期提出更進一步的看法，這實在是相當的遺憾。

　　等到北宋初年，二程子的弟子楊時（1053 年～1135 年），也提出他對於唐詩分期的看法。其曰：「詩自河梁之後，詩之變至唐而止。……詩有盛唐、中唐、晚唐，五代陋矣。」（註 8）其劃分唐詩為盛、中、晚之分期，已顯然可見，不過詳細的分述，卻仍未出現。

　　因此關於唐詩分期的整體說法，必須溯源自南宋的嚴羽。嚴羽字儀卿，一字丹邱，自號滄浪逋客，生卒年不詳，大約是在南宋寧宗初年至理宗中葉之間（1195 年～1254 年）的人。（註 9）他對於唐詩的分期，有相當深入且全面性的見解。

　　其曰：「論詩如論禪。漢魏晉與盛唐之詩，則第一義也。大歷以還之詩，則小乘禪也，已落第二義矣。晚唐之詩，則聲聞、辟支果也。」（註 10）又曰：「大歷以前，分明別是一副言語；晚唐，分明別是一副言語。」（註 11）以上諸說，都是針對唐詩分期的批評品論。

　　而在〈詩體〉一章之中，嚴羽更從詩風興替沿革的角度，詳細區分整個唐代的詩壇發展為五期。他說：「以時而論，則有……唐初體，唐初猶襲陳隋之體。盛唐體，景雲以後，開元天寶諸公之詩。大歷體，大歷十才子之詩。元和體，元白諸公。晚唐體。」（註 12）雖然嚴羽獨重盛唐之詩，嚴厲地批評大歷以後，特別是晚唐的作品，但是他依唐詩的流變，所架構建立起的五分法，卻實為後世初、盛、中、晚等四期標目之濫觴。

　　關於嚴羽在唐詩分期的看法上，確實是有相當大的創見。首先，

〔註 8〕見楊時《龜山先生語錄》卷二。
〔註 9〕見黃景進《嚴羽及其詩研究》，頁 4。
〔註 10〕見嚴羽《滄浪詩話》〈詩辨〉。
〔註 11〕見嚴羽《滄浪詩話》〈詩評〉。
〔註 12〕見嚴羽《滄浪詩話》〈詩體〉。

他把「初唐」獨立出來，成為唐詩一段獨立發展的時期，這是相當有見地的。關於這一點的看法，在後來高棅的《唐詩品彙》裡得到繼承，持續沿用至今。不過以「大歷體」和「元和體」來替代「中唐」的觀點，卻沒有得到後人的普遍採用。於是關於唐詩分期的觀念，便將由「四唐」來取代「五體」了。

由「五體」轉變成「四唐」，其關鍵便在於「中唐」觀念的確立。其實早在北宋初年的楊時就已有「中唐」的觀念。宋末元初的方回也說：「予選詩以老杜為主，老杜同時人皆盛唐之作，亦皆取之。中唐則大歷以後，元和以前，亦多取之。晚唐諸人，賈島開一別派，姚合繼之，沿而下亦非無作者，亦不容不取之。」〔註13〕他在〈仇仁近百詩序〉也說：「自盛唐、中唐、晚唐，而及宋代。」〔註14〕雖然在此只有「三唐」之名，但中唐的觀念卻已確立，可見關於唐詩分期的探究，仍不斷地在向前修正發展。

至元代楊士弘所編的《唐音》十四卷，雖在其自序之中並未標舉分期之說，但實際上卻已嘗試由初、盛、中、晚等四期的區分，來探索唐詩的時代特性。

楊世弘，字伯謙，襄城人。《唐音》是書完成於元順帝至正四年（1345 年），分始音一卷、正音六卷、遺響七卷。其始音惟錄王、楊、盧、駱四家，正音則詩以體分，遺響則諸家之作咸在，而附以僧詩、女子詩。他以武德（618 年～626 年）至天寶（742 年～756 年）末年為「唐初盛唐詩」，挑選王績至張志和等六十五家做代表。另以天寶以後至元和末（806 年～820 年）為中唐詩，取皇甫冉至白居易等四十八人。再以元和以後至唐末為晚唐詩，選錄賈島至韋莊等四十九人的作品。他這種依時期劃分的作法，其實便是後來高棅在《唐詩品彙》所採用的方式。

楊世弘在《唐音》中的分期法，不論是在解說或界限上，均較《滄

〔註13〕見方回《瀛奎律髓》卷一○〈春日題畫曲野老村舍〉之評語。
〔註14〕見方回《桐江續集》卷三一。

浪詩話》進步許多。不過他「既然按歷史年代分爲初、盛、中、晚，卻又不把四傑列入初唐，那麼始音的人，豈非超時代了？既然有初、盛之分，爲什麼又合併爲一個時期？這都是不合理的。」﹝註15﹞此外「將元和與長慶（821 年～824 年）剖分在兩個時期中，使賈島等與韓愈、孟郊，元白等人隔一楚河漢界，實未盡善。況且元、白之有《長慶集》，也可以顧名思義地證知元、白的創作時期不應截止於元和時代。所以王士禎在《香祖筆記》中批評此書『未暢其說，間有舛謬。』」﹝註16﹞但話雖如此，關於楊世弘在唐詩分期上所做的貢獻，卻也是不容一筆抹煞的。

等到明初洪武三年（1370 年）王行所寫《唐律詩選序》就曾說：「降及李唐，所謂律詩者出，詩之體遂大變。……其變又有四焉：曰：初唐、曰：盛唐、曰：中唐、曰：晚唐。……此又是編之例也。」﹝註17﹞就此來看，王行論唐詩的「四唐」標準，是我們在歷史所首見的，他的時代略早於高棅，不過因該書早已亡佚，所以我們無法做更深一層的探討，但是其一脈相承的體系，卻是我們所不容忽略的。

等到明代高棅（1350 年～1423 年）所編的《唐詩品彙》則繼續繼承《唐音》以降的說法，繼續將唐詩劃分爲四期來討論。他說：「唐詩之變漸矣。隋氏以還，一變而爲初唐，貞觀垂拱之詩是也。再變而爲盛唐，開元天寶之詩是也。三變而爲中唐，大歷貞元之詩是也。四變而爲晚唐，元和以後之詩是也。」﹝註18﹞

《唐詩品彙》成書於明洪武二十六年（1393 年），凡九十卷，共選入作者六百二十人，詩五千七百六十九首。內容則依體編排，計分：五言古詩二十四卷，七言古詩十三卷（附長短句），五言絕句八卷（附六言絕句），七言絕句十卷，五言律詩十五卷，五言排律十

﹝註15﹞見施蟄存《唐詩百話》，頁 90。

﹝註16﹞見張健《中國文學散論》〈由文藝史的分期談到四唐說的沿革〉頁 100 至 101。

﹝註17﹞見王行《半軒集》卷六。

﹝註18﹞見高棅《唐詩品彙》〈五言古詩敘目・正變〉。

一卷，七言律詩九卷（附七言排律）。洪武三十一年，高棅又蒐補作家六十一人，詩九百五十四首，為《唐詩補遺》十卷，附於書後，足成百卷之數。

高棅總結前人對唐詩分期的看法，提出「觀詩以求其人，因人以求其時，因時以辨其文章之高下，詞氣之盛衰，本乎始以達其終，審其變而歸於正」〔註19〕的見解。他對於四唐的分期法，是先以詩體為界，再以世代定品。他稱初唐為「正始」，盛唐為「正宗」、「大家」、「名家」、「羽翼」，中唐為「接武」，晚唐為「正變」、「餘響」。同時他在《唐詩品彙·總序》中又更加詳細地解釋說：「有唐三百年詩，眾體備矣。故有往體、近體、長短篇、五七言、律句、絕句等製。莫不興於始，成於中，流於變，而律隊之於終。至於聲律、興象、文詞、理致，各有品格高下之不同。略而言之，則有初唐、盛唐、中唐、晚唐之不同。詳而分之，貞觀永徽之時，虞魏諸公，稍離舊習，王楊盧駱，因加美麗，劉希夷有閨帷之作，上官儀有婉媚之體，此初唐之始製也。神龍以還，洎開元初，陳子昂古風雅正，李巨山文章宿老，沈宋之新聲，蘇張之大手筆，此初唐之漸盛也。開元天寶間則有李翰林之飄逸，杜工部之沈鬱，孟襄陽之輕雅，王右丞之精緻，儲光羲之真率，王昌齡之聲俊，高適、岑參之悲壯，李頎、常建之超凡，此盛唐之盛者也。大曆貞元中，則有韋蘇州之雅澹，劉隨州之閑曠，錢郎之清贍，皇甫之沖秀，秦公緒之山林，李從一之臺閣，此中唐之再盛也。下暨元和之際，則有柳愚谿之超然復古，韓昌黎之博大其詞，張王樂府得其故實，元白序事務在分明，與夫李賀、盧仝之鬼怪，孟郊、賈島之饑寒，此晚唐之變也。降而開成以後，則有杜牧之之豪縱，溫飛卿之綺靡，李義山之隱僻，許用晦之偶對。他若劉滄、馬戴、李頻、李群玉輩，尚能黽勉氣格，將邁時流，此晚唐變態之極，而遺風餘韻，猶有存者焉。」〔註20〕

〔註19〕見高棅《唐詩品彙》〈總敘〉。
〔註20〕同註19。

　　不過高棅在書中前後對於四唐的界限並不一致，我們在此依據其在〈詩人爵里詳節〉一卷中的記載，試加以說明。高棅在此將選入全書的六百餘人，除了帝王、無姓氏等部份特殊的情形之外，分別依時代的先後，將武德至開元初年（618 年～712 年）共計一百二十五人，歸於初唐。開元至大歷初年（713 年～765 年）共八十六人，入於盛唐。大歷至元和末年（766 年～820 年）計一百五十四人，隸屬中唐。開成年間至五代（836 年～906 年）有八十一人，歸晚唐。雖然高棅的分法在「中唐」和「晚唐」之間有十多年的空隙，未能盡善，然而他的這種劃時代的創見，卻對後代的士子學人，有著相當深遠的影響。

　　此後，如明代中期的學者徐師曾（1517 年～1580 年）在《文體明辨》論〈近體詩律〉中就說：「梁陳至隋，是為律祖，至唐而有四等。由高祖武德初至玄宗開元初為初唐，由開元至代宗大歷初為盛唐，由大歷至憲宗元和末為中唐，自文宗開成初至五季為晚唐。」〔註21〕以上的觀念，其實也是襲用高棅在《唐詩品彙》中的分法。

　　高棅的四分法固然比前人完善進步，但仍免不了因種種的客觀因素而遭受抨擊。葉羲昂即曰：「文章關於世運，而有盛必有衰，乃風氣使然，非人力所能勉強也。如梁陳之綺麗已極，勢必變為魏，陳之純樸，一掃浮華。自有開元、天寶之盛，又不得不變為大歷以後之卑弱。然李、杜集中不無累句俗句，錢、劉所作豈乏傑制宏篇？自高季迪倡為初盛中晚之分，而學者執為定論，無乃謬乎？」〔註22〕袁宏道亦曰：「大抵物真則貴，真則我面不能同君面，而況古人之面貌乎？唐有詩也，不必選體也。初、盛、中、晚自有詩也，不必初、盛也。李、杜、王、岑、錢、劉，下迨元、白、盧、鄭，各自有詩也，不必李、杜也。」〔註23〕

　　而清初的名詩人錢謙益亦對高棅的分期強烈駁斥曰：「世之論唐

〔註21〕見徐師曾《文體明辨》卷一四。
〔註22〕見葉羲昂《唐詩直解》〈詩法〉。
〔註23〕見袁宏道《袁中郎全集》卷二一〈與丘長孺〉。

詩者，必曰：初、盛、中、晚，老師豎儒，遞相傳述，揆厥所由。蓋創於宋季之嚴儀，而成於國初之高棅。承訛踵謬，三百年于此矣。夫所謂初、盛、中、晚，論其世也，論其人也。以人論世，張燕公、曲江世所稱初唐宗匠也。燕公自岳州以後，詩章悽惋，似得江山之助，則燕公亦初亦盛。曲江自荊州以後，同調諷詠，尤多暮年之作，則曲江亦初亦盛。以燕公系初唐也，溯岳陽唱和之作，則孟浩然應亦盛亦初。以王右丞系盛唐也，〈酬春夜竹亭〉之贈，同〈左掖梨花〉之詠，則錢起、皇甫冉應亦中亦盛。一人之身，更歷二時，蓋詩以人次耶？抑人以時降耶？」〔註24〕

其於《唐詩鼓吹·序》亦云：「三百年來詩學之受病深矣，館閣之教習，家塾之程課，咸稟承嚴氏之《詩法》，高氏之《品彙》耳濡目染，鐫心刻骨。……今以初、盛、中、晚釐爲界分，又從而判斷之曰，此爲妙悟，彼爲二乘，此爲正宗，彼爲羽翼，支離割剖。唐人之面目，蒙冪于千載之上，而後人之心眼，沉錮于千載之下。甚矣，詩道之窮也。」〔註25〕

而與錢謙益時代相近的金人瑞也說：「初唐、盛唐、中唐、晚唐，此等名目，皆是近日妄一先生之所杜撰。其言出入，初無準定。今後萬不可又提置口煩，甚足以見其不知詩。」〔註26〕

另外王世懋也就風格上加以批評說：「唐律由初而盛，由盛而中，由中而晚，時代聲調，故自必不可同，然亦有由初而逗盛，盛而逗中，中而逗晚者，何則？逗者，漸之變也，非逗故無由變。唐詩之由初而盛中，極是盛衰之界。然王維、錢起實相酬唱。子美全集，半是大歷而後，其間逗漏，亦有可言。如王右丞〈明到衡山〉篇，嘉州〈函礴溪〉句，隱隱錢、劉、盧、李間矣。至於大歷十才子，其間豈無盛唐之句？蓋聲氣猶未相隔也。學者固當嚴於格調，

〔註24〕見錢謙益《牧齋有學集》卷一五《唐詩英華》〈序〉。
〔註25〕見錢謙益《牧齋有學集》卷一五《唐詩鼓吹》〈序〉。
〔註26〕見金人瑞《聖嘆尺牘》〈答敦厚法師〉。

然必謂盛唐人無一語落中，中唐人無一語入盛，則亦固哉其言詩矣。」〔註27〕

此外，就時代先後言。柯維楨亦嘗曰：「自嚴儀卿論詩，別唐爲初盛中晚，高廷禮遂按籍分之。同一開元也，或爲初，或爲盛；同一乾元、大歷也，或爲盛，或爲中。論世者因之定聲律高下，予嘗惑之。」〔註28〕而閻百詩也從詩人生卒年的先後加以抨擊說：「張九齡卒於開元二十八年，孟浩然亦是年卒，而分初盛何也？劉長卿開元二十一年進士，以杜詩年譜考之，所謂『快意八九年，西歸到咸陽』者，天寶五載。上溯其『忤下考功第，獨辭京尹堂』，當在開元二十六年、二十七年，縱甫登第於是時，亦劉長卿之後輩矣，而分劉爲中，何也？」〔註29〕

事實上，不論是依據詩人的生卒年或登第的先後，抑或是從作品內容風格來區分，相鄰時期的混淆，本就是難以避免的。嚴羽就曾說：「盛唐人詩，亦有一二濫觴晚唐者；晚唐人詩，亦有一二可入盛唐者，要當論其大概耳。」〔註30〕王漁洋亦曰：「『初』『盛』有『初』『盛』之眞精神眞面目，『中』『晚』有『中』『晚』之眞精神眞面目，學者從其性之所近，伐毛洗髓，務得其神，而不襲其貌，則無論『初』『盛』『中』『晚』，皆可名家。」〔註31〕故高棅的分期固然也有其可議之處，但是就整體的分析考量而言，他的觀點仍然是有重要的代表意義。

但這種情形直到「五四」以後，隨著西方思想的輸入和傳統觀念的改變，於是在唐詩的分期上，也產生了若干不同的說法。如胡適的《白話文學史》，聞一多的〈聞一多說唐詩〉，陸侃如、馮沅君合撰的《中國詩史》等，都改以「安史之亂」爲界，劃分唐詩爲前後兩大階段。而蘇雪林的《唐詩概論》則依據文藝思潮的演變，將唐詩區分成：

〔註27〕見王世懋《藝圃擷餘》。
〔註28〕見胡雲翼《唐詩研究》，頁35～36。
〔註29〕見柯維楨《曝書亭集》〈序〉。
〔註30〕見嚴羽《滄浪詩話》〈詩評四〉。
〔註31〕見何世璂《然鐙記聞》述王士禎語。（引自《清詩話》，頁122。）

唐初的宮廷詩，四傑至盛唐的浪漫詩潮，杜甫至元和年間的寫實詩潮，李賀、李商隱以後的唯美詩潮，以及唐末詩壇等五個階段。而在海峽彼岸，余冠英先生所負責主編的《唐詩選》，也由中國社會科學院文學研究所於西元 1978 年出版。在該書的〈前言〉中，同樣也根據詩歌作風的改變，重新把唐詩發展的分期再細分爲：一、唐初。二、四傑至開元前。三、開元初至安史亂前。四、安史之亂爆發至大歷初。五、大歷初至貞元中。六、貞元中至大和初。七、大和初至大中初。八、大中以後至唐末。等八個更爲詳細的階段。

　　雖然以上的說法各有所長，但是過於簡要或精細的分法，仍無法被一般人或學者所接受，來與流行已久遠的初、盛、中、晚等四期的分法相抗衡，不過這些新分法所提出的區別觀點，卻是值得我們來加以思考的。

　　高棅的四分法固然是考慮到文學自身的演變，同時他也注意到政治局勢的差異。不過，文體的發展和政治的演繹，雖然有一定的關係，但也並非是渾然一體，彼此結合緊密的。錢鍾書在《談藝錄》上就說：「余竊謂就詩論詩，正當本體裁以劃時期，不必盡與朝政國事之治亂盛衰吻合。士弘手眼，未可厚非。詩自有初、盛、中、晚，非世之初、盛、中、晚。」〔註32〕胡雲翼在《唐詩研究》也說：「三百年的唐詩，本是成一整個脈絡的發展，必欲劃出顯明界限，割裂成幾個片斷，一若前後彼此各不相屬，這實在是固哉其言詩了。……但是一代文學發展的脈絡，往往成一根起伏線，這根起伏線必然包涵著盛衰變遷的趨勢，我們把這些盛衰變遷的脈絡分作幾段，以便於研究和敘述，並不是毫無理由。……且爲明瞭唐詩發展的階級起見，爲敘述的便利起見，唐詩的分期亦是必要的。」〔註33〕

　　由此可知，唐詩之分期，實爲探討唐詩變遷脈絡的必要工作。而在高棅以後的學者，對於唐詩初、盛、中、晚諸期之劃分，大致都是

〔註32〕見錢鍾書《談藝錄》，頁 1～2。
〔註33〕見胡雲翼《唐詩研究》，頁 36。

採用高棅在《唐詩品彙》所建立的系統，然後再稍微調整其中唐與晚唐之間的範圍。以下，試標明其相關之年代，以供查校參考：

初唐　高祖武德元～睿宗太極元年〔註34〕

　　　（618 年～712 年）凡 95 年

盛唐　玄宗開元元～代宗永泰元年

　　　（713 年～765 年）凡 53 年

中唐　代宗大曆元～文宗太和九年

　　　（766 年～835 年）凡 70 年

晚唐　文宗開成元～哀帝天祐三年

　　　（836 年～906 年）凡 71 年

所謂：「溯自高祖武德戊寅至哀帝天祐三年，總計 289 年分為四唐。然詩格雖隨氣運變遷，其間轉移之處，亦非可以年歲限定。況有一人而經歷數朝，今雖分別年歲，究不能分一人之詩以隸於每年之下。甚之以訛傳訛，或一詩而分載數人，或異時而互為牽引，則四唐之強分疆界，毋亦刻舟求劍之說邪？然初盛中晚之年份起訖，初學又不可不識之。」〔註35〕

因此，本論文即以此為據，定初唐為：高祖武德元年（618 年）至睿宗太極元年（712 年）之間，凡 95 年。以下即據此為初唐之界限，並探究對其相關之詩作，進行各個層次之研究探討。

第二節　初唐前後期之界定

關於唐詩分期的說法，自從宋人嚴羽在《滄浪詩話》裡正式把唐詩劃分成：初唐、盛唐、大曆、元和、晚唐等五個時期之後，初唐詩的地位便以確立，元代楊士弘的《唐音》雖然把初、盛唐合而為一，但是他以王、楊、盧、駱等人獨立列為「始音」的作法，卻又顯現出

〔註34〕太極元年五月，改元「延和」，八月傳位玄宗，改元「先天」。

〔註35〕見冒春榮《葚原詩說》卷三。

他在取捨上的矛盾處。所以等到明代高棅的《唐詩品彙》以後，還是將初唐獨立出來，單獨成為一個分期的體系。

　　然而在傳統所謂的四唐分期中，初唐的年代界定是最為明顯而沒有爭議的。以高祖武德元年（618 年）至睿宗太極元年（712 年）止，總計九十五年的時間裡，即是所謂的初唐時期。然而在這段將近一個世紀，且幾乎是佔了整個唐史三分之一的漫長時間裡，關於初唐詩的發展難道不會產生前後時期的歷史差異嗎？

　　事實上，關於這個問題，早在當代便已有所討論。「初唐四傑」之一的楊炯在〈王勃集序〉中就說：「嘗以龍朔初載，文場變體，爭構纖微，競為雕刻。揉之以金玉龍鳳，亂之以朱紫青黃，影帶以徇其功，假對以稱其美。」〔註36〕而天寶年間的「丹陽進士」殷璠，在《河嶽英靈集・序》亦曰：「自蕭氏以還，尤增矯飾，武德初，微波尚在，貞觀末，標格漸高，景雲中，頗通遠調，開元十五年後，聲律風骨始備矣。」〔註37〕《唐音癸籤》亦引林鴻曰：「貞觀尚習故陋，神龍漸變常調。」〔註38〕這些都是針對初唐詩歌的特質，並依據其風格特點的差異，所加以分期批評的簡要論述。

　　至於高棅在《唐詩品彙》裡，也針對初唐詩的演進與發展，表示他獨特的見解曰：「貞觀永徽之時，虞魏諸公，稍離舊習，王楊盧駱，因加美麗，劉希夷有閨帷之作，上官儀有婉媚之體，此初唐之始製也。神龍以還，洎開元初，陳子昂古風雅正，李巨山文章宿老，沈宋之新聲，蘇張之大手筆，此初唐之漸盛也。」〔註39〕事實上，在貞觀、永徽之時，如虞世南、魏徵等人的作品，已經脫離了齊梁的風氣，王勃、楊炯、盧照鄰、駱賓王等四傑的創作，也有更好的發展成就。此外還有劉希夷、上官儀之類的閨帷華麗，這都是初唐前期的具體成就。至

〔註36〕見《楊炯集》卷三。亦見《文苑英華》卷六九九，《全唐文》卷一九一。

〔註37〕見殷璠《河嶽英靈集》〈序〉。

〔註38〕見胡震亨《唐音癸籤》卷四引林鴻曰。

〔註39〕見高棅《唐詩品彙》〈總敘〉。

於神龍以後至開元初年，不論是陳子昂的復古，李嶠等「四友」的宮廷文學，或是沈佺期、宋之問新造的律體，以及蘇頲、張說的磅礴氣勢，都是各見創意的。

事實上，初唐的時間長達九十五年，前後期的文風自然會有所不同。如殷璠的《河嶽英靈集》即劃分初唐為：武德（616 年～626 年），貞觀（627 年～649 年）景雲（710 年～711 年）等三個不同的時期。

同樣的，高棅在《唐詩品彙》裡也把「貞觀永徽之時」（627 年～649 年，650 年～655 年），和「神龍以還，泊開元初」（705 年～706 年，713～741 年）分別成：「此初唐之始製也」和「此初唐之漸盛也」等兩個時期。由此可見，初唐詩的再分期，本就是其來有自的。

現在我們再從初唐詩人本身的生卒活動年代來加以考察。例如：我們經常做為初唐詩代表人物的「初唐四傑」，其生卒年代約略如下：

王　勃（650 年～676 年）

楊　炯（650 年～692 年）

盧照鄰（644 年～683 年）

駱賓王（650 年～684 年）

其中王勃在十八歲授朝散郎，楊炯在十歲應童子試，盧照鄰在龍朔三年（663 年）拜新都尉，駱賓王則為武后時代的人。故總而觀之，四傑在初唐詩壇綻放光芒的時間，我們做最保守的估計，也該在 660 年以後的事了。

至於宮廷文學的代表如：「文章四友」，其生卒年則為：

李　嶠（644 年～713 年）

杜審言（647 年～706 年）

蘇味道（650 年～707 年）

崔　融（653 年～706 年）

以「文章四友」與「初唐四傑」相較，「四友」的壽命普遍皆長於「四傑」，但其出生年代彼此皆相去不遠，故其影響詩壇的起始年代也應相近才是。

　　此外「卓立千古，橫制頹波，天下翕然，質文一變」〔註40〕的
復古詩人陳子昂，和「回忌聲病，約句準篇，著定格律，遂成近體」
〔註41〕的沈佺期、宋之問，其生卒年則分別如下：

　　陳子昂（661 年～702 年）

　　沈佺期（656 年～712 年）

　　宋之問（656 年～713 年）

　　故由上述可知，不論是「初唐四傑」、「文章四友」、陳子昂或是
沈佺期、宋之問，他們所能代表的時代，都只是在西元 660 年以後。
因此，他們所能代表的，只能算是初唐的「後半期」。而眞正屬於初
唐前半期的代表作者，應該是以活躍於貞觀前後的唐太宗、虞世南、
李百藥、魏徵、上官儀、王績、王梵志等人為代表，其個別之生卒年
歲約略如下：

　　唐太宗（598 年～649 年）

　　虞世南（558 年～638 年）

　　李百藥（565 年～648 年）

　　魏　徵（580 年～643 年）

　　上官儀（608 年～663 年）

　　王　績（585 年～644 年）

　　王梵志（590 年～660 年）

　　而我們若以詩人的生平，配合在政治上的變革，及其展現在文學
風格的遞嬗，的確是能看出初唐詩作在前後期之間的不同差異。

　　近人陳伯海也將傳統的初唐時期劃分成：「貞觀前後詩壇」和「武
后時詩壇」等兩個時期。他說：「貞觀前詩壇包括高祖武德初，至高
宗前期約四十年時間，唐太宗在位的貞觀二十餘年是其核心部份。這
段時間裡，宮廷詩風依然佔據統治地位，太宗及所謂「十八學士」等，
便是當時詩壇的領袖人物。」而「武后時期詩壇」從高宗後期，武后

〔註40〕見《全唐文》卷二三八〈右拾遺陳子昂文集序〉。

〔註41〕見《新唐書》卷二○一〈文藝傳序〉。

參決朝政算起，下及中宗，睿宗之時。」〔註42〕這樣的看法，原則上是相當有見地的。而《唐代詩學》也說：「由高祖至睿宗約百餘年，以齊梁爲向背，可別爲『貞觀詩學』與『武后詩學』。」〔註43〕也可說是相類似的觀念。

張步雲先生在《唐代詩歌》中，亦將初唐詩分成前後兩期。他說：「所謂初唐前期詩歌是指唐高祖李淵武德元年（618 年）至唐高宗李治龍朔三年（663 年）約四十五年間的詩歌。這個下限是依據楊炯『龍朔初載，文場變體』而劃分的。上官體形成於此時，上官儀也於唐高宗麟德元年（664 年）被害，因此我們這樣劃分初唐詩歌的前期與後期，是相當符合唐詩的演變史實的。」〔註44〕

事實上，我們不論就作者的出身背景言，抑或是就作品風格言，在初唐的前、後期之間，都是存有相當大的差距。初唐的重要詩人如：虞世南、褚亮、李百藥、魏徵、楊師道、許敬宗、上官儀等人，大多是前朝的遺老，或是高祖、太宗朝中的重臣名士，他們在朝廷裡都佔有舉足輕重的地位，而以唐太宗爲核心，形成政治和文學上的統治集團。至於初唐後期的作家，除了原有宮廷詩人的舊勢力之外，一群地位不高但才氣縱橫的年輕詩人，也登上了詩壇，展現他們充沛的活力。前者的代表，爲號稱「文章四友」的：李嶠、崔融、蘇味道、杜審言等人。至於後者的重要作家，則是被稱爲「初唐四傑」的：王勃、楊炯、盧照鄰、駱賓王等新銳。在此以後，陳子昂提倡的「漢魏風骨」，豐富了唐詩的內容；而沈佺期、宋之問等人的「回忌聲病，約句準篇」，也奠定了五、七言律詩的基本形式。所以盛唐詩壇之所以能夠蓬勃發展，實有其一脈相承的重要根本。追本溯源，這一切其實都是在初唐時期所建立的良好基礎。

至於就作品的風格言，初唐前期的詩歌多以客觀的描寫和表面的

〔註42〕見陳伯海《唐詩學引論》，頁 110。
〔註43〕見正中書局編輯委員會《唐代詩學》，頁 41。
〔註44〕見張步雲《唐代詩歌》，頁 26。

抒情爲主，但在後期的作品，則個人主觀的描寫與敘述都明顯增多，表現也較多樣化。而在景物的刻劃角度上，初唐前期是以帝都、宮廷、遊宴、節候、詠物爲重點，而後期的作品除了與前期相近似之外，也擴大到對自然景物的描繪。至於在格式與數量上，也有明顯的差別與成長。所以不論從各方面來看，在初唐前、後期之間的詩壇，的確是有相當大的差異。

　　就整個初唐詩學的發展來看，在以唐太宗爲核心的「貞觀詩壇」再發展到上官儀「以綺錯婉媚爲本」〔註45〕的「上官體」風靡之後，初唐前期的發展便已告一段落。之後「武后詩壇」繼以發展，在高宗龍朔、麟德年間以後，新一代的詩人如：「文章四友」、「初唐四傑」、陳子昂、沈宋等，也漸漸嶄露頭角，表現出與前期不同的氣勢。因此個人在此贊同以：高祖武德元年至高宗龍朔三年（618 年～663 年）約四十六年的時間，爲初唐詩歌的前期。另以高宗麟德元年至睿宗太極元年（664 年～712 年）等前後四十九年，爲初唐詩歌的後期。而做如此的劃分，不僅是考慮到文學風氣的成熟與轉變的實際差異，同時也考量到政治現實的重大異動。因此我們做這樣的劃分，應該也是同時兼顧到文學與政治等雙重層面的種種意義。

〔註45〕見《舊唐書》卷八〇〈上官儀傳〉。

第四章　初唐前期詩人之生平簡歷

　　自高祖武德元年迄高宗龍朔三年（618 年～663 年）等前後四十六年，為初唐前期詩人之主要活動年代。至於其生平經歷，我們則依卒年之先後為序，加以略敘如下：

　　其中，以卒於高祖武德年間者，為第一節。卒於太宗貞觀年間者，為第二節。卒於高宗即位以後者，為第三節。年次欠詳者，列為第四節。僧道、外籍人士、仙鬼等，統列為第五節。同節之中，若有卒年相同者，再依生年為次。至於生卒年俱不能詳考者，則依其作品之時代先後，及其相關交遊人物之年代先後為準。而以下即依此標準，分別加以敘述之。

第一節　高祖時期

　　所謂「高祖時期」的詩人，係以收錄卒於武德元年（618 年）至武德九年（627 年）高祖退位之間者為準。大致來說，此一時期的作者多為前朝的遺老，入唐的時間大多不長。不過我們若以作者為本位的話，則必須列於初唐，但是在作品的探討上，如果涉及隋代及以前的作品，則不列入考慮，以下則依時代之先後排列，並略加敘述之。

　　1. 李密，字玄邃，一字法主，京兆長安（今陝西西安）人，生於隋文帝開皇二年（582 年），卒於唐高祖武德元年（618 年），年 37。

隋時以父蔭為左親衛府大都督，東宮千牛備身。宇文述勸其學，因謝病讀書。大業九年，楊玄感反，以密為謀主，兵敗後逃依翟讓，號「蒲山公」，後自立為王，建號魏公。武德元年歸唐，拜光祿卿，封刑國公。旋以賞薄怨恨，疑懼謀叛，為史萬寶遣副將彥師追斬之。《全唐詩》存詩一首，為隋時所作。傳見：《隋書》卷七〇，《舊唐書》卷五三，《新唐書》卷八四，魏徵〈唐故刑國公李密墓志銘〉。

2. **陳政**，字弘道，河東猗氏（今山西臨猗）人。仕隋，為太子千牛備身。煬帝時，授協律郎、遷通事謁者、轉兵曹承務郎。宇文化及弒煬帝，以為太常卿。後歸唐，任梁州總管，武德二年（619 年），為部下所殺。

政素有文武大略，善鐘律，能弓馬。嘗與蔡君如、孔德紹等相交遊。《全唐詩》收詩一首，為隋時所作。生平見：《隋書》卷六四〈陳茂傳〉附，《資治通鑑》卷一八七。

3. **孔德紹**，會稽（今浙江紹興）人。仕隋，為景城丞。隋末從竇建德起事，專掌書檄。武德四年（621 年），建德兵敗，為太宗所誅。

德紹有清才，嘗與虞世南、劉孝孫、庾抱等結為文會。《全唐詩》存詩十二首，多為隋時所作。傳見：《隋書》卷七六。

4. **鄭頲**，滎陽（今河南）人。隋末從李密起事，大業十三年，為李密左司馬，後改長史。武德元年，奉命出黎陽，為王世充所獲，後為世充御史大夫，常稱病不預。武德四年（621 年）太宗圍城之時，再乞棄官削髮為僧，世充怒而殺之。《全唐詩》存詩一首。生平見：《舊唐書》卷五三〈李密傳〉，《舊唐書》卷七一〈魏徵傳〉，《新唐書》卷八五〈王世充傳〉，《資治通鑑》卷一八五、一八八。

5. **李神通**，隴西成紀（今甘肅秦安）人，高祖李淵從父弟，海州刺史李亮之子。高祖起事後，神通亦舉兵相應。武德元年，封永康王，旋改淮安王。先後從與征伐宇文化及、竇建德、劉黑闥等，屢有戰功。貞觀元年拜開府儀同三司，貞觀四年（630 年）卒，諡曰靖。《全唐詩》存其與太宗等賦柏梁體一句。傳見：《舊唐書》卷六〇，《新

唐書》卷七八。

　　6. **孔紹安**，字子聰，越州山陰（今浙江紹興）人，陳尚書奐之子。約生於陳宣帝太建九年（577 年），卒於唐高祖武德五年（622 年），年 46。

　　隋大業末，爲監察御史。入唐，拜內史舍人，恩禮甚厚。高祖武德中，以中書舍人與崔善爲、蕭德言主修梁史，未成而卒。

　　少誦古文數十萬言，外兄虞世南歎異之，與孫萬壽皆以文辭稱，時人謂「孫孔」。《舊唐書・經籍志下》著錄文集三卷，本傳則云五卷，《新唐書・藝文志四》則著錄五十卷，已佚。《全唐詩》存詩七首。傳見:《舊唐書》卷一九○，《新唐書》卷一九九〈孔若思傳〉附，《唐詩紀事》卷三。

第二節　太宗時期

　　所謂「太宗時期」的詩人，係以收錄卒於貞觀元年（627 年）至貞觀二十三年（649 年）太宗逝世之間者爲準。但由於時代較長、人數較多，故且以貞觀十五年（642 年）爲界，區分爲二個段落，以便加以敘述。而以下便以卒於貞觀元年至貞觀十五年者爲「貞觀前期」，另以卒於貞觀十六年至貞觀二十三年者爲「貞觀後期」。

一、貞觀前期

　　所謂的「貞觀前期」，係以貞觀元年至貞觀十五年卒者爲限。就作者的特性而言，此一時期的作者，雖然也多爲前朝的遺臣，但是大部分都已邁入唐太宗的時代，除去源自秦王時代的舊班底之外，也有部份高祖時代的舊臣與隱太子的手下，也都納入以太宗爲主的文學核心集團。以下，則仍依卒年之先後爲次，順序加以論述。

　　1. **杜淹**，字執禮，京兆杜陵（今陝西長安）人。隋開皇中，隱居太白山。大業末，官至御史中丞。入唐，秦王引爲天策府兵曹參軍、文學館學士，後坐事流雟州。太宗即位，召拜御史大夫，轉吏部尚書，

貞觀二年（628 年）卒，諡曰襄。

淹嘗侍宴，賦詩尤工，賜金鍾。參議政事，前後表荐四十餘人，後多知名。《全唐詩》存詩三首。傳見：見《舊唐書》卷六六，《新唐書》卷九六，《全唐文》卷一三五，《大唐新語》卷八。

2. **陳子良**，吳（今江蘇蘇州）人，約生於陳高宗太建七年（575年），卒於太宗貞觀六年（632 年），年 58。

在隋，爲楊素記室。唐高祖武德時，官右衛率府長史，與蕭德言、庾抱同爲隱太子學士。貞觀元年，出爲相如縣令。

子良少好學，博通經史，工詩文。有集十卷，已佚。《全唐詩》存詩十三首，《全唐詩續拾》補斷句二。傳見：《舊唐書》卷一九〇〈賀德仁傳〉附，《全唐文》卷一三四，《唐詩紀事》卷四，《文苑英華》卷八四三，陳子良〈平城縣正陳子干誄〉。

3. **李淵**，字叔德，隴西成紀（今甘肅秦安）人，生於北周高祖天和元年（566 年），卒於唐太宗貞觀九年（635 年），年 70。諡曰太武，廟號高祖。

淵七歲襲封唐國公，隋末爲太原留守。大業十三年起兵，攻取長安，立煬帝孫侑爲恭帝，後廢之，自即帝位，建元武德。武德九年「玄武門事變」後，傳位次子世民，自稱太上皇，退居後宮，不理政事。《全唐詩》存詩一首，《全唐詩外編》補詩一首。傳見：《舊唐書》卷一，《新唐書》卷一。

4. **陳叔達**，字子聰，吳興長城（今浙江長興）人，陳宣帝第十六子也。約生於陳宣帝太建五年（573 年），卒於唐太宗貞觀九年（635年），年 63。

陳時，封義陽王。隋大業中，授內使舍人，出爲絳郡通守。歸唐後，授丞相府主簿，武德中，進黃門侍郎，兼納言侍中，封江國公。貞觀中，拜禮部尙書，卒諡曰繆，後改忠。

叔達善容止，有才學，十餘歲嘗侍宴，賦詩十韻，援筆便就，徐陵甚奇之。《舊唐書‧經籍志下》載文集五卷，《新唐書‧藝文志四》

作十五卷，今佚。《全唐詩》存詩十首，《全唐詩續拾》補詩一首。傳見：《舊唐書》卷六一，《新唐書》卷一〇〇，《全唐文》卷一三三，《唐詩紀事》卷三。

5. **長孫皇后**，河南洛陽（今河南洛陽）人，隋右驍衛將軍長孫晟之女。生於隋文帝仁壽元年（601 年），卒於唐太宗貞觀十年（636 年），年 36，諡曰文德。

少好讀書，進退必循於理法。年十三嬪於太宗。武德元年，立為秦王妃，九年拜皇太子妃，太宗即位，立為皇后。

后性簡約，喜圖傳，矜於禮法，視古今善惡以自鑒。嘗采古婦人善事，作《女則要錄》十卷。《全唐詩》存詩一首。傳見：《舊唐書》卷五一，《新唐書》卷七六。

6. **鄭世翼**，或作鄭翼，滎陽（今河南鄭縣）人，弱冠有盛名。高祖武德中，歷萬年丞，揚州錄事參軍，數以言辭忤人。太宗貞觀中，坐怨謗，流巂州，約卒於太宗貞觀十一年（637 年）。

是時崔信明自謂文章獨步，世翼謂之曰：「嘗聞『楓落吳江冷』，願見其餘。」信明欣然示眾篇，世翼覽之未終，曰：「所見不及所聞。」投之江中。撰有《交遊傳》二卷，頗行於時，有集八卷，已佚。《全唐詩》存詩五首。傳見：《舊唐書》卷一九〇，《新唐書》卷二〇一，《唐詩紀事》卷三。

7. **虞世南**，字伯施，越州餘姚（今浙江餘姚）人，生於陳武帝永定二年（558 年），卒於唐太宗貞觀十二年（638 年），年 81。

虞世南與兄世基，同受學於顧野王，文章婉縟似徐陵。陳亡後，與其兄同入長安，俱有盛名。隋大業初年，累授祕書郎，遷起居舍人。入唐，為秦府記室參軍，遷太子中舍人。太宗即位後，歷弘文館學士、祕書監，卒諡文懿。

世南之詩文詞典麗，太宗稱其德行、忠直、博學、文詞、書翰為五絕。其作雖多為應制、奉和、侍宴之作，然亦開初唐雅麗之風。有集三十卷，已佚。《全唐詩》存詩一卷，計三十二首。傳見：《舊

唐書》卷七二,《新唐書》卷一〇二,《全唐文》卷一三八,《唐詩紀事》卷四。

8. **王珪**,字叔玠,太原祈(今山西祈縣)人,生於北周高祖天和六年(571年),卒於唐太宗貞觀十三年(639年),年69。

隋時,爲奉禮郎。入唐,初爲太子舍人,因事流雋州,太宗知其才,召爲諫議大夫,推誠納忠,多所獻替。貞觀初,遷黃門侍郎,兼太子右庶子,進侍中,與房玄齡、李靖、溫彥博、戴胄、魏徵等同知國政。七年,出爲同州刺史,旋召爲禮部尚書,兼魏王泰師,與諸儒正定《五禮》,卒贈吏部尚書,諡曰懿。

珪嘗於上前品藻諸子,多所遜謝,至激濁揚清,嫉惡好善,自謂於數子有一日之長。帝深之,時人亦服其確論。其詩質樸沉健,不同時尚,《全唐詩》存詩二首。傳見:《舊唐書》卷七〇,《新唐書》卷九八,《唐詩紀事》卷四。

9. **歐陽詢**,字信本,潭州臨湘(今湖南長沙)人。生於陳武帝永定元年(557年),卒於唐太宗貞觀十五年(641年),年85。

少爲江總收養,教以書計。初仕隋,爲太常博士。唐高祖微時,引爲賓客。武德初,累遷給事中,貞觀初,官至太子率更令、弘文館學士、封渤海縣男。

詢博貫經史,能詩善文,曾主編類書《藝文類聚》一百卷,流傳至今。亦工書,初學王,後自成一家,世稱「歐體」。《全唐詩》存詩二首,《全唐詩外編》補詩一首。傳見:見《舊唐書》卷一八九,《新唐書》卷一九八,《全唐文》卷一四六。

10. **朱子奢**,蘇州吳(今江蘇蘇州)人。博覽子史,善屬文,通《春秋》。隋大業中,爲祕書學士。武德初,授國子助教。貞觀時,爲諫議大夫、弘文館學士,遷國子司業。卒於貞觀十五年(641年)。

子奢爲人樂易,能劇談,又以經義緣飾,每侍宴,帝令與群臣論難,皆莫能及。曾預修《禮記正義》、《文思博要》等書。《全唐詩》存詩一首,《全唐詩續拾》補詩一首。傳見:《舊唐書》卷一八九,《新

唐書》卷一九八，《唐詩紀事》卷三，《全唐文》卷一三五。

二、貞觀後期

所謂的「貞觀後期」，係以貞觀十六年至貞觀二十三年去世者為準。而在本節之中，有許多前朝的遺老舊臣至此已逐漸凋零，而新一代的詩人們也在有利的政經背景下茁壯成長，逐漸登上詩壇的重要位置。以下，則仍依前例列敘之。

1. **劉孝孫**，荊州（今湖北江陵）人，弱冠知名，與虞世南、蔡君和、孔德紹、庾抱、庾自直、劉斌等結為文會。隋大業中，為王世充弟杞王辯行台郎中。武德初，歷虞州錄事參軍，秦王府文學館學士。貞觀年間，歷任著作郎、吳王府咨議參軍、太子洗馬等職，約卒於太宗貞觀十六年（642 年）。

孝孫工詩善文，著述頗豐，有《古今詩苑》四十卷，集三十卷，已佚。《全唐詩》存詩七首。傳見：《新唐書》卷一○二，《全唐文》卷一五四，《唐詩紀事》卷四。

2. **魏徵**，字玄成，魏州曲城（今山東掖縣）人，生於北周靜帝大象二年（580 年），卒於唐太宗貞觀十七年（643 年），年 64。

少孤，落魄有大志。隋末，隨李密起兵，密敗後降唐，太子建成引為洗馬。太宗即位，拜諫議大夫，歷任秘書監、檢校侍中、左光祿大夫、太子太師等職，進封鄭國公，卒諡文貞。

徵性諒直，知無不言，為人勇於直諫，史稱諍臣。曾主持《隋書》與《群書治要》等典籍的編纂，齊、梁、陳、周、隋諸史的序論，多出其手。有集二十卷，今佚。其詩多為郊廟樂章與奉和應制的作品，《全唐詩》存詩一卷，計三十五首，《全唐詩外編》及《全唐詩續拾》補詩三首。傳見：《舊唐書》卷七一，《新唐書》卷九七，《全唐文》卷一三九——一四一，《唐詩紀事》卷四。

3. **謝偃**，衛州衛縣（今河南浚縣）人。仕隋為散從正員外。貞觀初，應詔對策及第，授高陵主簿。後擢弘文館直學士，遷魏王府功

曹參軍，出為湘潭令，卒於貞觀十七年（643 年）。

上駕幸東都，詔求直諫，偓極言得失，太宗稱美。嘗為〈塵〉、〈影〉二賦甚工，奉詔撰〈述聖賦〉，又獻〈惟皇戒得賦〉以申諷。時李百藥工五言詩，偓善作賦，時人稱「李詩謝賦」。集十卷，今佚。《全唐詩》存詩四首，《全唐詩續拾》補詩二句。傳見：《舊唐書》卷一九○，《新唐書》卷二○一，《全唐文》卷一五六。

4. **王績**，字無功，號東皋子，文中子之弟，絳州龍門（今山西河津）人，約生於隋文帝開皇五年（585 年），卒於唐太宗貞觀十八年（644 年），年 60。

隋末，授祕書省正字，出為六合丞，後託病棄官歸家。唐高祖武德初，再以六合丞待詔門下省。貞觀時，聞太樂署史焦革家善醲，績求為丞，革死，遂棄官歸鄉，著書以終。

績遭逢世亂，失意歸隱，效阮籍、陶淵明，寄情詩酒。其詩清新質樸，恬淡自然。翁方綱《石洲詩話》云：「王無功以真率疏淺之格，入初唐諸家中，如鸞鳳群飛，忽逢野鹿，正是不可多得也。」有集五卷。《全唐詩》收詩一卷，計五十六首，《全唐詩外編》及《全唐詩續拾》補詩六十九首。傳見：《舊唐書》卷一九二，《新唐書》卷一九六，呂才〈東皋子後序〉，《全唐文》卷一三九——一四一，《唐詩紀事》卷四。

5. **顏師古**，字籀，一說字師古，名籀，雍州萬年（今陝西西安）人，齊黃門侍郎之推之孫。生於北周靜帝大定一年（581 年），卒於唐太宗貞觀十九年（645 年），年 65。

隋末為安養尉。高祖入關，授朝散大夫，累遷中書舍人，專掌機密。太宗即位，擢拜中書侍郎，後遷祕書監，終弘文館學士。

師古少博覽，性簡峭，自負其才，意望甚高，尤精訓詁，善為文章。曾奉召考定《五經》，預修《五禮》，所著《漢書注》、《急就章注》、《匡謬正俗》皆大行於世。《新唐書·藝文志四》載其集六十卷，《舊唐書·經籍志下》作四十卷，已佚。《全唐詩》存詩一首。傳見：《舊

唐書》卷七三，《新唐書》卷一九八，《全唐文》卷一四七，《唐詩紀事》卷五。

6. **岑文本**，字景仁，南陽棘陽（今河南南陽）人，生於隋文帝開皇十五年（595年），卒於唐太宗貞觀十九年（645年），年51。高祖時，授行台考功郎中。太宗貞觀初，授祕書郎，上〈藉田〉、〈三元〉兩頌，辭甚工，擢中書舍人，遷中書郎中，再拜中書令。從太宗征遼，至幽州暴卒，諡曰憲。

文本沈敏有姿儀，博綜經史，美談論，善屬文，工飛白書。所草詔誥，即命書僮六、七人，隨口並寫，須臾悉成。時中書侍郎顏師古以譴罷，太宗曰：朕自舉一人，乃以授文本。嘗與令狐德棻撰《周書》，並預修《文思博要》、《大唐士族志》等書。有集六十卷，今佚。《全唐詩》存詩四首，《全唐詩續拾》補詩一首。傳見：《舊唐書》卷七〇，《新唐書》卷一〇二，《全唐文》卷一五〇，《唐詩紀事》卷四。

7. **劉洎**，字思道，荊州江陵（今湖北江陵）人。隋末，事蕭銑為黃門侍郎。入唐，初授南康州都督府長史。貞觀七年，拜給事中，轉治書侍御史，拜尚書右丞，遷散騎常侍，轉侍中。太宗征遼，留輔太子監國。貞觀十九年（645年），為褚遂良所誣，賜死。

洎性疏峻，敢言。太宗嘗宴群臣，賜飛白字，或乘酒爭取於帝手。洎登御座，引手得之。帝笑曰：「昔聞婕妤辭輦，今見常侍登床。」有集十卷，已佚。《全唐詩》存詩一首，《全唐詩續拾》補詩一首。傳見：《舊唐書》卷七四，《新唐書》卷九九，《全唐文》卷一五一。

8. **鄭元璹**，字得芳，滎陽開封（今河南開封）人。初仕隋，封莘國公，大業末為文城郡守。入唐，拜太常卿。武德三年使突厥，被留數年，歸拜鴻臚卿。貞觀時，累轉至左武侯大將軍，遷宜州刺史，封沛國公。貞觀二十年（646年）卒，諡曰簡。《全唐詩續拾》錄詩一首。傳見：《舊唐書》卷六二，《新唐書》卷一〇〇。

9. **褚亮**，字希明，杭州錢塘（今浙江杭州）人，生於陳文帝天

嘉元年（560年），卒於唐太宗貞觀二十一年（647年），年88。

陳時，累官至尚書殿中侍郎。入隋爲東宮學士，遷太常博士。唐時初授秦王文學，歷太子舍人、太子中允。貞觀中，爲弘文館學士，遷散騎常侍，進封陽翟縣侯。卒贈太常卿，諡曰康。

亮幼聰敏，好學善屬文，十八歲訪徐陵，商榷文章，陵大爲驚異。入唐後，與虞世南齊名，其作多爲郊廟樂章，與奉和之制。有集二十卷，已佚。《全唐詩》存詩一卷，計三十二首，《全唐詩外編》補詩一首。傳見：《舊唐書》卷七二，《新唐書》卷一〇二，《全唐文》卷一四七，《唐詩紀事》卷四。

10. **高士廉**，字儉，渤海蓨（今河北景縣）人。生於北齊後主隆化元年（576年），卒於唐太宗貞觀二十一年（647年），年72。

隋大業中，爲治禮郎，後貶朱鳶主簿。入唐，累遷雍州治中。貞觀初，拜侍中，封義興郡公，進許國公，轉尚書右僕射。《全唐詩續拾》錄詩一首。傳見：《舊唐書》卷六五，《新唐書》卷九五。

11. **楊師道**，字景猷，弘農華陰（今陝西華陰）人，隋宗室也，清警有才思。隋末自洛陽歸高祖，授上儀同，尚桂陽公主，擢吏部尚書，轉太常卿，封安德郡公。貞觀中，遷侍中，遷中書令，罷爲吏部尚書。後從太宗征高麗，攝中書令，軍還遭毀，貶爲工部尚書，轉太常卿，貞觀二十一年（647年）卒，諡曰懿。

師道善草隸，工詩，每與有名士燕集，歌詠自適。帝每見其詩，必吟諷嗟賞。後賜宴，帝曰：「聞公每酺賞，捉筆賦詩，如宿構者，試爲朕爲之。」師道再拜，少選輒成，無所竄定，一座皆伏。其詩多爲應制、詠物之作。有集十卷，已佚。《全唐詩》編詩一卷，存詩二十一首，《全唐詩續拾》補詩二首。傳見：《舊唐書》卷六二，《新唐書》卷一〇〇，《全唐文》卷一五六，《唐詩紀事》卷四。

12. **李百藥**，字重規，定州安平（今河北安平）人，生於北齊後主天統元年（565年），卒於唐太宗貞觀二十二年（648年），年84。

其幼年多病，故以「百藥」爲名。七歲能屬文，號「奇童」。隋

開皇初，授東宮通事舍人，遷太子舍人，兼東宮學士，後襲父爵，進禮部員外郎。煬帝時奪爵還鄉。入唐，為涇州司戶，貞觀中，拜中書舍人，遷禮部侍郎，授太子右庶子，卒諡曰康。

百藥才行顯世，好獎勵後進，藻思沈鬱，尤長五言，雖樵童牧子，亦皆吟諷。嘗侍帝，同賦《帝京篇》，手詔褒美曰：「卿何身老而才之壯，齒宿而義之新乎？」原有集三十卷，今佚。《全唐詩》存詩一卷，計二十六首，《全唐詩外編》及《全唐詩續拾》補詩三首。傳見：《隋書》卷四二〈李德林傳〉附，《舊唐書》卷七二，《新唐書》卷一○二，《全唐文》卷一四二，《唐詩紀事》卷四，《唐才子傳》卷一。

13. 馬周，字賓王，博州荏平（今山東荏平）人。生於隋文帝仁壽元年（601 年），卒於唐太宗貞觀二十二年（648 年），年 48。

武德中，為博州助教。後入關，為中郎將常何門客，代為草疏，乃得太宗召見，大悅，拜監察御史，數言事，無不嘉納，累遷至中書令。貞觀十八年，太宗征遼，留輔太子，及還，兼攝吏部尚書，卒贈幽州都督。

周少孤貧，好學，尤善《詩經》、《春秋》。太宗嘗賜以飛白書曰：「鸞鳳凌雲，必資羽翼。股肱之奇，誠在忠良。」集十卷，已佚。《全唐詩》存詩一首。傳見：《舊唐書》卷七四，《新唐書》卷九八，《全唐文》卷一五五，《唐詩紀事》卷四。

14. 李靖，本名藥師，京兆三原（今陝西三原）人。生於北周高祖天和五年（570 年），卒於唐太宗貞觀二十三年（649 年），年 80。

初仕隋，累官至馬邑郡丞。高祖武德間，戰功卓著，拜揚州行軍總管。貞觀時，歷任刑部尚書、兵部尚書、尚書右僕射，先後擊敗東突厥、吐谷渾等外患。初封代國公、後改衛國公，卒諡景武。

藥師為初唐重要的將領，一生以軍事的成就為主。著有《衛公兵法》、《李衛公問對》三卷。《全唐詩續拾》錄詩一首。傳見：《舊唐書》卷六七，《新唐書》卷九三。

15. 李世民，隴西成紀（今甘肅秦安）人，後徙居長安，爲唐高祖李淵次子。生於隋文帝開皇十八年（598 年），卒於唐太宗貞觀二十三年（649 年），諡曰文皇帝，廟號太宗。年 52。

隋末勸其父起兵，轉戰四方，多有建樹。唐高祖武德元年爲尚書令，進封秦王。九年，發動「玄武門之變」，遂改立爲太子，旋繼帝位。次年改元爲貞觀，在位二十四年，政治修明，民生樂利，史稱「貞觀之治」。

太宗是我國歷史上，少數文武兼備的帝王。所謂「理政之餘，兼好藝文」，先後開設文學館、弘文館，延攬文學之士，彼此討論經典、吟詠唱和，在唐詩的發展上，有開創之功。《舊唐書·經籍志下》錄有《唐太宗集》三十卷，《新唐書·藝文志四》作四十卷。另有《帝范》四卷、《凌煙閣功臣贊》一卷，均佚。其詩有述志抒懷的剛健之作，然亦有典雅精麗之小品，風格頗爲多樣。《全唐詩》存詩一卷，計九十九首，《全唐詩外編》及《全唐詩續拾》補詩十首，斷句二。傳見：《舊唐書》卷二、三，《新唐書》卷二，《全唐文》卷五一一○，《唐詩紀事》卷一，《資治通鑑》卷一九一─一九九〈唐紀七～十五〉。

第三節　高宗時期

所謂「高宗時期」之詩人，係以收錄卒於高宗永徽元年（650 年）以後者爲準。但由於高宗橫跨初唐之前後期，故我們以卒於永徽元年至龍朔三年（663 年）者爲「高宗前期」，另以卒於麟德元年（663 年），但生年在高祖武德元年以前者，爲「高宗後期」。以下，試分別加以敘述。

一、高宗前期

所謂「高宗前期」之詩人，係以收錄卒於高宗永徽元年至龍朔三年之間者爲準。就這個階段的政治架構與文學狀況來看，基本上仍舊是屬於太宗貞觀時期的延伸。不過必須注意的是，新興的勢力在此時

期已經迅速崛起。在政治上，武后已經取得相當的地位權力，並逐步對朝廷的舊勢力展開拉攏與打擊的雙面策略。而在文壇上的「初唐四傑」，雖然沒有太高的官職地位，但是他們以早慧的姿態與突出的創新手法，逐漸地在當時的文壇上嶄露頭角。所以在這個新舊交替之際，初唐的詩人們也展現出各自不同的風貌。在這個階段去世的文人，正代表著舊世代的衰微。以下，則仍依時代之先後爲次。

1. **徐賢妃**，本名惠，湖州長城（今浙江長興）人。生於唐太宗貞觀元年（627 年），卒於高宗永徽元年（650 年），年 24，卒贈賢妃。

惠自幼聰慧，生五月能言，四歲通《論語》、《毛詩》，八歲自曉屬文。後經太宗召爲才人，俄拜婕好，再遷充容。常常上疏論時政，帝善其言，優賜之。太宗卒後，常作詩文以明其志，後因哀傷成疾，旋亦卒。

其詩辭致贍蔚，又無淹思，有文理，《全唐詩》存詩五首。傳見：《舊唐書》卷五一，《新唐書》卷七六，《唐詩紀事》卷三。

2. **劉子翼**，字小心，常州晉陵（今江蘇）人。初仕隋，爲著作郎，大業初，遷祕書監。貞觀間，拜吳王府功曹參軍，弘文館直學士。曾預修《晉書》，加朝散大夫。高宗永徽元年（650 年）卒。

子翼博學，善文詞。《舊唐書·經籍志下》載文集十卷，《新唐書·藝文志》做二十卷。今佚。《全唐詩續拾》錄詩二首。生平見：《舊唐書》卷八七〈劉褘之傳〉附，《元和姓纂》卷五，《唐會要》卷六三。

3. **蕭德言**，字文行，雍州長安（今陝西西安）人，生於北周世祖元至二年（558 年），卒於唐高宗永徽五年（654 年），年 97。

隋仁壽中，授校書郎。貞觀中，爲著作郎，兼弘文館學士，封武陽縣侯，爲春宮侍讀，進祕書少監。高宗時，以師傅恩，加銀青光紫大夫。

德言博涉經史，尤好《春秋左氏傳》，好屬文，晚年尤篤志於學，自晝達夜，略無休倦。每開五經，必束帶盥濯，危坐對之。曾預修《括地志》。《舊唐書·經籍志下》著錄文集三十卷，《新唐書·藝文志四》

作二十卷，今佚。《全唐詩》存詩一首。傳見：《舊唐書》卷一八九，《新唐書》卷一九八，《唐詩紀事》卷五。

4. **褚遂良**，字登善，杭州錢塘（今浙江杭州）人，亮之子。生於隋文帝開皇十六年（596 年），卒於唐高宗顯慶三年（658 年），年 63。

初授秦州都督府鎧曹參軍，貞觀十年，自祕書郎遷起居郎，歷諫議大夫、黃門侍郎，參綜朝政，建奏多所採納，進中書令。永徽初，出為同州刺史，後召拜禮部尚書，進尚書右僕射。以諫立武昭儀，貶潭州刺史、愛州刺史，旋卒。

遂良博涉文史，工隸楷書，曾預修《晉書》、《尚書正義》、《文思博要》等。集二十卷，已佚。《全唐詩》存詩一首，《全唐詩外編》補詩四首。傳見：《舊唐書》卷八○，《新唐書》卷一○五，《全唐文》卷一四九。

5. **張後胤**，字嗣宗，蘇州昆山（今江蘇昆山）人。生於陳高宗太建八年（576 年），卒於唐高宗顯慶三年（658 年），年 83。

隋末，入李淵幕府。義寧初，授齊王府文學，新野縣公。貞觀時，出為睦州刺史，再轉國子祭酒、散騎常侍等。永徽五年致仕。卒諡曰康。

後胤以儒行見稱，《全唐詩續拾》錄詩一首。傳見：《舊唐書》卷一八九，《新唐書》卷一九八，《唐文續拾》卷二。

6. **長孫無忌**，字機輔，河南洛陽（今河南洛陽）人，文德皇后之兄。好學，有籌略。佐太宗定天下，以功第一。拜左武侯大將軍，轉吏部尚書，遷尚書右僕射，改司空，封越國公，進位司徒。貞觀十七年圖功臣二十四人於凌煙閣，無忌為之冠。高宗即位，進冊太尉，與褚遂良共贊國事，故永徽之政頗有貞觀遺風。後因反對冊立武后，遂遭許敬宗構陷，於高宗顯慶四年（659 年）貶死黔州。

無忌博涉經史，曾領修《唐律疏議》、《大唐禮儀》、《永徽五禮》、《武德貞觀兩朝史》、《貞觀實錄》等書。《全唐詩》存詩四首，《全唐詩續拾》補詩四首。傳見：《舊唐書》卷六五，《新唐書》卷一○五，

《全唐文》卷一三六。

7. **來濟**，揚州江都（今江蘇揚州）人，隋大將軍護之子。生於隋煬帝大業六年（610年），卒於唐高宗龍朔二年（662年），年53。

唐初舉進士，貞觀中，累轉通事舍人，遷考功員外郎。十八年，任太子司議郎，兼崇學館直學士，尋遷中書舍人。高宗永徽二年，拜中書侍郎，兼弘文館學士，再遷中書令，後出爲台州刺史、徙庭州刺史，領兵抗突厥，陣沒。贈楚州刺史。

宇文化及之難，護闔門遇害，流離艱險，而篤志好學，有文詞，善談論，尤曉時務。與令狐德棻同修《晉書》。濟工詩文，能書。集三十卷，已佚。《全唐詩》存詩一首。傳見：《舊唐書》卷八〇，《新唐書》卷一〇五，《唐詩紀事》卷四。

二、高宗後期

所謂「高宗後期」，乃指卒於麟德元年以後者。事實上，此一時期已進入初唐後期的階段。在政治上，武后已經取得實際的掌控權，在文學上，「上官體」亦由極盛而轉趨衰微，而「四傑」也登上文壇的重要地位。不過我們就作品的角度來定位，則部份卒年在龍朔以後的長壽作家，若就其系統的一慣性來看，則仍必須以歸入初唐前期較爲合適。故本節即收錄卒於麟德元年以後，但生年在唐高祖武德元年以前者爲主，以下則依序統列於後。

1. **上官儀**，字游韶，陝州陝縣（今河南陝縣）人，約生於隋煬帝大業四年（608年），卒於唐高宗麟德元年（663年），年57。

隋末，曾出家爲僧游情釋典，博覽經史，工於文詞。貞觀初，登進士第，召授弘文館直學士，遷祕書郎。太宗每屬文，多遣儀視稿，每作詩，多命繼和，私宴未嘗不預。高宗即位，爲祕書少監，遷西臺侍郎，同東西臺三品，位居宰相。曾爲高宗草擬廢武后詔，故爲武則天所忌恨。麟德元年，武后指使許敬宗構陷之，遂坐梁王忠謀反事，下獄死。

　　上官儀以詞彩自達，工于五言詩，好以綺錯婉媚為本，權既顯貴，故當時多有效其體者，時人謂為「上官體」。儀又總結自六朝以來的對偶之法，創「六對」、「八對」之說，對於律體的成熟，有很大的貢獻。然其詩多以應制奉和為主，原有集三十卷，已佚。《全唐詩》存詩一卷，計二十首，《全唐詩續拾》補詩十二首。傳見：《舊唐書》卷八〇，《新唐書》卷一〇五，《全唐文》卷一五四、一五五，《唐詩紀事》卷六。

　　2. **于志寧**，字仲謐，京兆高陵（今陝西高陵）人，生於隋文帝開皇八年（588 年），卒於唐高宗麟德二年（665 年），年 78。

　　隋大業末為冠氏縣長，有高名，後棄官歸里。高祖入關，授銀青光祿大夫、天策府從事中郎、文學館學士。貞觀三年，太宗宴貴臣內殿，志寧以非三品，不至，上怪之，特令預宴，即加散騎常侍，後遷侍中。永徽中，進封燕國公，兼修國史，拜尚書左僕射。卒諡曰憲。

　　有文集四十卷，已佚。《全唐詩》存詩一首，《全唐詩續拾》補詩一首。傳見：《舊唐書》卷七八，《新唐書》卷一〇四，令狐德棻〈大唐故柱國燕國公于君碑銘並序〉。

　　3. **令狐德棻**，宜州華原（今陝西耀縣）人，生於隋文帝開皇三年（583 年），卒於唐高宗乾封元年（666 年），年 84。

　　隨末，授藥城長，以世亂不就。高祖入關，引直大丞相府記室，轉起居舍人，遷祕書丞，與侍中陳叔達等奉詔撰《藝文類聚》。貞觀時，累遷禮部侍郎，轉太子右庶子，擢祕書少監。高宗時，遷太常卿，兼弘文館學士，拜國子祭酒，兼崇賢館學士，進彭城縣公。諡曰憲。

　　德棻博涉文史，早知名。唐初經籍散亡，德棻奏請搜求天下遺書，置吏寫錄，又奏請修撰歷代史書，功莫大焉。其人博貫文史，勤於著述，國家凡有修撰，無不參與，主編《周書》等。有集三十卷，今不傳。《全唐詩》存詩一首。傳見：《舊唐書》卷七三，《新唐書》卷一〇二，《全唐文》卷一三七。

4. **李義府**，原籍瀛州饒陽（今河北饒陽），其祖遷居永泰（今四川鹽亭）。生於隋煬帝大業十年（614 年），卒於唐高宗乾封元年（666 年），年 53。

貞觀八年對策擢第，補門下省典儀，尋除監察御史、太子舍人，加崇賢館直學士，與來濟俱以文翰見知，時稱「來李」。高宗立，遷中書舍人，加弘文館學士，以贊立武昭儀爲后，拜中書舍人，遷中書令，進封河間郡公。龍朔三年，再遷右相，坐贓除名，長流巂州。

義府貌似溫恭，實則陰險奸佞，有「笑中刀」、「人貓」之稱。曾預修《晉書》、《永徽五禮》等書。有集四十卷，《舊唐書・經籍志下》作三十九卷，〈本傳〉作三十卷，已佚。《全唐詩》存詩八首。傳見：《舊唐書》卷八二，《新唐書》卷二二三，《全唐文》卷一五三，《唐詩紀事》卷四。

5. **許敬宗**，字延族，杭州新城（今浙江富陽）人，善心子也。生於隋文帝開皇十二年（592 年），卒於唐高宗咸亨三年（672 年），年 81。

隋大業中舉秀才，官直謁者臺奏通事舍人事。高祖初爲秦王府學士，貞觀時歷著作郎、中書舍人、給事中、太子右庶子、中書侍郎等職。高宗朝授禮部尙書、歷鄭州刺史、衛尉卿，再拜侍中、進封郡公，遷中書令，改右相。卒諡曰繆，後改恭。

自貞觀後，敬宗監修國史，先後參與《文館詞林》、《文思博要》、《瑤山玉彩》等重要書籍的編纂工作，然竄改出己私，爲世所譏。《新唐書・藝文志四》載其文集八十卷，《舊唐書・經籍志下》作六十卷，已佚。其作多爲奉和應制之作。《全唐詩》存詩二十八首，《全唐詩外編》及《全唐詩續拾》補詩十九首，斷句一。傳見：《舊唐書》卷八二，《新唐書》卷二二三，《全唐文》卷一五一、一五二，《唐詩紀事》卷四。

6. **閻立本**，雍州萬年（今陝西西安）人。太宗時爲司封郎中，顯慶中，累官將作大匠，遷工部尙書，拜右相，改中書令，咸亨四年

（673 年）卒，諡文貞。

立本有應務才，尤善繪畫，工於寫眞，〈秦府十八學士圖〉、〈凌煙閣功臣二十四人圖〉，俱爲時人所稱，亦能詩文。《全唐詩》存詩一首。傳見：《舊唐書》卷七七，《新唐書》卷一○○，《全唐文》卷一五三。

第四節　年次欠詳者

本節係以收錄生卒年皆不可詳考者爲限，以下依《全唐詩》、《全唐詩外編》、《全唐詩續拾》之先後，及其卷次之排列，依序列述之。

1. **庾抱**，生卒年不詳，潤州江寧（今江蘇南京）人，有學術，工詩文。隋開皇中，爲延州參軍事，後轉元德太子學士。高祖初起，隱太子引爲隴西公府記室，文檄皆出其手，尋轉太子舍人，未幾卒。《舊唐書》本傳與《新唐書・藝文志四》載文集十卷，《舊唐書・經籍志》作六卷，已佚。《全唐詩》存詩五首，《全唐詩續拾》補詩一首。傳見：《舊唐書》卷一九○，《新唐書》卷二○一，《唐詩紀事》卷三。

2. **張文琮**，生卒年不詳，貝州武城（今河北清河）人，高宗相文瓘弟，好自寫書，筆不釋手。太宗貞觀中，爲侍書御史，遷復州、亳州刺史，爲政輕簡。高宗永徽元年，拜戶部侍郎，後出爲建州刺史，卒於官。集二十卷，已佚。《全唐詩》存詩六首，《全唐詩續拾》補詩一首。傳見：《舊唐書》卷八五，《新唐書》卷一一三，《全唐文》卷一六二，《唐詩紀事》卷五，陳子昂〈唐故袁州參軍李府君妻清河張氏墓志銘〉。

3. **袁朗**，生卒年不詳，雍州長安（今陝西西安）人，自幼勤學，好屬文。初仕陳，爲祕書郎，甚爲江總所重，嘗制千字詩，當時以爲盛作。陳後主召入禁中，使爲月賦，染翰立成。歷太子洗馬、德教殿學士，遷祕書丞。陳亡，仕隋爲儀曹郎。唐高祖武德初，授齊王文學，轉祠部郎中，遷給事中。貞觀初卒於官，太宗悼之曰：「朗任淺而性

謹厚，使人悼惜。」曾預修《藝文類聚》，《新唐書・藝文志四》載《袁朗集》十四卷，《舊唐書・經籍志下》作四卷，已佚。《全唐詩》存詩四首。傳見：《舊唐書》卷一九〇，《新唐書》卷二〇一，《唐詩紀事》卷三。

4. **竇威**，字文蔚，生卒年不詳，扶風平陵（今陝西咸陽）人，太穆皇后從父兄也。沈邃有器局，博覽群書，諸兄詆為書癡。隋代，初授祕書郎，遷內史舍人，轉考功郎中。入唐，為高祖丞相府司祿參軍，博物多識，朝章國典，皆其所定。武德元年，拜內史令，卒諡曰靖。文集十卷，已佚，《全唐詩》存詩一首。傳見：《舊唐書》卷六一，《新唐書》卷九五，《唐詩紀事》卷五。

5. **封行高**，生卒年不詳，觀州蓨（今河北景縣）人，倫之兄子，以文學知名。貞觀中，官至禮部郎中。《全唐詩》存詩一首。生平見：《舊唐書》卷六三〈封倫傳〉附，《新唐書》卷七一〈宰相世系表一下〉。

6. **杜正倫**，生卒年不詳，相州洹水（今河北魏縣）人。隋世舉秀才。入唐，太宗召直秦府文學館。貞觀元年，擢兵部員外郎，累遷中書侍郎，兼太子左庶子，參典機密。高宗顯慶元年，改黃門侍郎，兼崇賢館學士，遷中書令，封襄陽公，後貶橫州刺史，卒於官。

正倫善屬文，嘗與中書舍人董思恭夜直論文。思恭謂人曰：「與杜公評文，今日覺吾文頓進。」《新唐書》〈藝文志二、三、四〉分別著錄《春坊要錄》四卷，《百行章》一卷，文集十卷，均佚。《全唐詩》存詩二首。傳見：《舊唐書》卷七〇，《新唐書》卷一〇六，《唐詩紀事》卷四，《全唐文》卷一五〇。

7. **楊續**，生卒年不詳，弘農華陰（今陝西華陰）人，師道之兄，有辭學。貞觀中，為鄆州刺史，後為都水使者。文集十卷，已佚。《全唐詩》存詩一首。生平見：《舊唐書》卷六二〈楊恭仁傳〉附，《新唐書》卷七一〈宰相世系表一下〉。

8. **凌敬**，或作陸敬，生卒年籍里俱不詳。初為竇建德國子祭酒，嘗說建德自太行上黨進，乘唐之虛以取山北，建德不從，以致於敗。

後歸唐爲魏王文學。集十四卷，已佚。《全唐詩》存詩四首。生平見：《舊唐書》卷五四〈竇建德傳〉附，《新唐書》卷八五〈竇建德傳〉附，《元和姓纂》卷五，《唐詩紀事》卷三。

9. **沈叔安**，生卒年不詳，吳興武康（今浙江德清）人。官刑部尙書，封吳興公。武德七年，遣使高麗。後爲潭州都督，圖形凌煙閣。集二十卷，已佚。《全唐詩》存詩一首，《全唐詩續拾》補詩一首。生平見：《元和姓纂》卷七，《唐詩紀事》卷三，《南部新書》卷甲。

10. **何仲宣**，或作何仲誼，生卒年籍里俱不詳，武德、貞觀間人。《全唐詩》存詩一首。生平見：《唐詩紀事》卷三，《全唐詩》卷三三。

11. **趙中虛**，生卒年籍里俱不詳，貞觀中人。《全唐詩》存詩一首。生平見：《全唐詩》卷三三。

12. **楊濬**，生卒年籍里俱不詳，貞觀時人。《全唐詩》存詩一首。生平見：《全唐詩》卷三三。

13. **崔信明**，生卒年不詳，青州益都（今山東青州）人。少英敏，博聞強記，下筆成章。隋大業中，爲堯城令，竇建德招之，不從，隱太行山。貞觀六年應詔舉，授興勢丞，遷秦川令。信明蹇傲自伐，常賦詩吟嘯，自謂過於李百藥，時人多不許之。《全唐詩》存詩一首，斷句一。傳見：《舊唐書》卷一九〇，《新唐書》卷二〇一，《唐才子傳》卷一。

14. **蔡允恭**，生卒年不詳，荊州江陵（今湖北江陵）人。有風采，善綴文，仕隋，歷著作郎、起居舍人，煬帝屬詞賦，多令奉誦之。入唐，爲秦王府參軍、文學館學士。貞觀初，爲太子洗馬，旋卒。《舊唐書》本傳載集十卷，《新唐書·藝文志四》著錄二十卷，又撰有《後梁春秋》十卷，均佚。《全唐詩》錄其詩一首，爲隋時所作。傳見：《舊唐書》卷一九〇，《新唐書》卷二〇一。

15. **杜之松**，生卒年不詳，博陵曲阿（今河北定縣）人。仕隋，爲起居舍人。貞觀中，爲河中刺史。嘗答王績書云：「僕幸恃故情，

庶迥高躅。豈意康成道重，不許太守稱官；老萊家居，羞與諸侯爲伍。延佇不獲，如何如何。」其雅尙蓋可知矣。文集十卷，已佚。《全唐詩》存詩一首。生平見：《元和姓纂》卷六，呂才〈東皋子後序〉（見《全唐文》卷一六○），《新唐書》卷一九六〈王績傳〉附，《唐詩紀事》卷四。

16. **崔善為**，生卒年不詳，貝州武城（今河北清河）人。弱關州舉及第，仕隋爲文林郎，後遷樓煩司戶書佐。曾密勸高祖舉事，署爲大將軍府司戶參軍，封清河縣公。武德二年，拜尙書左丞，轉大理卿，遷司農卿。貞觀初，爲陝州刺史，徙秦州刺史，卒謚曰忠。

善爲長於天文曆算，與王績有酬唱之作，《全唐詩》存詩三首。傳見：《舊唐書》卷一九一，《新唐書》卷九一，《唐會要》卷三八、六三、八四，《唐詩紀事》卷四。

17. **朱仲晦**，王績鄉人，生卒年不詳，《全唐詩》存詩一首。〔註1〕

18. **王宏**，生卒年不詳，濟南（今山東）人。與太宗幼日同學，曾學八體書，。太宗即位後，因訪鄉人，竟傳隱去。《全唐詩》存詩一首。生平見：《龍城錄》卷上，《初唐詩紀》卷五。〔註2〕

19. **毛明素**，生卒年籍里俱不詳，貞觀時人。《全唐詩》存詩一首。生平見：《全唐詩》卷三八。

20. **張文恭**，生卒年籍里俱不詳，貞觀時人。曾預修《晉書》，《全唐詩》存詩二首。傳見：《新唐書》卷五八〈藝文志二〉，《唐詩紀事》卷三。

〔註1〕按：「據今人曹汛所考，此詩爲朱熹擬答王績〈在京思故國見鄉人問〉詩之作，收入《晦庵先生朱文公文集》卷四。明本《東皋子集》附收朱詩，《全唐詩》據以誤入。朱熹，字元晦，一作仲晦，或即以其字誤入。」（以上參見《唐詩大辭典》，頁105。）

〔註2〕按：今「《全唐詩外編》改列〈從軍行〉於王寵之名下。據《新唐書》卷七一〈宰相世系表〉，知其約爲開元前後之人，故不當入此。而《全唐詩》卷三八所錄王宏詩，係源自《初唐詩紀》卷五，《初唐詩紀》則引自僞書《龍城錄》，不足爲據。故當從《文苑英華》歸王寵爲是。」（以上參見《全唐詩補編》，頁334。）

21. **蕭翼**，本名世翼，生卒年籍里俱不詳。太宗時，爲監察御史，巧取〈蘭亭序〉眞蹟於越僧辨才。《全唐詩》存詩一首，《全唐詩外編》與《全唐詩續拾》補詩二首。生平見：張彥遠《法書要錄》引何延之〈蘭亭始末記〉，《唐詩紀事》卷五。

22. **劉斌**，南陽（今河南）人，生卒年不詳。隋時官至信都郡司功書佐，後爲竇建德中書舍人。建德敗亡，又從劉黑闥爲中書侍郎，掌理文翰。及劉黑闥敗，逃亡歸附突厥，後不知所終。

斌善文，有詞藻。隋時嘗與虞世南、孔德紹、劉孝孫等結爲文會。《全唐詩》存詩四首，爲隋時所作。傳見：《隋書》卷七六，《舊唐書》卷五四〈竇建德傳〉、卷五五〈劉黑闥傳〉、卷七二〈褚亮傳〉等附見。

23. **榮九思**，京兆（今陝西西安）人，生卒年不詳，父權，爲隋兵部尚書。武德間，爲齊王李元吉之記室參軍。貞觀時，歷任司封郎中、黃門侍郎、給事中。《全唐詩外編》錄詩二句。生平見：《郎官石柱題名考》卷五，《資治通鑑考異》卷九，《全唐詩補逸》卷一。

24. **左匡政**，本名難當，宣州涇縣（今安徽涇縣）人，生卒年不詳。隋末曾率眾保鄉里，眾推爲總管。武德四年爲猶州總管，七年以守城功，授宣州都督，封戴國公。《全唐詩外編》錄詩一首。生平見：《舊唐書》卷六二〈李大亮傳〉附，《新唐書》卷一〈高祖本紀〉附，《元和姓纂》卷七，《冊府元龜》卷三七三，《全唐詩續補遺》卷一。

25. **陸摛**，字大紳，吳郡（今江蘇蘇州）人，生卒年不詳。隋仁壽中，召補春宮學士。大業中，爲燕王記室。貞觀二年，爲越王文學，十年授朝散大夫，魏王府文學。《全唐詩續拾》錄詩一首。生平見：《吳郡志》卷二一引《大業雜記》，《全唐詩續拾》卷二。

26. **鄭仁軌**，生卒籍里俱不詳。貞觀間爲龍宗衛率府長史，弘文館直學士。《全唐詩續拾》錄詩一首。生平見：《全唐詩續拾》卷二。

27. **李君武**，趙郡（今河北趙縣）人，生卒年不詳。唐初曾任蔚

州司馬。《全唐詩續拾》錄詩一首。生平見：《新唐書》卷七二〈宰相世系表二上〉，《詩式》卷三，《全唐詩續拾》卷二。

28. **王威德**，唐初人，生卒籍里俱不詳。《全唐詩續拾》錄詩二句。生平見：《全唐詩續拾》卷二，《歷代笑話集》引侯白《啓顏錄》。

29. **賈元遜**，唐初人，生卒年里俱不詳。《全唐詩續拾》錄詩二句。生平見：《全唐詩續拾》卷二，《歷代笑話集》引侯白《啓顏錄》。

30. **蕭鈞**，梁宗室之後，隋梁國公蕭珣之子，南蘭陵（今江蘇常州）人。生年不詳，約卒於顯慶年間。

鈞博學有才望。貞觀中，累遷中書舍人，爲房、魏所重。十七年，太子承乾被廢，坐免爲民。後再被起用。永徽二年，遷諫議大夫，兼弘文館學士，尋轉太子率更令，兼崇賢館學士。顯慶中卒。嘗撰《韻旨》二十卷，有文集三十卷，已佚。《全唐詩續拾》錄詩一首。生平見：《舊唐書》卷六三〈蕭瑀傳〉附，《新唐書》卷一○一〈蕭嵩傳〉附，《全唐詩續拾》卷三。

第五節　僧道、外籍人士、仙鬼

爲便於考察研究，故特將僧道、外籍人士、仙鬼統列於此節。其先後則依僧、道、外籍人士、仙、鬼等順序爲次，同類之中，則仍依前例，以卒年別先後。至於時代誤入以及年次無法確定者，悉闕而弗論。故此節收錄有：僧十一人、外籍人士一人，仙鬼則各一〔註3〕，合計一十四，以下試分別敘述之。

1. **海順**，俗姓任，河東蒲州（今山西永濟）人，生於隋文帝開皇九年（589年），卒於唐高祖武德元年（618年），年30。

少家貧，受學之年從道愻出家，研習諸經，苦心爲學，志行檢樸，與沙門行友爲同道交，卒於蒲州仁壽寺。《全唐詩》存詩三首。傳見：《續高僧傳》卷一五，《全唐文》卷九○三〈海順傳〉，《全唐詩》卷

〔註3〕「鬼」原有二則，然明解之生平亦見於「僧」部，故不再重列計算。

八〇八。

2. **法琳**，俗姓陳，潁川（今河南許昌）人。生於北齊後主武平三年（572 年），卒於唐太宗貞觀十四年（640 年），年 69。

少出家，寓荊州，遊獵儒釋，博通內外詞旨。隋末入關，捨僧歸俗。武德初復爲僧。貞觀十三年冬，因謗訕罪下獄，陳書自訴，改流益州，卒於途。

琳有文思，善談吐，著作甚夥，有文集三十卷。傳世者有《破邪論》、《辨正論》等。《全唐詩續拾》錄詩五首。傳見：《續高僧傳》卷二四〈法琳傳〉，

《開元釋教錄》卷八〈法琳傳〉，彥悰〈唐護法沙門法琳別傳〉，《全唐文》卷九〇三〈法琳傳〉。

3. **辨才**，俗姓袁，陳郡陽夏（今河南太康）人，約卒於貞觀十八年（644 年）。

辨才爲越州永興寺僧，書法家智永弟子。智永卒時，將王羲之〈蘭亭序〉眞蹟交其保存。貞觀年間，太宗遣蕭翼設計騙去眞蹟，遂驚悸病重，旋卒。《全唐詩》存詩一首。《全唐詩續拾》補詩一首。生平見：《法書要錄》卷三，引何延之〈蘭亭記〉，《古今禪藻集》卷七，《全唐詩》卷八〇八。

4. **道會**，俗姓史，犍爲（今四川）人。約生於隋文帝開皇元年（580 年），卒於唐太宗貞觀二十三年（649 年），年 71。

初於益州出家，後入長安訪經，博究經論史籍。武德時，立寺於隆山。貞觀間，與法琳同修《辨正論》。後因事被拘，獄解後歸鄉，旋卒。《全唐詩》存詩一首。傳見：《續高僧傳》卷三二，《全唐詩》卷八〇八。

5. **王梵志**，衛州黎陽（今河南浚縣）人，約生於隋文帝開皇十年（590 年），約卒於唐高宗顯慶五年（660 年），年 71。

據《桂苑叢談》記載：「王梵志，衛州黎陽人也，黎陽城東十五里有王德祖者，當隋之時，家有林檎樹，生瘿大如斗。經三年，其瘿

朽爛，德祖見之，乃撤其皮，遂見一孩兒抱胎而出，因收養之。至七歲，能語，問曰：『誰人育我？』及問姓名，德祖具以實告。因林木而生，曰梵天，後改曰志。曰：『我王家長育，可姓王也。』作詩諷人，甚有義旨，蓋菩薩示化也。」以上之說，實富有濃厚的神話色彩，令人難以盡信。不過據其詩作中之自述來看，應本爲中產以上之家，嘗有妻及子數人，中年以後方出家爲僧。

王梵志的詩歌以說理議論爲主，多據佛理以勸戒世人，對當時的事態人情亦頗多諷喻。詩風平易淺顯，多用俗言俚語，常寄卓思哲理於嘻笑怒罵間。其詩雖不見錄於《全唐詩》，但卻在民間廣爲流傳，影響後來的寒山、拾得、皎然、王維、白居易等人。《宋史‧藝文志》載有：王梵志詩一卷，《日本國見在書目錄》亦著錄有：王梵志集二、王梵志詩二卷。今《全唐詩外編》補詩一卷，計一百一十首，《全唐詩續拾》再補二卷，計二百二十六首。總計補詩三卷，三百三十六首。生平見：《全唐詩補逸》卷二，《太平廣記》卷八二引《桂苑叢談‧史遺》，《全唐詩續拾》卷五、六。

6. **明解**，俗姓姚，字昭義。吳興武康（今浙江德清）人。卒於唐高宗龍朔元年（661 年）。

幼出家於長安普光寺。有文藻，工琴，書、畫，時稱「三絕」。高宗時，應詔自舉，射策登第。與友人歡會時，嘗作詩述志，輕慢佛法，旋卒。或傳其卒後曾託夢於人，云不信佛而致災，並作詩自悔。〔註4〕

明解之作，《全唐詩》列於「鬼」部，存其卒後託夢之詩一首，《全唐詩續拾》另補詩一首。傳見：《續高僧傳》卷三五，《全唐詩》卷八六五，《全唐詩續拾》卷三。

7. **玄奘**，俗姓陳，名褘，通稱三藏法師。洛州緱氏（今河南偃

〔註 4〕《全唐詩》卷八六五〈鬼‧釋明解〉嘗注云：「明解性姚，普光寺僧，頗具才學，龍朔中策第，脫袈裟。自云：『得脫此驢皮，遂置酒賦詩』，有『一乘本非有，三空何所歸』之句，不久病卒。下夢於舊識及一畫士，言大受苦報，求寫經作功德，因遺此詩。」

師）人。約生於隋文帝開皇二十二年（602 年），卒於唐高宗麟德元年（663 年），年63。

玄奘十三歲出家，遍參名師。貞觀三年，自長安西行赴天竺取經，歷遊各地，於貞觀十九年返國，攜佛經六百餘部，對中國佛教的發展有相當深遠的影響，爲唯識宗創始人。除譯述佛經之外，著有《大唐西域記》十二卷傳世。《全唐詩續拾》錄詩五首。傳見：《舊唐書》卷一九一，《續高僧傳》卷四、五，慧立〈慈恩寺三藏法師傳〉，《全唐詩續拾》卷三。

8. 道恭，蘇州（今江蘇吳縣）僧，生卒年籍里俱不詳。其學該內外，爲時所稱。貞觀二十二年，奉召至洛陽宮，太宗命其賦詩詠衲袈裟。《全唐詩》存詩一首。生平見：《大慈恩寺三藏法師傳》卷七，《全唐詩》卷八〇八。

9. 法宣，一作慧宣，或作僧宣，貞觀間人，生卒年不詳。爲常州弘業寺僧。貞觀二十二年，與蘇州僧道恭同奉詔至洛陽。《全唐詩》存詩五首、斷句二，分別收於法宣、及慧宣之名下。傳見：《續高僧傳》卷一四、一六，《廣弘明集》卷三〇，《大慈恩寺三藏法師傳》卷七，《唐詩紀事》卷七二，《全唐詩》卷八〇八。

10. 僧鳳，俗姓蕭，工文翰。開皇初從僧燦出家，駐長安崇敬寺。貞觀中，敕主京師普集、定水二寺。後赴崎州講經，尋卒，年77。《全唐詩》存詩一首。傳見：《續高僧傳》卷一五，《全唐詩》卷八〇八。

11. 慧淨，俗姓房，常山眞定（今河北正定）人。生卒年不詳。隋唐時詩僧，譯經家。早習儒學，十四歲出家。隋文帝開皇末入長安，頗有聲望。貞觀中與房玄齡等結爲法友，參與波頗譯事，任《大庄嚴經論》筆受，譯文精妙。時高宗在東宮，復請爲普光寺上座。慧淨博學善辯，著述豐富。曾搜采自梁至唐初詩人之作，成《續古今詩苑英華集》二十卷，已佚。《全唐詩》存詩四首，《全唐詩外編》補詩一首。傳見：《續高僧傳》卷三，《全唐詩》卷八〇八。

12. **金真德**，新羅（今南韓）人，新羅王金眞平之女，金善德之妹。生年不詳，卒於唐高宗永徽三年（652 年）。

貞觀二十一年，嗣新羅王位，太宗加授柱國，封樂浪郡王。永徽元年，高宗遣將敗百濟，乃織錦作五言詩〈太平頌〉，遣其弟法敏入唐進獻。《全唐詩》存詩一首。傳見：《舊唐書》卷一九九〈新羅傳〉，《新唐書》卷二二○〈新羅傳〉，《唐詩紀事》卷八○，《全唐詩》卷七九七。

13. **孫思邈**，京兆華原（今陝西耀縣）人，約生於隋文帝開皇元年（581 年），卒於唐高宗永淳元年（682 年），年 102。

少時嘗隱居於太白山，隋文帝時以國子博士召，不就。唐太宗召詣京師，欲官之，亦不受。高宗顯慶年間復拜諫議大夫，仍固辭。上元元年稱疾請還山，不復出焉。

思邈精通百家、陰陽、推步之學，尤以醫藥著稱。著有《備急千金要方》三十卷，《千金翼方》三十卷，《全唐詩》列於「仙」部，存詩一首。《全唐詩續拾》補詩五首。傳見：《舊唐書》卷一四一，《新唐書》卷一九六，《全唐詩》卷八六○。

14. **慕容垂**，後燕世祖，昌黎棘城（今遼寧錦縣）人，生於晉顯帝咸和元年（326 年），卒於晉孝武帝太元二十一年（396 年），年 71。

《全唐詩》卷八六五〈鬼·慕容垂〉嘗注云：「太宗征遼，至定州，路側有一鬼，衣黃衣，立高冢上。神彩特異。遣使問之，答以此詩，言訖不見，乃慕容垂墓也。」

慕容垂之作，《全唐詩》列於「鬼」部，存其〈冢上答太宗〉一首。

第六節　小　結

總上所述，我們可以歸納出下列的特點。首先，在籍貫方面，針對籍貫可考的詩人，分別統計其籍貫之歸屬，可以得到以下的結果。

（見附表一）

附表一：初唐前期詩人籍貫分佈表

籍　貫	人　數	比　率	籍　貫	人　數	比　率
甘　肅	3	4%	陝　西	13	19%
山　西	4	6%	河　北	10	14%
山　東	3	4%	河　南	13	19%
江　蘇	9	13%	浙　江	10	14%
安　徽	1	1%	湖　北	2	3%
湖　南	1	1%	四　川	1	1%
總　計	70	99%			

　　其中詩人分佈較多的地區，分別是陝西（十三人），河南（十三人），河北（十人），浙江（十人），江蘇（九人），其他的地區都在四人以下。我們若再將區域做整體性的劃分，則屬於關隴區域的甘肅、陝西合計有十六人，佔百分之二十三，屬於山東區域的河北、河南、山東則有二十六人，佔百分之三十八，另外屬於江南區域的江蘇、浙江、安徽、兩湖也有二十三人，佔百分之三十二。這種地域的分佈現象，和史學家習慣將唐代的政權建立，視為關隴、山東、江南等三大勢力的結合，也是不謀而和的。

　　事實上，唐代的政治勢力雖然源自關隴區域，但是我們由文化的層面上來看，山東區域與江南區域的傳統發展，仍是表現出旺盛的生命力。因此在詩人分佈的表現上，可以表現出南北融合的現象。這一點由詩人的均衡分佈與表現，是可以得到強而有力的論證。

　　其次，我們再就初唐前期生卒年可考詩人之存活年歲作一統計，也可以得到以下的結果。（見附表二）

附表二：初唐前期詩人卒年分佈表

卒　年	人　數	比　率
～29	1	3%
30～39	3	8%
40～49	2	6%
50～59	6	17%
60～69	8	22%
70～79	6	17%
80～89	8	22%
90～99	1	3%
100～	1	3%
合　　計	36	101%

　　今人李燕捷先生在統計二九四四名唐人的卒年之後，得到平均死亡年齡為五十七點五五歲的數據。〔註5〕而在其統計六十七名唐代詩人，計算之後獲得五十九點二九歲的平均死亡年齡。〔註6〕以此和在初唐前期列入統計的三十六人之中，平均的死亡年齡為六十五點六九歲相較，實在是有相當大的差距。初唐前期的詩人除：徐賢妃（24）、海順（30）、長孫皇后（36）、李密（37）、孔紹安（46）、馬周（48）等六人之外，普遍的卒年多在五十歲以上。而享年在八十歲以上的，則有：李靖（80）、虞世南（81）、許敬宗（81）、張後胤（83）、李百藥（84）、令狐德棻（84）、歐陽詢（85）、褚亮（88）、蕭德言（97）、孫思邈（102）等十人。年壽較高雖不一定就能保證詩作的品質相對提高，但是壽命較長者擁有較多的創作經驗與創作數量，卻是不容置疑的。而由詩人的壽命普遍較長，事實上也可以反應出當時社會的安定情況，可以提供詩人們一種比較優渥的環境。姑且不論這種環境對

〔註5〕見李燕捷《唐人年壽研究》，頁115。
〔註6〕同註5，頁219。

詩作品質的作用是否即為正面的意義。但是在我們考察初唐前期詩人的籍貫與生卒年歲之後，的確也是可以明顯地反映出上列的事實。

第三，再就作者的性別言，在本文所引錄的詩人中，只有長孫皇后與徐賢妃等兩位是女性，其他皆為男性。雖然唐詩的發展是全面性的，但是受限於教育的尚未普及，所以只有部份社會階層較高的女性，才有機會表現他們在文學上的長才。因此就性別言，男性詩人在初唐前期乃至以後，仍是佔有絕對的優勢。

第四，至於就特殊人士言，在僧道這兩方面的比較上，初唐前期的僧人作品是佔有絕對的優勢。這一方面是基於社會的風尚，同時也導源於佛教教義所傳播的說解方式，大量地滲入詩作之中，所以僧人在詩作的表現上，不論是質或量，都表現出有壓倒性的絕對優勢。僧人在此一時期計有十一人，約佔有百分之十三，人數比率雖然不高，但若就詩作數量言，則就相當的可觀，約佔有四成左右的比率，其中特別是王梵志的作品，在今日的發掘整理與考據論證上，都有相當大的成就及意義。〔註7〕

第五，就官位階級言，唐代的官制大略劃分為九品，品有正從，而自正四品以下，又別為上下二階，故唐代官吏的品級，實有三十等。但是在官吏的地位與權利的高下之間，隱約是以五品為界的。如《唐律疏議》即曰：「諸犯私罪以官當徒者，五品以上一官當徒二年，九品以上一官當徒一年。」〔註8〕又《舊唐書》卷二〈太宗本紀〉載：「六月庚寅，皇子治生，宴五品以上，賜帛有差。」〔註9〕《唐六典》卷四〈尚書禮部〉載：「凡京司文武職事九品已上，每朔望朝參，五品以上及供奉官、員外郎、監察御史、太常博士每日朝參。」〔註10〕從

〔註7〕如張錫厚的《王梵志詩研究彙錄》(上海古籍出版社)，朱鳳芝的《王梵志研究》(臺灣學生書局)，均對王梵志之生平與詩作等諸多問題，提供種種不同的見解與看法。

〔註8〕見《唐律疏議》卷二〈名例‧官當〉。

〔註9〕見《舊唐書》卷二〈太宗本紀〉。

〔註10〕見《唐六典》卷四〈尚書禮部〉。

以上的敘述來看，唐代的官階普遍都是以五品為高下的區隔劃分。

　　不過唐代之序官有職事官，亦有散官。所謂的職事官是指有所管轄，實際治事的官職，而所謂散官則僅以表明其資歷，並無職事。所謂：「九品以上職事皆帶散位，謂之本品。職事則隨才錄用，或從閑入劇，或去高就卑，遷徙出入，參差不定。散位則一切以門蔭結品，然後勞考進序。」〔註11〕故以下即依本章之順序加以考察初唐前期詩人的官位品階，藉以瞭解初唐前期詩人在政治上的地位。考察的範圍，則以本章第一節至第四節的詩人為限，其結果如下。（見附表三）

附表三：初唐前期詩人最高官階表

姓　　名	最高官名	階　　品	備　　註
李　　密	光祿卿	從三品	
陳　　政	梁州總管（都督）	從三品	下州
李　神　通	開府儀同三司	從一品	散官
孔　紹　安	中書舍人	正五品上	
杜　　淹	吏部尚書	正三品	
陳　子　良	相如縣令（上）	從六品上	
李　　淵	唐高祖		
陳　叔　達	納言（侍中）	正三品	
長孫皇后	皇后		姓名不詳
鄭　世　翼	揚州錄事參軍	從七品上	上州
虞　世　南	祕書監	從三品	
王　　珪	侍中	正三品	
歐　陽　詢	太子率更令	從四品上	
朱　子　奢	諫議大夫	正五品上	

〔註11〕見《舊唐書》卷四二〈職官志一〉。

劉 孝 孫	太子洗馬	從五品上	
魏 徵	太子太師	從一品	
謝 偃	魏王府功曹參軍	正七品上	
王 績	太樂丞	從八品下	
顏 師 古	祕書監	從三品	
岑 文 本	侍中	正三品	
劉 洎	侍中	正三品	
鄭 元 璹	太常卿	正三品	
褚 亮	*散騎常侍	從三品	散官
高 士 廉	尚書右僕射	從二品	
楊 師 道	中書令	正三品	
李 百 藥	太子右庶子	正四品下	
馬 周	中書令	正三品	
李 靖	尚書右僕射	從二品	
李 世 民	唐太宗		
徐 惠	賢妃	正一品	
劉 子 翼	*朝散大夫	從五品下	散官
蕭 德 言	*銀青光紫大夫	從三品	散官
褚 遂 良	尚書右僕射	從二品	
張 後 胤	*散騎常侍	從三品	散官
長 孫 無 忌	太尉	正一品	
來 濟	中書令	正三品	
上 官 儀	西台侍郎（中書）	正四品	同東西台三品
于 志 寧	尚書左僕射	從二品	
令 狐 德 棻	太常卿	正三品	
李 義 府	右相（中書令）	正三品	
許 敬 宗	右相（中書令）	正三品	
閻 立 本	右相（中書令）	正三品	

庾　　抱	太子舍人	正六品上	
張 文 琮	戶部侍郎	正四品下	
袁　　朗	給事中	正五品上	
竇　　威	內史令（中書令）	正三品	
封 行 高	禮部郎中	從五品上	
杜 正 倫	中書令	正三品	
楊　　續	鄆州刺史	從三品	上州
凌　　敬	魏王文學	從六品上	
沈 叔 安	刑部尚書	正三品	
崔 信 明	秦川令	從六品上	
蔡 允 恭	太子洗馬	從五品上	
杜 之 松	河中刺史	從三品	上州
崔 善 為	司農卿	從三品	
蕭　　翼	監察御史	正八品下	
榮 九 思	給事中	正五品上	
左 匡 政	宣州都督	從二品	大都督府
陸　　搢	*朝散大夫	從五品下	散官
鄭 仁 軌	龍宗衛率府長史	從六品上	
李 君 武	蔚州司馬（中）	從六品上	下州
蕭　　鈞	太子率更令	從四品上	

說明一：有「*」記號者爲「散官」。

說明二：《文獻通考》卷五〇〈侍中〉：「唐初，爲納言。武德四年，改爲侍中。」

說明三：《文獻通考》卷五一〈職官五・中書令〉：「唐武德初，爲內史令，三年，改爲中書令。」

說明四：《文獻通考》卷五一〈職官五・中書省〉：「龍朔二年，改爲西台。咸亨初，復舊。」

　　在列入統計的初唐前期詩人之中，我們列舉七十二人。除去生平不詳及不曾在唐朝爲官者之外，有官職者共計有六十二人，比率高達百分之八十六。而再以官位的高低來看，則三品以上的有三十八人，

佔百分之六十一，合計五品以上的，則有五十二人，比率更高達百分
之八十四。由此可見，初唐前期的詩人大多也是屬於高官顯貴的階
層。（見附表四）

附表四：初唐前期詩人最高官階統計比率表

最　高　官　階	統計人數	比　率	備　　註
正一品～從三品上	38	61%	含皇帝二人，皇后一人。
正四品～從五品下	14	23%	
正六品上～從九品下	10	16%	
合　　計	62	100%	

此外，再以曾經為相的詩人來看，即有：竇威、陳叔達、高士廉、
杜淹、李靖、王珪、魏徵、楊師道、劉洎、岑文本、長孫無忌、馬周、
褚遂良、許敬宗、于志寧、來濟、李義府、杜正倫、上官儀、閻立本
等二十一人。超過三分之一的宮廷詩人都曾登上相位，[註12] 這種高
比率的呈現，的確也反映出初唐前期作者的部份特性。

所以就詩人的社會階層來看，則君王貴族與高官名臣的作品乃佔
有絕大多數，因此說初唐前期的詩人是以宮廷詩派為詩壇主流，實不
為過。但是若加上《全唐詩補編》的資料，則來自民間的詩人在作者
數目雖然比不上宮廷詩人來得多，但是就作品數量言，則實與宮廷詩
人的創作數量相去無幾。尤其是王梵志一個人的作品數量，就幾乎能
與整個初唐宮廷詩人的作品數量不相上下。事實上，在初唐前期雖然
是以唐太宗為領導的宮廷詩派為主流，但是隱伏在民間的廣大生命
力，卻也在蓬勃的發展之中，這股即將蓬勃的活力，是未來唐詩更上

〔註12〕宰相之名，於唐與前代頗有殊。《新唐書》卷四六〈百官志一〉曰：
「而唐世宰相，名尤不正。初唐因隋制，以三省之長中書令、侍中、
尚書令共議國政，此宰相之職也。其後，以太宗嘗為尚書令，臣下
避不敢居其職，由是僕射為尚書省長官，與侍中、中書令號為宰相。
其品位既崇，不欲輕以授人，故常以他官居宰相職，而假以他名。」

一層發展的重要根基。

最後，我們也就文集的流傳來看。據《唐音癸籤》所記，以《舊唐書·經籍志》、《新唐書·藝文志》、《宋史·藝文志》、鄭樵《通志·藝文略》、尤袤《遂初堂書目》、馬端臨《文獻通考·經籍考》為本，則初唐有文集載錄的作者，計有一百二十五家，二千六百五十五卷。就人數言，僅較中唐少十二家，列名第二，但若就卷數言，則排行第一。〔註13〕個人在此又摘錄其中隸屬於初唐前期的詩人作者，也得有四十一家，九百三十三卷的數目，數量亦是相當驚人。不過此時文集亡佚的情形相當嚴重，所以這九百多卷的著作所能保存至今的十不及一，大多只剩下少部份的殘篇流傳。〔註14〕雖然如此，我們還是可以明瞭在初唐前期的詩作數量也是相當可觀的，故一般只以現今《全唐詩》中的少數作品來評斷初唐前期詩歌的質與量，實在是有失公允的。

〔註13〕見胡震亨《唐音癸籤》卷三〇。
〔註14〕參見《中國歷代詩文別集聯合書目》〈初唐之部〉。

第五章　初唐前期詩歌之內容

　　文學作品是由內容與形式等兩大部分組合而成，而內容主要是包含了各式各樣的材料，於是關於作品內容的分類探討，也是呈顯時代文風的重要指標。

　　蕭統（501 年～531 年）所編選的《文選》，是我國現存最早的一部文學總集，從第十九卷起到第三十一卷為止，是收錄詩作的部份，計分為：補亡、述德、勸勵、獻詩、公讌、祖餞、詠史、百一、遊仙、招隱、反招隱、游覽、詠懷、哀傷，贈答、行旅、軍戎、郊廟、樂府、挽歌、雜歌、雜詩、雜擬等二十三類。

　　以今日的眼光來看，蕭統的分類大致能反映當時的現實狀況。但是過於精細的劃分，卻也造成類例的混淆及過於零散破碎的弊病。其中少者如：述德、勸勵、獻詩、百一、招隱、反招隱、軍戎、郊廟、挽歌、雜歌等，皆在五首以下，甚至如：百一、反招隱都各只有一首。但多者如贈答則多至四節，行旅、雜詩、雜擬皆分上下，可見重新加以歸併整理的功夫，還是可以努力的工作。

　　今人洪順隆教授為研究六朝詩的專家，他又將六朝詩劃分為：敘事、抒情、山水、田園、遊仙、玄言、隱逸、詠物、宮體等九大類，〔註1〕這比起《文選》的分類可說是簡省不少，但是部份類別的範圍

　　〔註 1〕見洪順隆〈論六朝抒情詩〉頁 48。收入《六朝隋唐文學研討會論文

似乎又嫌過大，無法凸顯出時代應有的特色。

　　初唐前期的詩歌一方面繼承了六朝以降的傳統，同時開啓了初唐後期的多樣風貌，並爲盛唐詩歌的偉大成就，奠定了穩固的基礎，故在參酌前列的分類之後，我們詳細考查初唐前期詩歌的各種內容與數量多寡，概分爲：奉和應答、宮體閨怨、邊塞寫實、詠讚述懷、田園山水、談理論說等六大節，並再依其內容之差別，細分爲：奉和應制、遊宴、答贈、哀輓、宮體豔情、邊塞、閨怨、社會寫實、詠史、詠物、述懷、田園、山水、遊仙、說理、諧謔等十六小類。以下我們試按照前述之順序，分別加以敘論。

第一節　奉和應答

　　奉和應答類的詩作，在初唐前期佔有極重要的地位，這主要是由於當時的社會普遍注重以作詩的才華，來做爲個人才識學養的表現，所以不論是公私之餘，或是遊宴雅會，都很著重個人詩才的表現，因此奉和應答的作品，就有相當多的數量。以下，我們再細分爲：奉和應制、遊宴、答贈、哀輓等四小類，分別加以敘述。

一、奉和應制

　　所謂的奉和詩，是指「封建時代臣僚應皇帝命，和其所作，稱奉和。……此外，詩友、臣僚之間和詩，亦有稱奉和或奉同者。」〔註2〕而所謂的應制詩，則是指「封建時代臣僚奉皇帝之命而作（或和）詩，稱爲應制。」〔註3〕由此來看，廣義的奉和詩實可包含應制詩的範圍。事實上，奉和的作品類型大多是與應制重複出現，彼此的界限也不十分清楚，而其特色與價值也是相近的。在初唐前期的詩作之中，「應制」也有稱爲「應詔」的，且習慣多與「奉和」一起使用，而以「奉

集》。民國 83 年。嘉義。中正大學。
〔註 2〕見周勛初《唐詩大辭典》，頁 935～936。
〔註 3〕見周勛初《唐詩大辭典》，頁 934。

和」置於題首，「應制」置於題末。故以下僅總此二類爲一，合併於此節論述。

　　總體而言，奉和應制的詩作幾乎都是隸屬於宮廷文學的範圍。而這類作品的產生背景，則必須要有君主的大力支持，臣僚下屬的配合，以及穩定的政治生態等諸多條件，才有可能持續蓬勃發展。簡單地說，若要長期維繫奉和應制詩的成長與創作，則必須要有個相當穩固的政治基礎。我國歷史上的兩漢、唐、宋、明、清等諸代，皆是如此的典型。

　　在初唐前期，關於奉和應制詩的產生，主要是以唐太宗君臣爲核心所發展起來的，故以下即先以此類詩作爲舉例之對象。如：

條風開獻節，灰律動初陽。百蠻奉遐贐，萬國朝未央。
雖無舜禹跡，所欣天地康。車軌同八表，書文混四方。
赫奕儼冠蓋，紛綸盛服章。羽旄飛馳道，鐘鼓震巖廊。
組練輝霞色，霜戟耀朝光。晨宵懷至理，終愧撫遐荒。

（唐太宗〈正日臨朝〉）

百靈侍軒后，萬國會塗山。豈如今睿哲，邁古獨光前。
聲教溢四海，朝宗引百川。鏘洋鳴玉珮，灼爍耀金蟬。
淑景輝雕輦，高旌揚翠煙。庭實超王會，廣樂盛鈞天。
既欣東日戶，復詠南風篇。願奉光華慶，從斯億萬年。

（魏徵〈奉和正日臨朝應詔〉）

七府璿衡始，三元寶曆新。負扆延百辟，垂旒御九賓。
肅肅皆鵷鷺，濟濟盛簪纓。天涯致重譯，日域獻奇珍。

（顏師古〈奉和正日臨朝〉）

時雍表昌運，日正協靈符。德兼三代體，功包四海圖。
瑜沙紛在列，執玉儼相趨。清蹕喧輦道，張樂駭天衢。
拂蜺九旗映，儀鳳八音殊。佳氣浮仙掌，薰風繞帝梧。
天文光七政，皇恩被九區。方陪痤玉禮，珥筆岱山隅。

（岑文本〈奉和正日臨朝〉）

> 皇猷被寰宇，端宸屬元辰。九重麗天邑，千門臨上春。
>
> （楊師道〈奉和正日臨朝應詔〉）
>
> 化曆昭唐典，承天順夏正。百靈警朝禁，三辰揚旆旌。
>
> 充庭富禮樂，高讌齒簪纓。獻壽符萬歲，移風韻九成。
>
> （李百藥〈奉和正日臨朝應詔〉）

以上是唐太宗的〈正日臨朝〉，以及奉和應詔的魏徵、顏師古、岑文本、楊師道、李百藥等五人的詩作。正日指的是農曆的的正月初一，依唐朝的制度，帝王應於當日臨朝，接受百官群臣的朝賀，而以上的詩作，便是在此情形下所產生的。我們從以上的作品來看，不論是太宗的原作，或是其他人的奉和應制之作，除了歌功頌德的內容，以及繁密的辭藻堆積之外，實在看不出有什麼深遠的寓意或內涵。故楊慎曰：「唐自貞觀至景龍，詩人之作盡是應制。命題既同，體制復一，其綺繪有餘，而微乏韻度。」〔註4〕

由於先天的限制較多，這類的詩作通常只能在技巧上下功夫，所以不容易有深刻的表現。故一般人對於這類大量出自於宮廷的奉和應制之詩，大都是給予負面的低下評價。

但是在太宗有心的提倡之下，奉和應制的作品在初唐前期始終是維持著一枝獨秀的優勢局面。在初唐前期的詩人中，有很多是以奉和應制的詩作為主的。如褚亮、楊師道、許敬宗、虞世南、上官儀、李百藥等人，都是擅長於此種形式表現的宮廷派詩人。

不過由於寫作的題材與內容的諸多限制上，奉和應制的作品一般並不容易出現優秀的作品，所以普遍缺少較高的文學價值。但是這類作品對於寫作風氣的提倡，以及修辭技巧的鍛鍊，卻是有直接而正面的積極影響。葛立方即曰：「應制詩非他詩可比，自是一家句法，大抵不出於典實富豔。……若作清臞平淡之語，終不近爾。」〔註5〕胡應麟亦云：「以高華秀贍，寓規於頌為貴。難工者在此，亦不盡在揣

〔註4〕見楊慎《升庵詩話》卷八〈桃花詩〉。（引自《歷代詩話續編》，頁787。）
〔註5〕見葛立方《韻語陽秋》卷二。

摩迎合也。」〔註6〕可見此類的作品，也或有「勸百諷一」的效果。

　　薛雪《一瓢詩話》曰：「人言應制早朝詩，從無佳作，非也。此等詩竟將堂皇冠冕之字，纍成善頌善禱之辭，獻諛呈媚，豈有佳作？若以堂皇冠冕之字，寓箴規，陳利弊，達萬方之情於九重之上，雖求其不佳，亦不可得也。」〔註7〕

　　總之，奉和應制的作品水準雖然沒有突出的表現，但就作品的本身言，除了修辭的精緻化與題材的多樣化之外，同時也代表著執政集團對於詩學的重視。因此，由早期富有濃厚貴族性的應制奉和作品，過渡到全民普及的文學成就，其實也是必然的發展過程。因此，當我們面對著初唐前期，甚至是延續到後期仍在大量產生的應制奉和作品時，也應該仔細考慮到它所寓含的時代特質與意義。

二、答　贈

　　我國的詩學向來發達，功用亦極繁多，因此以詩做為彼此相互酬贈應答的工具，也是由來已久的。如西漢蘇武與李陵的贈答詩，即是情感相當真切的作品。但是不可諱言的，在為數甚多的答贈作品中，的確也有不少的應付之作，不過許多真情流露的佳作，仍舊是感人至深的。而在初唐前期的諸多詩作中，也有不少值得品味的名篇，以下試列舉之。如：

　　　　冶長倦攝紲，韓安歎死灰。始驗山中木，方知貴不材。

　　　　　　　　　　　　　　　　　　（毛明素〈與琳法師〉）

　　　　叔夜嗟憂憤，陳思苦責躬。在余今失侯，枉與古人同。
　　　　草深難見日，松迴易來風。因言得意者，誰復免窮通？

　　　　　　　　　　　　　　　　　　（法琳〈別毛明素〉）

這兩首詩為貞觀十三年（640年）冬，法師因謗訕罪下獄時，毛明素與法琳之答贈作品。在毛明素的詩作中，先後援引公冶長、韓安下獄

〔註6〕見胡應麟《詩藪》〈內編〉卷一。
〔註7〕見薛雪《一瓢詩話》。（引自《清詩話》，頁687。）

之事，以明莊子貴不材之木以自全的道理，而法琳則以嵇叔夜、陳思王的憂憤責躬心態，表明其因言得意自足，卻又因言下獄困厄的必然結果。這種一來一往的詩作，即是標準的答贈典型。

　　而在初唐前期的眾多答贈詩作中，用做贈別的作品是最為豐富的。如：

　　　金門去蜀道，玉壘望長安。豈言千里遠，方尋九折難。

　　　西上君飛蓋，東歸我挂冠。猿聲出峽斷，月彩落江寒。

　　　從今與君別，花月幾新殘。（崔信明〈送金竟陵入蜀〉）

這是崔信明送友人金竟陵入蜀的作品。詩中描寫入蜀路途的艱難有「豈言千里遠，方尋九折難」之句，其後客「西上」，我「東歸」，彼此東西遙遙相隔，難再相見，而「猿聲出峽斷，月彩落江寒」所描寫的場景，更令人有落寞悲哀的無限離愁。至於結尾的「從今與君別，花月幾新殘」則更是情景交融，表現出真切動人的真摯情感。

　　而除以上所舉的例證之外，不論就數量與質量言，唐太宗也有不少真切誠懇的佳作。如：

　　　疾風知勁草，板蕩識誠臣。勇夫安識義，智者必懷仁。

　　　　　　　　　　　　　　　　　　　　　（〈贈蕭瑀〉）

貞觀四年（631 年），蕭瑀與宰相參議朝政，瑀氣剛而辭辯，房玄齡等皆不能抗，然上多不用其言。玄齡、魏徵、溫彥博嘗有微過，瑀劾奏之，上竟不問。瑀由此怏怏自失，遂罷御史大夫，為太子少傅，不再預聞朝政。貞觀九年，方再以光祿大夫蕭瑀為特進，復令參與政事。上曰：「武德六年以後，高祖有廢立之心而未定，我不為兄弟所容，實有功高不賞之懼。斯人也，不可以利誘，不可以死脅，真社稷臣也。因賜蕭瑀詩曰：『疾風知勁草，板蕩識誠臣。』又謂瑀曰：『卿之忠直，古人不過，然善惡太明，亦有時而失。』瑀再拜謝。魏徵曰：『瑀違眾孤立，唯陛下知其忠勁，曏不遇盛明，求免難矣。』」〔註8〕考此史

────────────────

〔註 8〕參見《資治通鑑》卷一九三〈唐紀九‧貞觀四年〉，卷一九四〈唐紀十‧貞觀九年〉。

實，故知太宗以此褒揚蕭瑀之節操，其中「疾風知勁草，板蕩識誠臣」，
尤為傳頌千古之名句。

　　而除了唐太宗之外，王績的答贈作品也相當可觀。如：

　　　　百年長擾擾，萬事悉悠悠。日光隨意落，河水任情流。
　　　　禮樂囚姬旦，詩書縛孔丘。不如高枕上，時取醉消愁。

　　　　　　　　　　　　　　　　　　　　　　　　（〈贈程處士〉）

　　　　我欲圖世樂，斯樂難可常。位大招譏嫌，祿極生禍殃……

　　　　　　　　　　　　　　　　　　　　　　　　（〈贈梁公〉）

王績的答贈詩所表現的是與時下的風格頗有差異，如其「禮樂囚姬
旦，詩書縛孔丘」之句，即言禮樂詩書妨礙聖人的心靈舉止，而表現
出隱世避居的逍遙心態。又如「位大招譏嫌，祿極生禍殃」，也是在
暗示高官厚祿容易招致危險的教訓。史載：王績「以《周易》、《老子》、
《莊子》置床頭，他書罕讀也。」〔註9〕，這也證明了其偏向於老莊
的思想。王績少逢亂世，入宦不久便又棄官隱居，而在這兩首詩作之
中所包含的思想，也是符合他個人的處世原則。其好友崔善為的答王
績之作，亦見真情流露。如：

　　　　殷條忝貴郡，懸榻久相望。處士同楊鄭，邦君謝李疆。
　　　　詎知方擁篲，逢子敬惟桑。明朝蓬戶側，會自謁任堂。

　　　　　　　　　　　　　　　　　　　　（〈答王無功夜載酒鄉館〉）

　　　　秋來菊花氣，深山客重尋。露葉疑涵玉，風花似還金。
　　　　摘來還泛酒，獨坐即徐斟。王弘貪自醉，無復覓楊林。

　　　　　　　　　　　　　　　　　　　　　　（〈答王無功九日〉）

以上所列的詩作，充份地表現出閒適自然的情境，以及坦誠相對的真
實性格，別有一番自在醇厚的平實風味。

　　而總的來說，答贈詩在初唐前期的表現仍是相當輝煌的。不論是
就數量、技巧或表現內容的層面來考量，都是有相當高的水準表現。

_____

〔註9〕見《新唐書》卷一九六〈王績傳〉。

三、遊　宴

　　在《昭明文選》的分類中，就有「公讌」一類，首錄建安諸子狎風月、遊池苑、述恩典、敘酺宴的概況，其意義在此與所謂的「遊宴」相似。簡單地說，關於此類的詩作，大多是在公眾的宴會或旅遊途中，以事先約定好的主題形式，所創作出來的詩歌作品。

　　這類的作品在初唐相當盛行，特別是在宮廷之內此風特熾，故遊宴聚會多以此法作詩爲紀。這類作品除了經常規定相同的題目之外，也常常採用「分韻」的形式。所謂的「分韻」，即是事先約定用某些字來押韻，每人分得一字之後，便根據這一字所屬韻目中的韻字來選擇，並且還要以分得的那個字作爲詩中的一個韻腳。如于志寧的「冬日宴群公於宅各賦一字」，同作的就有令狐德棻、封行高、杜正倫、岑文本、劉孝孫、許敬宗等合計七篇，其題目皆相同，而其用韻之字則分別選定爲「杯」、「趣」、「色」、「節」、「平」、「鮮」、「歸」等。此外，也有題目相同，但用韻不預先設定的，如楊師道的「安德山池宴集」，共作的也有岑文本、劉洎、褚遂良、楊續、許敬宗、上官儀等人，關於這類作品的數量雖然很多，但是多爲交際應酬，或是應付場面的作品，所以普遍的水準並不高，以下各列舉三首爲例。

　　　　金蘭篤惠好，尊酒暢平生。既欣投轄賞，暫緩望鄉情。
　　　　愛景含霜晦，落照帶風輕。於茲歡宴洽，寵辱詎相驚。

　　　　　　　　　　（岑文本〈冬日宴于庶子宅各賦一字得平〉）

　　　　青谿阻千仞，姑射藐汾陽。未若游茲境，探玄眾妙場。
　　　　鶴來疑羽客，雲泛似霓裳。寓目雖靈宇，遊神乃帝鄉。
　　　　道存真理得，心灰俗累忘。煙霞凝抗殿，松桂肅長廊。
　　　　早蟬清暮響，崇蘭散晚芳。即此翔寥廓，非復控榆枋。

　　　　　　　　　　（趙中虛〈遊清都觀尋沈道士得芳字〉）

　　　　狹斜通鳳闕，上路抵青樓。簪紱啓賓館，軒蓋臨御溝。
　　　　西城多妙舞，主第出名謳。列峰疑宿霧，疏壑擬藏舟。
　　　　花蝶辭風影，蘋藻含春流。酒闌高宴畢，自反山之幽。

　　　　　　　　　　（楊續〈安德山池宴集〉）

由以上所引述的三首作品來看，這類詩作多以浮面的描寫爲主，在思想上並沒有特出的表現，內容也多爲環繞主題場景的引申發揮。通篇主要皆爲華麗詞藻的堆疊，除了修辭的功力之外，並沒有太高的文學價值，不過在詩學的推廣與普及上，卻也是有積極的正面意義。

四、哀　輓

哀輓詩在六朝曾相當盛行，《昭明文選》中並列有「哀傷」與「挽歌」二類。但在初唐前期，此類的作品數量並不多，其中上官儀有〈謝都督輓歌〉、〈江王太妃輓歌〉、〈故北平公輓歌〉、〈高密長公主輓歌〉等四首，算是數量比較豐富的作者。不過上官儀的詩作都是五言八句的應制作品，對象皆爲皇親貴族，故辭藻流於浮泛，整體的表現亦不夠深刻。而李百藥、朱子奢的作品也與此類似。而以下即以表達較爲深切，情感較爲眞摯的作品爲例。如：

> 隴底嗟長別，流襟一慟君。何言幽咽所，更作生死分。
> 轉蓬飛不息，悲松斷更聞。誰能駐征馬，回首望孤墳。
>
> 　　　　　　　　　　　　　（褚亮〈在隴頭哭潘學士〉）

褚亮的這首詩辭意清切，眞情流露，頗能感人肺腑。詩中所用的「轉蓬」、「悲松」、「孤墳」等意象，更加添了悲哀的氣氛。而唐太宗對賢臣魏徵之哀輓，也充份流露出自然眞摯的情感。如：

> 閶闔總金鞍，上林多玉輦。野郊愴新別，河橋非舊餞。
> 慘日映峰沉，愁雲隨蓋轉。哀笳時斷續，悲旌乍舒卷，
> 望望情何極，浪浪淚空泫。無復昔時人，芳春共誰遣。
>
> 　　　　　　　　　　　　　　　　（〈望送魏徵葬〉）

> 勁篠逢霜摧美質，台星失位天良臣。唯當掩泣雲臺上，
> 空對餘形無復人。　　　（〈魏徵葬日登凌煙閣賦七言詩〉）

魏徵本爲建成之幕下，與太宗爲誓不兩立之仇敵，然太宗即位之後，卻能盡棄前嫌，接納其忠諫，倚爲手足，創立貞觀盛世。太宗嘗曰：

「人言魏徵舉止疏慢，我視之更覺嫵媚。」﹝註10﹞又曰：「貞觀之前，從朕經營天下，玄齡之功也；貞觀以來，繩愆糾繆，魏徵之功也。」﹝註11﹞故當貞觀十七年，魏徵去世後，太宗為之思念不已，望哭盡哀。謂侍臣曰：「人以銅為鏡，可以正衣冠，以古為鏡，可以知興替，以人為鏡，可以知得失，魏徵沒，朕亡一鏡矣。」﹝註12﹞可見太宗對魏徵的重視。其〈望送魏徵葬〉與〈魏徵葬日登凌煙閣賦七言詩〉之感情自然真摯，證之史事，當非虛假。

　　哀輓詩的表現本是以敘寫心中的哀思為本，所以徒有文華的作品是不足以感人至深的，唯有以發自內心深處的真情，配合上適切的文字，才是此類詩作之所以能撼動人心的真正根源。

第二節　宮體閨怨

一、宮體豔情

　　宮體詩是興起於南朝宋齊，而盛行於梁陳的新興詩體，它是一種描寫女性容止情態的豔情詩作。《梁書・簡文帝本紀》曰：「好題詩，其序云：『余七歲有詩癖，長而不倦。』然傷于輕豔，時號宮體。」﹝註13﹞同書〈徐摛傳〉亦曰：「摛文體既別，春坊盡學之，宮體之號，自斯而起。」﹝註14﹞《隋書・經籍志》亦曰：「梁簡文帝在東宮，亦好篇什。清辭巧製，止乎袵席之間，雕琢蔓藻，思極閨闈之內。後生好事，遞相放習，朝野紛紛，號為『宮體』，流宕不已，訖于喪亡。」﹝註15﹞不過若就宮體的起源來看，則其淵源亦相當久遠。劉申叔在《中古文學史》上說：「宮體之名，雖始於梁，然側豔之詞，起源自

﹝註10﹞見《資治通鑑》卷一九四〈唐紀十・貞觀六年〉。
﹝註11﹞見《資治通鑑》卷一九五〈唐紀十一・貞觀十二年〉。
﹝註12﹞見《資治通鑑》卷一九六〈唐紀十二・貞觀十七年〉。
﹝註13﹞見《梁書》卷四〈簡文帝本紀〉。
﹝註14﹞見《梁書》卷三〇〈徐摛傳〉。
﹝註15﹞見《隋書》卷三二〈經籍志・集部總論〉。

昔。晉宋樂府如〈桃葉歌〉、〈碧玉歌〉、〈白紵歌〉、〈白銅鞮〉，均以
淫豔哀音被於江左，迄於蕭齊，流風益盛。其以此體施用五言詩者，
亦始晉宋之間。後有鮑照，前則惠休。特至於梁代，其體尤昌。」
〔註16〕這可以算是能夠顧及先後傳承與源流的詳細說法。

　　至於宮體詩的形成，一方面是由於當時的道德淪喪，社會風氣淫
靡，另一方面，也導源於聲律說的成熟和唯美形式主義的盛行。此外，
再加上君主的大力提倡，以及新穎的題材的嘗試，於是流風所及，不
僅瀰漫在南朝，同時也影響到部份北朝的文風，甚至到隋代，乃至於
唐初，都深受其影響。《唐詩紀事》嘗云：「帝嘗作宮體詩，使虞世南
賡和。世南曰：『聖作誠工，然體非雅正，上有所好，下必有甚，臣
恐此詩一傳，天下風靡，不敢奉詔。』帝曰：『朕試卿爾。』」〔註17〕
雖然我們由太宗傳世的作品中不見宮體之作，但是這些影響卻也是不
容忽視的，故以下謹試舉數首以證明之：

　　· 之一 ·

　　儂阿家住朝歌下，早傳名。結伴來游淇水上，舊長情。
　　玉珮金鈿隨步遠，雲羅霧縠逐風輕。轉目機心懸自許，
　　何須更待聽琴聲。

　　· 之二 ·

　　迴雪凌波游洛浦，遇陳王。婉約娉婷工語笑，侍蘭房。
　　芙蓉綺帳還開捲，翡翠珠被爛齊光。長願今宵奉顏色，
　　不愛吹簫逐鳳皇。　　　　　　　　　（長孫無忌〈新曲二首〉）

這完全是標準的南朝色彩，係源自〈清商吳聲歌曲〉。許文雨批評這
首詩說：「此詠麗情也。朝歌之女，游于淇水之上，玉珮金鈿之飾，
雲羅霧縠之服，心目傳神，不煩琴引，冶豔之語，直靡于陳隋。」〔註
18〕雖然長孫無忌輔佐太宗平定天下居功第一，政治上位及三公，後

〔註16〕見劉申叔《中古文學史》，頁93。
〔註17〕見計有功《唐詩紀事》卷一。
〔註18〕見許文雨《唐詩集解》卷一。

又受命輔佐高宗，於政治上頗有建樹，然而其應時之作，卻也不免流於輕豔。又如：

> 懶整鴛鴦被，羞褰玳瑁床。春風別有意，密處也尋香。
>
> (李義府〈堂堂詞〉之二)
>
> 青樓綺閣已含春，凝妝豔粉復如神，細細輕裙全漏影，
> 離離薄扇詎障塵。　　　　(謝偃〈樂府新歌應教〉)
>
> 佳人靚晚妝，清唱動蘭房。影出含風扇，聲飛照日梁。
> 嬌噸眉際斂，逸韻口中香。自有橫陳會，應憐秋夜長。
>
> (李百藥〈火鳳詞〉之二)

以上所舉的例子，都是屬於樂府新歌的範圍，這些發展於南朝的新體，都是宮體豔情類的代表作品。除此之外，如陳子良、上官儀、鄭世翼等人，也有類似的作品，甚至連王績或是部份的僧人，也有稱為觀妓或詠妓的詩作，所以這種類型的作品，也是當時的主流之一。

總的來說，宮體的特色，我們就主題言「是帶有美感意識的享樂主義。這種享樂主意就是藉描繪美的事物而體現的，其中以女性為主題的詩歌，最能滿足這類心靈與感官的交互需求。」〔註19〕而其題材則以歌詠美人及其相關的事物為主，其技巧著重雕琢藻飾，風格輕豔浮靡，充滿浪漫與頹廢的思想。

自從簡文帝提倡宮體詩以後，這種頹廢輕豔的文體便盛極一時，雖然簡文帝後來曾追悔，「乃命徐陵撰《玉臺新詠》，以大其體。」〔註20〕不過卻積重難返。但是部份「把宮體詩看作與山水、詠物、遊仙、田園同類，而對它們一視同仁，讓它們平起平坐地在你議論的廳堂上，未免太過誇張了它，甚至擴大了它的範疇。」〔註21〕因此，這種類型的作品雖然其來頗久，也能在詩壇據有一席之地，但是其時代上

〔註19〕見洪順隆《由隱逸到宮體》，頁142。

〔註20〕見劉肅《大唐新語》云：「梁簡文帝為太子時，好作豔詩，境內化之，浸以成俗，晚欲改作，追之不及，乃令徐陵撰《玉臺新詠》，以大其體。」

〔註21〕同註19，頁151。

的現實意義，卻也是有所限制的。我們由現存的初唐前期的詩作來看，接近宮體的作品十不及一，且僅拘限於某些體裁，論者每謂初唐詩風綺靡，實非的論。所以對於初唐前期的詩壇風格，實應多方仔細加以考量，才不致有所誤失與偏頗。

二、閨　怨

　　初唐前期閨怨詩的產生，主要是受到邊塞詩與宮體詩的交互影響。邊塞詩的興盛提供了寫作者嶄新的思考模式，而宮體詩的技巧則培養出詩人深入細膩的技巧。而在上述二者的交互激盪下，一種思想源於邊塞詩但形貌卻類似宮體詩的閨怨作品，便自然而然地產生了。

　　盛行於南朝的宮體詩，在唐朝新政權的建立之後，已經得不到帝王君臣的有力支持，於是其主要的技巧及大部份的形式，也逐漸轉移成閨怨詩的新形式。加上唐代遊仕的風氣盛行，詩人不論是投身幕府、征戰南北，或是參與科舉、遊宦四方，都必須離鄉背井，遠離家園，於是閨怨詩作的產生便自然蓬勃興盛。但是有些人卻因此而誤解，以為初唐的詩壇仍舊是宮體的天下，這實在也是有失公允的。以下試略舉說明之：

　　　　自君之出矣，紅顏轉憔悴。思君如明燭，煎心且銜淚。
　　　　自君之出矣，明鏡罷紅妝。思君如夜燭，煎淚幾千行。
　　　　　　　　　　　　　　　　　　　　（陳叔達〈自君之出矣〉）

　　　　新聲雖自知，舊寵會應移。無令棄下吹，便作一枯枝。
　　　　為相雍門歎，當思執燭遊。不惜妾身難再得，方期君壽度千秋。
　　　　　　　　　　　　　　　　　　　　（李百藥〈笙歌二首〉）

　　　　倦采蘼蕪葉，貪憐照膽明。兩邊俱拭淚，一處有啼聲。
　　　　　　　　　　　　　　　　　　　　（張文恭〈佳人照鏡〉）

以上的這些作品，都是相當典型的作品。不過在初唐前期的詩人中，虞世南的閨怨詩是最具有代表性的。如：

紫殿秋風冷，雕薨落日沉。裁紈悽斷曲，織素別離心。
披庭羞改畫，長門不惜金。寵移恩稍薄，情疏恨轉深。
香銷翠羽帳，弦斷鳳皇琴。鏡前紅粉歇，階上綠苔侵。
誰言掩歌扇，翻作白頭吟。　　　　　　　（〈怨歌行〉）
寒閨織素錦，含怨斂雙蛾。綜新交縷澀，輕脆斷絲多。
衣香逐舉袖，釧動應鳴梭。還恐裁縫罷，無信達交河。

　　　　　　　　　　　　　　　（〈中婦織流黃〉）

以上所舉，都是標準的閨怨詩，但後世不少人誤以此為豔情之作，實在是未曾深辨之誤。《新唐書・虞世南傳》曰：「帝嘗作宮體詩，使賡和。世南曰：『聖作誠工，然體非雅正，上之所好，下必有甚者。臣恐此詩一傳，天下風靡，不敢奉詔。』帝曰：『朕試卿爾。』賜帛五十匹。」〔註22〕由此可見，虞世南是堅決反對宮體詩的。我們經由其傳世的作品來考證，也沒有發現類似的宮體作品，虞世南雖是前朝的遺臣，但若僅以此點把他當作宮體詩的作家，那也是失之偏頗的。

　　徐獻忠曰：「六朝浮靡之習，一變而唐，雖綺麗鮮錯，而雅道立矣。……然宮體之作，世南導之雅正；而〈積翠池賦〉，魏徵約君以禮。因詞立意，又多格心之業，其為風化之端，諒不誣矣。」〔註23〕毛先舒則曰：「唐太宗詩雖偶儷，乃鴻碩壯闊，振六朝靡靡。」〔註24〕胡震亨亦曰：「太宗文武間出，首闢吟源，宸藻概主豐麗。」〔註25〕可見此期的宮體詩風，在以政治力量為主的導正之下，已逐漸轉移至其他方面了。

　　此外，唐代的女詩人也留下少數的閨怨之作，我們附錄於此，如：
　　朝來臨鏡臺，妝罷暫裝回。千金始一笑，一召詎能來？

　　　　　　　　　　　　　　　（徐賢妃〈進太宗〉）

〔註22〕見《新唐書》卷一○二〈虞世南傳〉。
〔註23〕見徐獻忠《唐詩品》。
〔註24〕見毛先舒《詩辯坻》卷四〈學詩徑錄〉。
〔註25〕見胡震亨《唐音癸籤》卷五。

《唐詩紀事》曰：「長安崇聖寺有賢妃粧殿，太宗曾召妃，久不至，怒之。因進詩曰：『朝來臨鏡臺，妝罷暫裴回。千金始一笑，一召詎能來？』」〔註26〕徐賢妃如此的氣勢，的確是與眾不同。《柳亭詩話》云：「上疏直諫，而風情亦復如許。」〔註27〕也正是如此的觀點。

此外，還有長孫皇后的作品，則是比較偏向於風流輕豔的色彩，呈現出傳統女性詩人的特質。其代表作品，如〈春遊曲〉：

上苑桃花朝日明，蘭閨豔妾動春情。

井上新桃偷面色，簷邊嫩柳學身輕。

花中來去看蝶舞，樹上長短聽啼鶯。

林下何須遠借問，出眾風流舊有名。

而針對以上的諸作來看，我們可以發現，閨怨作品與宮體豔情實乃同中有異，而異中亦有同，所以我們總此二者為一大類。至於我們把閨怨的作品與宮體劃歸為一類，而不與邊塞寫實相混雜，主要仍是依據大部分詩作的表現技巧與敘述內容。雖然這樣的分類並非盡善盡美，但卻是比較合乎以內容為標準的區隔原則。

第三節　邊塞寫實

一、邊　塞

邊塞詩的作品淵源已久，在民族征戰融合的過程中，邊塞詩的產生是勢所必然的。肖澄宇先生在〈關於唐代邊塞詩評價的幾個問題〉中認定邊塞詩的標準有三：（一）寫邊塞戰爭或與邊塞戰爭有關的行軍生活，送別酬答，將士矛盾，士族思親懷故，牢騷勸勉。（二）寫邊塞風光自然景物。（三）寫邊地風土人情和民族交往。〔註28〕本文

〔註26〕見計有功《唐詩紀事》卷三。

〔註27〕見宋長白《柳亭詩話》。

〔註28〕肖文收入《唐代邊塞詩研究論文選粹》。甘肅教育出版社。1988。本文轉引自《六朝隋唐文學研討會論文集》王文進〈初唐邊塞詩中的南朝體〉頁15。民國83年。嘉義。中正大學。

在邊塞詩的定義，原則也是採取上述的論點。

而在唐初的武德、貞觀年間，外患寇邊之爲禍甚烈，北方的突厥，西北的西突厥，東北的高麗，西方的吐谷渾等，都是紛擾不定的外患。故爭戰塞防的作品，在初唐前期亦佔有相當多的份量，特別是突厥的爲患，更常常造成唐王室的恐慌。如武德七年（625年），突厥連續入寇代州、朔州、原州、隴州、陰盤等地，上將徙都避之，秦王世民諫，乃止。〔註29〕武德九年（627年）八月，突厥頡利突利二可汗合兵十餘萬寇涇州、武功、高陵，進至渭水便橋之北，京師戒嚴。〔註30〕可見突厥在武德及太宗即位之初，均常造成莫大的驚擾。是以在此時，蕩平外患，鞏固塞防的思想，便積極地表現在諸多的詩作之中，如：

> 匈奴屢不平，漢將欲縱橫。看雲連方陣，卻月始連營。
> 潛軍度馬邑，揚斾掩龍城。會勒燕然石，方傳車騎名。
>
> （竇威〈出塞曲〉）
>
> 結客配吳鉤，橫行渡隴頭。雁在弓前落，雲從陣後浮。
> 吳師驚燧象，燕將警奔牛。轉蓬飛不息，冰河結未流。
> 若使三邊定，當封萬戶侯。　　（孔紹安〈結客少年場行〉）

這些都是將個人的期盼化爲文學創作的具體表現，充份地展現其內心殷切的期盼，但是定邊封侯，又豈是如此容易之事？這些偏向雕琢的作品，並非是此時最深刻的佳作。

關於征戰之苦的描寫，虞世南的表現手法是更爲深刻貼切的，如其〈從軍行二首〉：

·之一·

> 塗山烽火警，弭節度龍城。冀馬樓蘭將，燕犀上谷兵。
> 劍寒花不落，弓曉月逾明。凜凜嚴霜節，冰壯黃河絕。
> 蔽日卷征蓬，浮天散飛雪。全兵值月滿，精騎乘膠折。

〔註29〕事見《資治通鑑》卷一九一〈唐紀七·武德七年〉。
〔註30〕事見《資治通鑑》卷一九一〈唐紀七·武德九年〉。

結髮早驅馳，辛苦事旌麾。馬凍重關冷。輪摧九折危。
獨有西山將，年年屬數奇。

・之二・

烽火發金微，連營出武威。孤城塞雲起，絕陣虜塵飛。
俠客吸龍劍，惡少縵胡衣。朝摩骨都壘，夜解谷蠡圍。
蕭關遠無極，蒲海廣難依。沙磴離旌斷，晴川候馬歸。
交河梁已畢，燕山旆欲揮。方知萬里相，侯服見光輝。

《樂府詩集・題解》曰：「〈從軍行〉皆軍旅苦辛之辭。」而虞世南的這組詩作，不僅表現出兵旅征戰之苦，同時也描寫出塞外的壯闊風光。沈德潛批評該詩云：「追琢精警，漸開唐風。」〔註31〕徐獻忠則曰：「意存砥柱，擬浣宮豔之舊，故其詩洗濯浮誇，興際獨遠。」〔註32〕的確都是能看出其雄健高遠的格調。此外，又如：

驅馬渡河干，流深馬渡難，前逢錦車使，都護在樓蘭。
輕騎猶銜勒，疑兵尚解鞍。溫池下絕澗，棧道接危巒。
拓地勛未賞，亡城律豈寬？有月關猶暗，經春隴尚寒。
雲昏無復影，冰合不聞湍。懷君不可遇，聊持報一餐。

（〈擬飲馬長城窟〉）

上將三略遠，元戎九命尊。緬懷古人節，思酬明主恩。
山西多勇氣，塞北有遊魂。揚桴上隴阪，勒騎下平原。
誓將絕沙漠，悠然去玉門。輕齎不遑舍，驚策騖戎軒。
凜凜邊風急，蕭蕭征馬煩。雪暗天山道，冰塞交河源。
霧鋒黯無色，霜旗凍不翻。耿介倚長劍，日落風塵暗。

（〈出塞〉）

以上的作品，也都是有相當壯闊雄渾的格調。而他的〈結客少年場行〉，更是透過少年遊俠的託寓自況，展現出「輕生殉知己，非是為身謀」的豪壯氣勢。程元初說：「虞世南入唐，一變新聲，振復古道，

〔註31〕見沈德潛《唐詩別裁》卷一。
〔註32〕見胡震亨《唐音癸籤》卷五引。

實爲唐五言之始。讀此詩，其一變矣。」〔註33〕而虞世南的這些作品，都是有相當深刻眞實的描寫，而對於後代如：楊炯、李白、岑參、王維等後人的邊塞詩作，都造成相當明顯的影響。〔註34〕

除虞世南外，唐太宗的邊塞詩也有相當多的作品。在他全部百餘首的詩作中，與戰爭塞防有關的，就大約有將近四分之一的數量，是初唐前期最重要的邊塞詩作者之一。其詩作除表現出征戰激烈的場面之外，同時也展現其功成安民的仁者風範。如：

> 塞外悲風切，交河冰已結。瀚海百重波，陰山千里雪。
> 迥戍危峰火，層巒引高節。悠悠卷旆旌，飲馬出長城。
> 寒沙連騎跡，朔吹斷邊聲。胡塵清玉塞，羌狄韻金鉦。
> 絕漠干戈戢，車徒振原隰。都尉反龍堆，將軍旋馬邑。
> 揚麾氛霧靜，紀石功名立。荒裔一戎衣，靈臺凱歌入。
>
> （〈飲馬長城窟行〉）
>
> 昔年懷壯氣，提戈初仗節。心隨朗日高，志與秋霜潔。
> 移鋒驚電起，轉戰長河決。營碎落星沉，陣卷恆雲裂。
> 一揮氛沴靜，再舉鯨鯢滅。於茲俯舊原，屬目駐華軒。
> 沉沙無故跡，滅灶有殘痕。浪霞穿水淨，峰霧抱蓮昏。
> 世途亟流易，人事殊今昔。長想眺前蹤，撫躬聊自適。
>
> （〈經破薛舉戰地〉）

太宗即位之後，在軍事行動上很少遭受到挫敗，所以他的邊塞詩都是顯現出光明希望的一面。但是在貞觀十九年（646年），太宗下令親征高麗，雖然攻下遼東，但卻沒有獲得決定性的勝利，在班師回程的路途上，他曾後悔地說：「魏徵若在，不使我有是行也。」〔註35〕遂有詩作云：

> 鑿門初奉律，仗戰始臨戎，振鱗方躍浪，騁翼正凌風。

〔註33〕見程元初《唐詩選評》。
〔註34〕參見張步雲《唐代詩歌》，頁38。
〔註35〕見《資治通鑑》卷一九八〈唐紀十四‧貞觀十九年〉。

> 未展六奇術，先虧一簣功。防身豈乏智，殉命有餘忠。
>
> （〈傷遼東戰亡〉）

由此可見，太宗並非窮兵黷武的好戰者，透過這樣的反省，也令他更確切地相信，光憑軍事武力，是無法徹底平息戰亂的，更重要的還是要配合文德感化的力量。所以他的〈過舊宅二首〉說：「八表文同軌，無勞歌大風。」也就是這樣的思想。

不過在初唐前期的詩人中，也有少數懷才不遇的詩人，提出他們對於開邊拓土的不同觀點。如：

> 兒生三日掌上珠，燕頷猿肱稱李膚。十五學劍北擊胡，
> 羌歌燕筑送城隅。城隅路接伊川驛，河陽渡頭邯鄲陌。
> 可憐少年把手時，黃鳥雙飛梨花白。秦王築城三千里，
> 西自臨洮東遼水。山邊疊疊黑雲飛，海畔莓莓青草死。
> 從來戰鬥不求勳，殺身為君君不聞。鳳凰樓上吹急管，
> 落日裴回腸先斷。　　　　　　（王宏〈從軍行〉）〔註36〕
> 隴頭秋月明，隴水帶關城。笳添離別曲，風送斷腸聲。
> 映雪峰猶暗，乘冰馬屢驚。霧中寒雁至，沙上轉蓬輕。
> 天山傳羽檄，漢地急徵兵。陣開都護道，劍聚伏波營。
> 於茲覺無渡，方共濯胡纓。　　　　（楊師道〈隴頭水〉）
> 斂轡遵龍漢，銜悽度玉關，今日流沙外，垂涕念生還。
>
> （來濟〈出玉關〉）

以上的這些作品，除了表現出慷慨激昂的磅礡氣勢之外，同時也真確地描寫出奔波征戰之苦，以及部份的反戰思想，這些與眾不同的少數聲音，也呈顯出邊塞詩的另一番風貌。

二、社會寫實

隋末群雄並起，天下大亂，在戰火的蹂躪下，百姓的生活相當艱苦，但是到貞觀初年（627 年）以後，這種狀況已大為改善，加上出

〔註36〕此作疑為王寵所作。（詳見《全唐詩補編》，頁 334）

身宮廷的作者不容易發揮這種類型的題材內容。所以在諸多的宮廷詩人中，並沒有此種類型的作品。因此，關於這類的社會寫實詩，只有王績與王梵志等少數長期與社會大眾接觸的詩人，留下了些許的眞實記錄，以下試略舉之。如：

> 伊昔逢喪亂，曆數潤當餘。豺狼塞衢路，桑梓成丘墟。
> 余及爾皆亡，東西各異居。爾爲背風鳥，我爲涸轍魚……
> （王績〈薛記室收過莊見尋率題古意以贈〉）

這是王績回憶當年隋末動亂，處處盜匪橫行，鄉里化成廢墟的眞實寫照。而在唐初，雖然天下一統，但是對於當時社會上所存在貧富差距的嚴重問題，王梵志的詩歌也有著更深切的展現。如：

> 當鄉何物貴，不過五里官。縣局南衙點，食並眾廚餐。
> 文簿鄉頭執，餘者配雜看。差科取高戶，賦役數千般。
> 處分須平等，併攔出時難。職任無祿料，專仰筆頭鑽。
> 管戶無五百，雷同一概看。愚者守直直，黠者駁駁看。
> （王梵志〈當鄉何物貴〉）

> 富饒田舍兒，論情實好事。廣種如屯田，宅舍青煙起。
> 槽上飼肥馬，仍更買奴婢。牛羊共成群，滿圈養豚子。
> 窖內多埋谷，尋常願米貴。里正追役來，坐著南廳裡。
> 廣設好飲食，多酒勸遺醉。追車即與車，須馬即與馬。
> 須錢即與錢，和市亦不避。索面驢駝送，續後更有雉。
> 官人應須物，當家皆具備。縣官與恩澤，曹司一家事。
> 縱有重差科，有錢不怕你。　　（王梵志〈富饒田舍兒〉）

> 貧窮田舍漢，庵子極孤淒。兩窮前生種，今世作夫妻。
> 婦即客椿擣，夫即客扶犁。黃昏到家裡，無米亦無柴。
> 男女空餓肚，狀似一食齋。　　（王梵志〈貧窮田舍漢〉）

以上三首都是王梵志所留下的社會寫實作品。第一首寫的是地方官吏強征賦役的凶惡情況，以及官吏利用職權獲取不當的利益，而一般的老百姓卻無可奈何的窘況。第二首所描寫的則是富豪人家的驕奢浪費，以及利用財物去勾結官府，狼狽爲奸，逃避差役的醜惡面目。第

三首則寫的是一般貧窮人民衣食無著的困苦生活，以及他們實際生活的悲慘處境。藉由貧富差距的強烈對照，的確也表現出唐朝初年的社會問題。

　　關於這類的作品，主要是出自於民間詩人的手筆。其中王績的官位不高，為官的時間也不長，所以才能識見當時一般的社會景況。而王梵志更是出身於民間，長期與平民共處，目睹當時種種的社會問題，所以才能瞭解到一般百姓的生活實況，因此才能產生這種當時身處巍闕的宮廷詩人所不能敘說的內容，雖然數量有限，但是其層面之廣，立意之真，卻是難能可貴的。

　　不過社會固然有陰暗的一面，但是卻也有光明的場景。比如一些不知名的民間詩人所流傳的民歌，雖然並沒有太高的藝術價值，但也是反應時代場景的最佳生活寫照。如：

　　　　廉州顏有道，性行同莊老。愛民如赤子，不殺非時草。

　　　　　　　　　　　　　　　　　　　　　　　（〈廉州人歌〉）

此作為武德初年（618 年），顏遊秦為廉州刺史，時承劉黑闥初平之後，風俗未安，遊秦撫卹之，化大行，邑里歌之，高祖賜璽書勉勞。〔註37〕可見高祖亦能知人善任，佳賢賞善，所以百姓自然歸趨依附，歌詠稱頌。而貞觀年間，亦有民歌流傳曰：

　　　　新河得通舟楫利，直達滄海魚鹽至。昔日徒行今騁駟，

　　　　美哉薛公德滂被。　　　　　　　　　　　（〈滄州百姓歌〉）

這首詩歌所說的是貞觀年間，薛大鼎為滄州刺史，州界有無棣河，隋末填廢。大鼎奏開之，引魚鹽於海，百姓歌之云。〔註38〕地方官吏能為民謀福利，豐厚百姓的生活，百姓焉能不為之歌？社會豈有不富強之理？故民之感佩，實為理之所必然。而高宗初年，有貞觀之遺風，亦有百姓歌之曰：

　　　　父母育我田使君，精神為人天上聞。田中致雨山出雲，

〔註37〕見《全唐詩》卷八七四〈廉州人歌〉注。

〔註38〕見《全唐詩》卷八七四〈滄州百姓歌〉注。

但願常在不患貧。　　（〈鄆州人歌〉）

這首民歌則描寫於永徽中，田仁會為鄆州刺史，有善政，屬旱，自暴得雨，其年大稔，人歌之。〔註39〕所以只要地方官長能精誠合一，為百姓解除民生疾苦，則天必憐之，而百姓亦得處於阜安之境。

而上列所引述的三首民歌來看，雖然作品本身的文學價值並不高，但是其所呈顯的社會意義，卻是相當深遠的。這些詩歌代表著初唐前期的三個重要階段中，地方官吏的負責盡職，與為民謀求福祉的具體成就。不論是武德、貞觀、或是永徽年間，我們經由這些流傳在民間的自然歌聲，的確也可以看出當時的政治環境。

所謂的社會寫實作品，必須要能兼顧到正面與負面的真實呈現，才算是能符合時代的需求。我們詳細考察出現在初唐前期的此類作品，的確都能呈顯出當時真實的社會景況。雖然這些作品在技巧的表現上並不十分成熟，但是其真誠的精神，實為開創後世社會寫實派的先河，關於這點，的確是難能可貴的偉大貢獻。

第四節　詠讚述懷

一、詠　史

以詠史為題，源起自東漢班固的〈詠史〉，魏晉以後，這類的作品便開始大量產生。但所謂的「詠史」，究竟是以何做為標準的呢？蔡英俊先生以為「詠史詩是藉著歷史事件或人物做為詩歌作品的敘述對象（也就是詩的題材），而表達作者個人對歷史事件或人物的觀感。」〔註40〕大陸學者降大任亦曰：「詠史詩是中國古代詩歌中作者直接歌詠歷史題材，以寄寓思想感情，表達議論見解的一個類別。」〔註41〕

〔註39〕見《全唐詩》卷八七四〈鄆州人歌〉注。
〔註40〕見蔡英俊《興亡千古事》〈導論〉頁3。
〔註41〕見降大任《詠史詩註析》附錄〈試論我國古代詠史詩〉。（引自《中國文學研究》第四輯〈魏晉詠史詩之發展與構成形式〉頁2。）

　　可知，詠史詩雖然是以歷史事件或人物做為歌詠的對象，但是更深一層地來看，除去客觀抒詠史事的成份之外，作者個人的主觀情懷勢必也寄寓其中。因此，成功的詠史作品，也應該兼顧到以上二者的均衡表現。而在初唐前期的詠史作品之中，也有不少的佳構，以下試列舉之：

　　漢祖起豐沛，乘運以躍鱗。手奮三尺劍，西滅無道秦。
　　十月五星聚，七年四海濱。高抗威宇宙，貴有天下人。
　　憶昔與項王，契闊時未伸。鴻門既薄蝕，滎陽亦蒙塵。
　　蟻螘生介胄，將卒多苦辛。爪牙驅信越，腹心謀張陳。
　　赫赫西楚國，化爲丘與榛。　　　　（王珪〈詠漢高祖〉）

　　秦王日凶慝，豪傑爭共亡。信亦胡爲者，劍歌從項梁。
　　項羽不能用，脫身歸漢王。道契君臣合，時來名位彰。
　　北討燕承命，東驅楚絕糧。斬龍堰灉水，擒豹燔夏陽。
　　功成享天祿，建旗還南昌。千金答漂母，百錢酬下鄉。
　　吉凶成糾纏，倚伏難預詳。弓藏狡兔盡，慷慨念心傷。

　　　　　　　　　　　　　　　　　　　（王珪〈詠淮陰侯〉）

王珪，本爲太子建成之門客，後歸於太宗。細品此二作，似乎隱喻當時世民與建成、元吉爭位之感，頗有「以古鑑今」之深意。這的確是詠史的典型之作。而諍臣魏徵亦有此類名作。如：

　　受降臨軹道，爭長趣鴻門。驅傳渭橋上，觀兵細柳屯。
　　夜宴經柏谷，朝遊出杜原。終藉叔孫禮，方知皇帝尊。

　　　　　　　　　　　　　　　　　　　　　　（〈賦西漢〉）

史載：「帝宴群臣積翠池，酣樂賦詩。徵賦〈西漢〉，其卒章曰：『終藉叔孫禮，方知皇帝尊。』帝曰：『徵言未嘗不約我以禮。』」〔註42〕正是這一段的史實。此外，庾抱、李百藥等的作品，也是有相當深遠的意義。如：

　　說難徒有美，孤憤竟無申。定是名傷命，非關犯逆鱗。

〔註42〕見《新唐書》卷九七〈魏徵傳〉。

（庾抱〈詠史得韓非〉）

纂堯靈命啓，滅楚餘閏終。飛名膺帝錄，沉跡韞神功。
瑞氣浮朝陽，祥符夜告豐。抑揚駕人傑，叱詫掩時雄。

（李百藥〈謁漢高廟〉）

庾抱亦爲太子建成之門客，此處藉詠韓非而寄意，似乎也是有所感傷
而欲自白。而李百藥之詠漢高祖則意氣風發，頗有凌駕天下之勢，其
實這也是借詠漢高祖以比擬唐太宗的。此二詩相較，則氣勢之高下亦
自判矣。

　　除以上的代表作品之外，在此一時期，以歷史上著名的女性爲歌
詠內容的，亦有數首，其作分別列舉如下：

由來稱獨立，本自號傾城。柳葉眉間發，桃花臉上生。
腕搖金釧響，步轉玉杯鳴。纖腰宜寶襪，紅衫豔織成。
願知一頤重，別覺舞腰輕。(徐賢妃〈賦得北方有佳人〉)
戎途飛萬里，迴首望三秦。忽見天山雪，還疑上苑春。
玉痕垂粉淚，羅袂拂胡塵。爲得胡中曲，還悲遠嫁人。

（張文琮〈昭君怨〉）

玉關春色晚，金河路幾千。琴悲桂條上，笛怨柳花前。
霧掩臨妝月，風驚入鬢蟬。織書待還使，淚盡白雲天。

（上官儀〈王昭君〉）

以上三首詩作的歌詠對象皆爲女性，其中徐賢妃所詠的作品是模仿自
漢代李延年的〈北方有佳人〉，其作除偏重於外在的描繪之外，恐亦
有「借古喻今」的深意存在，不過格局畢竟較小。另外兩首以「王昭
君」爲題的，則可能和史事有相當的關聯。蓋以「王昭君」爲題吟詠
的，始自晉朝的石崇，而迄於唐末，共約有四十人，絕大多數以此爲
題的作者，都是站在「反和親」思想的角度來著筆的。〔註43〕以上的
這兩首作品，也是相同的類型，他們藉由歷史的人物及事件，表達他
們心中的不同意念。

―――――――――――

〔註43〕見黃麟書《唐代詩人塞防思想》，頁 41～42。

事實上，和親政策固然是有其消極的軍事防禦作用，但是其開發邊疆，改變外族的習性，也是功效宏偉的。如「貞觀十四年十月，吐蕃贊普遣其相祿東贊獻金五千兩及珍玩數百、以請婚，上許以文成公主妻之。」〔註44〕「貞觀十五年正月，命禮部尚書江夏王道宗持節送文成公主于吐蕃。贊普大喜，見道宗，盡子婿禮，慕中國衣服、儀衛之美，爲公主別築城郭宮室而處之，自服執綺以見公主。其國人皆以赭塗面，公主惡之，贊普下令禁之。亦漸革其猜暴之性，遣子弟入國學，受詩書。」〔註45〕所以和親也有同化少數民族的優點，並非完全的苟安之策。事實上，以太宗時代的軍事力量，若執迷於武力的作用，又焉有和親之舉呢？所以太宗的良苦用心，是不同於和蕃的昭君的。所以「和親」的得失，實應從多方面加以考量。因此，詠歎史事以評騭得失，幾乎都是出自主觀的思想判斷，是非之處，亦未必盡如作者所言，這是我們該多加思量的。

李重華曰：「詠史詩不必鑿鑿指事實，看古人名作可見。詠史記實事者，即史中贊論體。」〔註46〕這確實是相當獨到的見解。

二、詠　物

劉勰曰：「近代以來，文貴形式，窺情風景之上，鑽貌草木之中。吟詠所發，志惟深遠，體物爲妙，切在密附，故巧言切狀，如印如泥。」〔註47〕王夫之則曰：「詠物詩齊梁始多有之，其標格高下，猶畫之有匠作、有士氣。徵故實、寫色澤、廣比喻，雖極鏤繪之工，皆匠氣也。又其卑者，餖湊成篇，謎也，非詩也。」〔註48〕以上所言，即是對詠物詩的源起，及其所要表現的技巧和意義的詳細說明。

所謂的詠物詩，表面上是對物象外在的描繪，但是除此之外，作

〔註44〕見《資治通鑑》卷一九五〈唐紀十一·貞觀十四年〉。
〔註45〕見《資治通鑑》卷一九六〈唐紀十二·貞觀十五年〉。
〔註46〕見李重華《貞一齋詩話》。（引自《清詩話》，頁930～931。）
〔註47〕見劉勰《文心雕龍》卷一〇〈物色〉。
〔註48〕見王夫之《薑齋詩話》卷下。（引自《清詩話》，頁22。）

者寄託在物象背後的情感或思想，卻是更爲重要的。所謂：「詠物一體，就題言之，則賦也，就所以作詩言之，即興也、比也。詠物詩有兩法，一是將自身放頓在裡面，一是將自身站立在旁邊。」〔註49〕簡單的說：「詠物的詩，多屬比興的比。採用擬人格的手法，以物自況，攝取某種物象，作爲自我性情的寫照。」〔註50〕而作者既有意以物自況，使得物象和作者自身的性格及自身遭遇構就會構成某些的關聯性。因此，我們可以確切地說，作者的思想感懷等內在的情緒，也可以透過其所選取的具體物象來加以表現。同樣的，不同的取材差異，事實上也是作者心靈狀態的有形表現。

詠物詩在初唐的前後期都相當興盛，如「文章四友」之一的李嶠，就曾專以此爲題，前後寫作了一百二十首以上的作品。由於這類的詩作容易入手，同時也可以多多表現修辭上的技巧，所以這種作品自然在當時大行其道。

詠物的作品約略可分爲：純粹詠物，以物比況，以及詠物寓意等三種，以下，試分別敘述之：

所謂純粹詠物的作品，通常是以白描或簡單比喻的手法，來表現出物象的特色。如：

近谷交縈蕋，遙峰對出蓮。

徑細無全磴，松小未含煙。（唐太宗〈詠小山〉）

上弦明月半，激箭流星遠。

落雁帶書驚，啼猿映枝轉。（唐太宗〈詠弓〉）

二八如回雪，三春類早花。

分行向燭轉，一種逐風斜。（楊師道〈詠舞〉）

一般來說，純粹詠物的詩作，通常只是偏重於描寫的技法，並沒有太深刻的寓意所在，所以除了詞藻的堆疊之外，並沒有值得深究的部份。其次，我們再看以物比況的作品。如：

〔註49〕見李重華《貞一齋詩說》。（引自《清詩話》，頁930。）

〔註50〕見李正治《六朝詠懷組詩研究》，師大國文研究所碩士論文，頁151。

可惜庭中樹，移根逐漢臣。只爲來時晚，花開不及春。

（孔紹安〈詠石榴〉）

史載：「紹安大業末爲監察御史，時高祖爲隋討賊於河東，詔紹安監高祖之軍，深見接遇。及高祖受禪，紹安自洛陽間行來奔，高祖見之甚悅，拜爲內史舍人。……時夏侯端亦嘗爲御史監高祖軍，先紹安歸朝，授祕書監。紹安因侍宴應詔〈詠石榴〉詩曰：『只爲來時晚，花開不及春。』」〔註 51〕紹安藉石榴以自比，表達其不滿之意，可謂深得詠物之妙旨。同樣的，李義府也有類似的作品：

日裡颺朝采，琴中伴夜啼。上林如許樹，不借一枝栖？（〈詠烏〉）

《唐詩紀事》曰：「義府初遇，以李大亮、劉洎之薦。太宗召令詠烏，義府曰：『日裡颺朝采，琴中伴夜啼。上林如許樹，不借一枝栖？』帝曰：『與君全樹，何止一枝。』」〔註 52〕這是李義府藉烏自比，向太宗要求一官半職的含蓄話，而太宗也爽快地答應他說：「與君全樹，何止一枝。」隨後，太宗並作了一首〈詠烏代陳師道〉回應，其詞曰：

凌晨麗城去，薄暮上林棲。辭枝之暫起，停樹樹還低。

向日終難脫，迎風詎肯迷。只待纖纖手，曲裡作宵啼。

（〈詠烏代陳師道〉）

在此，君臣二人皆以詠物比喻的手法對答，表現相當高妙，深得詠物的含蓄之旨。此外，又有詠物比況、藉物託言，用以自明其志者，代表的作品如：

的歷流光小，飄颻弱翅輕。恐畏無人識，獨自暗中明。

（虞世南〈詠螢〉）

詩作藉由「光小」、「翅弱」的螢火蟲，唯恐無人能識，所以獨自於黑暗中閃亮以彰明自己的存在，便是作者詠物見志的代表。又如：

垂緌飲清露，流響出疏桐。

居高聲自遠，非是藉秋風。（虞世南〈詠蟬〉）

〔註 51〕見《舊唐書》卷一九○〈孔紹安傳〉。

〔註 52〕見計有功《唐詩紀事》卷四。

虞世南的在這首詩中，托物以寄意，歌頌秋蟬飲清露、居梧桐，不必憑藉秋風，則音聲自然遠播。這其實是借蟬比喻己身的高潔，在於立身謹慎，德高故名遠，非假於外力。沈德潛評之曰：「詠蟬者，每詠其聲，此獨尊其品格。」〔註53〕此外，李百藥也有〈詠蟬〉曰：

清心自飲露，哀想乍吟風。未上華冠側，先驚翳葉中。（〈詠蟬〉）

施補華曰：「三百篇比興爲多，唐人猶得此意。同一詠蟬，虞世南『居高聲自遠，端不藉秋風』，是清華人語；駱賓王『霜重飛難進，風多響易沉』，是患難人語；李商隱『本以高難飽，徒勞恨費聲』，是牢騷人語，比興不同如此。」〔註54〕以此數人之作品相較，實可表現其時代性之特殊意味。此外，詠物寓意的作品也有不少。如：

圓池類璧水，輕翰染煙華。將軍欲定遠，見棄不應賒。

（楊師道〈詠硯〉）

寶馬權奇出未央，雕鞍照耀紫金裝。春草初生馳上苑，秋風欲動戲長楊。鳴珂屢度章臺側，細蹀經向濯龍傍。徒令漢將連年去，宛城今已獻名王。　（楊師道〈詠馬〉）

・之一・

手談標昔美，坐隱逸前良。參差分兩勢，玄素引雙行。捨生非假命，帶死不關傷。方知神仙側，爛斧幾寒芳。

・之二・

治兵期制勝，裂地不要勳。半死圍中斷，全生節外分。鴈行非假翼，陣氣本無雲。斁此孫吳意，怡神靜俗氛。

（唐太宗〈五言詠棋二首〉）

以上第一首之〈詠硯〉，乃以硯寓文臣，言明雖欲建立邊功，仍不應重文輕武。第二首之〈詠馬〉，是以馬寓唐代壯盛的國威，第三、四首之〈詠棋〉，則分別以棋道寓生死之理與用兵之道。所詠之物，雖大小形狀皆不相同，但是作者都能夠運用巧思來創造嶄新的聯想意

〔註53〕見沈德潛《唐詩別裁》卷一。

〔註54〕見施補華《峴傭說詩》。（引自《清詩話》，頁974。）

義，實在是相當的難能可貴。

　　事實上，在初唐前期的詩人作品中，由於受到六朝餘風的影響，所以不論是單純詠物或是藉物自況的詠物詩，都是相當興盛的。胡應麟曰：「詠物起自六朝，唐人沿襲，雖風華競爽而獨造未聞。」〔註55〕這是相當不錯的。而在初唐前期的詩人中，以唐太宗與楊師道的詠物詩的數量較多，至於就內容與技法來看，大部分的詩作也都還能呈顯出時代的特色。

三、述　懷

　　《詩經·大序》云：「歌詠言，詩言志。」所以述懷敘志的詩歌，本就是作詩的主旨之一。自《詩經》以降，這類的作品一直都有相當多的產量，可以說是歷久不衰的。

　　一般來說，述懷的詩作旨在表達作者的心胸懷抱，所以不論在暴君亂政或是明君治世，各種不同風貌的述懷敘志之作，都是相當可觀的。此類的作品在表現的技巧上，多以比興、象徵的手法爲之，其寓意深遠，抒情眞摯，在六朝時有很多的代表作。如：阮籍的〈詠懷詩八十二首〉，庾信的〈擬詠懷二十七首〉，都是相當具有代表性的作品。而在初唐前期的此類作品，也有不少品格高遠、內容眞切的詩作。如：

> 中原初逐鹿，投筆事戎軒。縱橫計不就，慷慨志猶存。
> 仗策謁天子，驅馬出關門。請纓繫南粵，憑軾下東藩。
> 鬱紆陟高岫，出沒望平原。古木鳴寒鳥，空山啼夜猿。
> 既傷千里目，還驚九折魂。豈不憚艱險，深懷國士恩。

（魏徵〈述懷〉）

這首詩又題「出關」，亦收入樂府之〈橫吹曲〉，寫作的時間，應該是高祖起事後不久的作品。唐汝詢曰：「此奉使出關，賦以見志也。言宇內未寧，聊欲棄文就武，以取勛席。計雖數挫，而志不少衰。于是

〔註55〕見胡應麟《詩藪》〈內編〉卷一。

謁天子以求奉使，驅馬出關以圖終鄘之業。登歷山原，入無人之境，目極千里，魂驚九折。斯時也，豈不憚此艱險乎？正爲天子以國士遇我，我當全季布之諾，守侯嬴之言，以舒平生之意氣耳，功名非所論也。」〔註56〕當時魏徵甫投奔唐室，爲求報答知遇之恩，於是請命自赴華山以東的區域，說降李密舊部。全詩敘述魏徵的崇高抱負以及旅途的艱險困難，氣勢相當雄渾。沈德潛批評這首詩說：「氣骨高古，變從前纖廉之習，盛唐風格，發源於此。」〔註57〕可說是相當精確的見解。此外，李百藥也有類似的作品。如：

> 伯喈遷塞北，亭伯之遼東。伊余何爲客，獨守雲臺中。
> 途遙已日暮，時泰道斯窮。拔心悲岸草，半死落巖桐。
> 目送衡陽雁，情傷江上楓。福兮良所伏，今也信難通。
> 丈夫自有志，寧傷官不公。　　　　　　　　（〈途中述懷〉）

上述詩作也和魏徵的風格相似，表現出豪壯曠達的英雄氣魄。此外，唐太宗也有言志敘懷的作品，但其風格與二人相較，則又有顯著的不同。如：

> 未央初壯漢，阿房昔侈秦。在危猶騁麗，居奢遂役人。
> 豈如家四海，日宇罄朝倫。扇天裁戶舊，砌地翦基新。
> 引月擎宵桂，飄雲逼曙鱗。露除光炫玉，霜闕映雕銀。
> 舞接花梁燕，歌迎鳥路塵。鏡池波太液，莊苑麗宜春。
> 作異甘泉日，停非路寢辰。念勞慚逸己，居曠返勞神。
> 所欣成大廈，宏材佇渭濱。　　　　（唐太宗〈登三臺言志〉）
> 慨然撫長劍，濟世豈邀名？星旍紛電舉，日羽肅天行。
> 遍野屯萬騎，臨原駐五營。登山麾武節，背水縱神兵。
> 在昔戎戈動，今來宇宙平。　　　　　　　（〈還陝述懷〉）

太宗雖貴爲一國之主，但是回想起當年起事時的艱辛，以及慨嘆今日守成的不易，在在都顯示出戒愼恐懼的積極精神來，這的確是相當難

〔註56〕見唐汝詢《唐詩解》。（清順治十六年趙孟龐萬笈堂刻本）
〔註57〕見沈德潛《古詩源》卷一。

能可貴的。

　　而同樣是述懷的作品，棄官歸隱田園的王績，卻有不同於帝王大臣的見解。其作云：

　　　　物外知何事，山中無所有。風鳴靜夜琴，月照芳春酒。
　　　　直置百年內，誰論千載後？　　　　　　　　〈山中敘志〉
　　　　晚歲聊長想，生涯太若浮。歸來南畝田，更坐北溪頭。
　　　　古岸多磐石，春泉足細流。東隅誠已謝，西景懼難收。
　　　　無謂退耕近，伏念已經秋。庚桑逢處跪，陶潛見人羞。
　　　　三星寧舉火，五月鎮披裘。自有居常樂，誰知身世憂。
　　　　　　　　　　　　　　　　　　　　　（〈晚年敘志示翟處士〉）
　　　　故鄉行雲是，虛室坐間同。日落西山暮，方知天下空。
　　　　　　　　　　　　　　　　　　　　　　　　（〈詠懷〉）

這完全展現出不同於前者的風格，而是自適於山水田園之間。所謂的：「鐘鼎山林，各安天性。」個人不同的遭遇與思想，自然也在作品的意涵中流露無遺。這也是我們在述懷的詩作中，所能清楚看到存在於個體之間的顯著差異。

第五節　田園山水

一、田　園

　　我國向來以農立國，因此關於田園詩的寫作，早在《詩經》的時代便已經有如〈豳風・七月〉般相當具有代表性的作品。而「所謂的田園詩，是以描寫田園為主題的詩，而田園的範圍，包括農村田野的景色，農民的生活、感受……只要詩的主題觸及田園，那些作品便是我們討論的對象。」〔註58〕

　　關於田園詩的作者，主要是由出身於民間階層，或是曾長期居住於鄉里的詩人，才會有比較豐富的創作，一般的宮廷詩人是不容易觸

〔註58〕見洪順隆《由隱逸到宮體》，頁28。

及此類的題材。而關於此類的詩作，在六朝時當以晉末的陶淵明為主。至於在初唐前期時，也以生活背景和陶淵明相似，也曾長期歸隱於田園之間的王績，以及生活在民間的王梵志等人，才能有比較豐富的作品。首先，我們先看看王績的作品。

> 平生唯酒樂，作性不能無。朝朝訪鄉里，夜夜遣人酤。
> 家貧留客久，不暇道精粗。抽簾持益炬，拔簀更燃爐。
> 恆聞飲不足，何見有殘壺。　　　　　　　（〈田家三首〉之三）
> 前旦出園遊，林華都未有。今朝下堂來，池水開已久。
> 雲被南軒梅，風催北庭柳。遙呼灶前妾，卻報機中婦。
> 年光恰恰來，滿甕營春酒。　　　　　　　　　　　　（〈春日〉）
> 田家無所有，晚食遂為常。菜剪三秋綠，飱炊百日黃。
> 胡麻山樣，楚豆野糜方。始暴松皮脯，新添杜若漿。
> 葛花消酒毒，萸蒂發羹香。鼓腹聊乘興，寧知逢世昌。
> 　　　　　　　　　　　　　　　　　　　　　　　　（〈食後〉）
> 東皋薄暮望，徙倚欲何依。樹樹皆秋色，山山唯落暉。
> 牧人驅犢返，獵馬帶禽歸。相顧無相識，長歌懷采薇。
> 　　　　　　　　　　　　　　　　　　　　　　　　（〈野望〉）

王績原本出身於世宦之家，六世冠冕，隋末大儒王通為其兄。十五歲時遊長安，曾深受楊素的賞識，譽為「神仙童子」。不過由於時代的動亂，使得他有懷才不遇之慨，他在〈自撰墓志銘〉上說：「才高位下，免責而已。天子不知，公卿不識，四十五十而無聞焉，於是退歸。」〔註59〕其思想以道家的清靜無為、逍遙自由為主，反對禮教束縛，崇尚自然，表現出避亂的思想。他的田園詩表現出田家生活的寧靜自由，以及作者真摯性情的流露，這與當時流行的宮廷詩派所寫作的題材內容，是有相當大的差異的。

而同樣是田園詩，王梵志的作品卻有不同的意味。如：

> 吾有十畝田，種在南山坡。青松四五樹，綠豆兩三窠。

〔註59〕見《全唐文》卷一三二。

　　熱即池中浴，涼便岸上歌。遨遊自取足，誰能奈我何？

（王梵志〈吾有十畝田〉）

　　草屋足風塵，床無破氈臥。客來且喚入，地鋪稿薦坐。
　　家裡元無炭，柳麻且吹火。白酒瓦缽藏，鐺子兩腳破。
　　鹿脯三四條，石鹽五六課。看客只宵馨，從你痛笑我。

（王梵志〈草屋足風塵〉）

王績出身世宦之家，官階雖不高，但亦曾多次入朝爲官。但王梵志卻是普通的平民，而後出家爲僧。所以不論就技巧或內容而言，兩人亦有相當大的差距。就內容上言，王績所表現的是田園中較舒適快意的一面，而王梵志除了上述的作品之外，同時也有不少反映田園生活艱辛困苦的詩作。而就技巧言，王績在文辭的修飾上比較深入精緻，而王梵志的語言則偏向於口語化。關於這兩項的重大差異，主要是基源於兩人在生活背景與思想層次的差別，所產生的必然結果。

　　而從以上的作品我們都可以看出，詩人不論是身處安逸或是困苦貧窮，均各有其特色。原則上，在初唐前期的此類詩作，一方面向上承接自陶淵明以降的田園詩風，而向下則啓發了盛唐以後王維、孟浩然等人的自然詩派，因此在此一時期的田園詩，也可以說是居於承先啓後的樞紐地位。

二、山　水

　　《文心雕龍》曰：「宋初文詠，體有因革，莊老告退，而山水方滋。」〔註60〕山水詩的創作雖然由來已久，然而興盛之世，實爲南朝劉宋以後，特別是謝康樂的大量著作，更有深遠的影響。王士禎即曰：「漢魏間詩人之作，亦與山水了不相及。迨元嘉間，謝康樂出，始創爲刻劃山水之詞，務窮幽極渺，抉山谷水泉之情狀。昔人所云，莊老告退而山水方茲者也。宋齊以下，率以康樂爲宗。」〔註61〕所以初唐

〔註60〕見劉勰《文心雕龍》卷二〈明詩〉。
〔註61〕見王士禎《帶經堂詩話》卷五。

前期描山範水的山水詩篇，大多也是淵源於此的。如：

山亭秋色滿，巖牖涼風度。疏蘭尚染煙，殘菊猶承露。

古石衣新苔，新巢封古樹。歷覽情無極，咫尺輪光暮。

（唐太宗〈山閣晚秋〉）

石鯨分玉溜，劫燼隱平沙。柳影冰無葉，梅心凍有花。

寒野凝朝霧，霜天散夕霞。歡情猶未極，落景遽西斜。

（唐太宗〈冬日臨昆明池〉）

暮春還舊嶺，徙倚翫年華。芳草無行徑，空山正落花。

垂藤掃幽石，臥柳礙浮槎。鳥散茅簷靜，雲披澗戶斜。

依然此泉路，猶是昔煙霞。　　　（楊師道〈還山宅〉）

休沐乘閒豫，清晨步北林。池塘藉芳草，蘭芷襲幽衿。

霧中分曉日，花裡弄春禽。野逕香恆滿，山階筍屢侵。

何須命輕蓋，桃李自成陰。　　　（楊師道〈春朝閒步〉）

脈脈廣川流，驅馬歷長洲。鵲飛山月曙，蟬噪野風秋。

（上官儀〈入朝洛堤步月〉）

以上諸作，皆是屬於宮廷詩人的作品，而其中尤以上官儀的〈入朝洛堤步月〉最負盛名。劉餗《隋唐嘉話》嘗曰：「高宗承貞觀之後，天下無事，上官侍郎儀獨持國政，嘗凌晨入朝，巡洛水堤，步月徐轡，詠詩云……，音韻清亮，群公望之，猶神仙焉。」〔註62〕《唐詩集解》亦曰：「此言循歷長洲，俯見廣川徐流，仰視山月未沒，曙鵲秋蟬，野景誠清悽矣。」〔註63〕

　　以上所述，是出自於宮廷詩人的作品，在描繪上偏重於詞藻的經營，同時也呈顯一股濃郁的富貴氣息。而長期隱居於民間，遊賞於山水之內的王績，卻是另有別種的風味。如：

石苔應可踐，叢枝幸易攀。

青溪歸路直，乘月夜歌還。（〈夜還東溪〉）

促軫乘明月，抽弦對白雲。

〔註62〕見劉餗《隋唐嘉話》。又劉肅《大唐新語》卷八，亦有類似之記載。

〔註63〕見許文雨《唐詩集解》卷一。

　　從來山水韻，不使俗人聞。(〈山夜調琴〉)

　　電影江前落，雷聲峽外長。

　　霽雲無處所，臺館曉蒼蒼。(〈詠巫山〉)

王績的山水詩也和他的田園詩一樣，除了表現出寧靜自然的特色之外，同時也呈顯出鮮明的個人色彩。他不僅著重於描山範水的外部雕繪，同時也注入了作者本身濃烈的感情。

　　故從以上的比較，我們便可以得知，在朝和在野的詩人雖然同樣都有刻劃山水的作品，但不論是在詞彙的運用，或是在境界的展現，以及在思想情感的寄託上，都是有相當大的差異存在。一般來說，宮廷詩人比較著重外在的描摹，繼承了自謝靈運以降的山水派精神，而王績等的作品除了講究傳統的技巧之外，也採用較平常的景物來寄託，表現其更為深切的個人情感。

三、遊　仙

　　葛洪云：「夫得仙者，或升太清，或翔紫宵，或造玄洲，或栖板桐。聽鈞天之樂，享九芝之饌，出攝松羨於倒景之表，入宴常陽於瑤房之中。」〔註64〕這種富於玄虛色彩的神祕思想，也為詩歌的創作內容與意涵，開創出一條嶄新道路來。故黃子雲《野鴻詩的》曰：「遊仙詩本之離騷，蓋靈均處穢亂之朝，蹈危疑之際，聊為烏有之詞，以寄興焉耳。建安以下，競相祖述，景純太白，亦恣意描摹。」

　　遊仙類的詩作雖然由來已久，但正式以「遊仙」為題的詩作，則始見於曹丕、曹植兄弟，爾後流風益張。所謂：「正始明道，詩雜仙心」〔註65〕，於是遊仙的作品在六朝遂大盛。蕭統的《昭明文選》曾列此類為一門，選錄何劭、郭璞等人的作品為代表。其中郭璞的〈遊仙詩十四首〉更為名作。故此類的詩歌在南朝時曾達到鼎盛，蔚成當時的主流之一。

〔註64〕見葛洪《抱朴子》〈明本〉。

〔註65〕見劉勰《文心雕龍》卷二〈明詩〉。

　　整體而言，遊仙詩的內涵是以老莊玄道的思想爲主，而描寫的範圍則多涉及山水景物的層面，不過有別於山水詩的是，遊仙詩中的山水景物主要是用作襯托精神思想的表現，這和純粹以具體環境作爲呈現主題的山水詩是有些許歧異的。不過就整體而言，遊仙詩的內容和表現技法與山水詩有較多的相似之處，卻也是不爭的事實，故此處我們亦將遊仙詩附入田園山水一類，就是這樣的道理。

　　總的來看，初唐前期只有王績有少數的遊仙詩流傳，作品雖然不多，卻是有相當的水準，以下試列舉之。如：

　　　　眞經知那是，仙骨定何爲。許邁心長切，嵇康命似奇。
　　　　桑疏金闕迴，苔重石梁危。照水然犀角，遊山費虎皮。
　　　　鴨桃聞已種，龍竹未經騎。爲向天仙道，棲遑君詎知。

　　　　　　　　　　　　　　　　　　　　　　（〈遊仙四首〉之四）

　　　　採藥層城遠，尋師海路奢。玉壺橫日月，金闕斷煙霞。
　　　　仙人何處在，道士未還家。誰知彭澤意，更覓步兵那。
　　　　春釀煎松葉，秋杯浸菊花。相逢寧可醉，定不學丹沙。

　　　　　　　　　　　　　　　　　　　　　　　　（〈贈學仙者〉）

王績各種類型的詩作，幾乎都表現歸隱自適的老莊思想，〈遊仙四首〉表現了人生苦短，而有求仙訪道的夢想。但在〈贈學仙者〉卻又表明了「相逢寧可醉，定不學丹沙」的現世觀，可見王績對於求仙的態度，也由夢幻的理想，再次回歸到現實的退隱自適了。

　　遊仙詩的流行和當時的政治環境、社會思想以及流行習慣，都有著密切的關係。而這類的作品，在初唐前期雖然已經逐漸減少，但是在初唐以後，又因爲政治及宗教上的因素，再次地拓展開來，並也有不少的佳作產生。

第六節　說理諧謔

一、說　理

　　劉勰曰:「自中朝貴玄,江左稱盛,因談餘氣,流成文體。」〔註
66〕由於玄學的興盛,也造成這種以說理爲主的詩歌。不過早期的清
言玄談僅以:周易、老子、莊子等「三玄」爲限,但在三國以後逐漸
興盛的佛學教義,隨後也滲入此類的作品之中,在當時名爲「玄言
詩」。但在此處,我們把講述人生處世哲理的作品也總入此類,合稱
爲「說理詩」,故此處所指的「說理詩」,實包含有玄學、佛學、以及
人生哲學等三大範疇。

　　而在初唐前期,也有不少的方外之士參與當時的詩歌創作,而其
範圍也不僅以玄言或佛理爲限,甚至也有很多涉及生活哲學的作品,
融合於當時的詩作之中,藉此以表現其思想。而關於這種以說理爲主
的詩歌,如王梵志等詩僧,就有很多此種類型的作品。如:

　　　黃金未是寶,學問勝珍珠。

　　　丈夫無伎藝,虛霑一世人。(王梵志〈黃金未是寶〉)

　　　得他一束絹,還他一束羅。

　　　計時應大重,直爲歲年多。(王梵志〈得他一束絹〉)

　　　梵志翻著襪,人皆道是錯。

　　　乍看刺你眼,不可隱我腳。(王梵志〈梵志翻著襪〉)

　　　城外土饅頭,餡草城裡頭。

　　　一人吃一個,莫嫌沒滋味。(王梵志〈城外土饅頭〉)

　　　世無百年人,強作千年調。

　　　打鐵作門限,鬼見拍手笑。(王梵志〈世無百年人〉)

　　　般若非愚智,破愚歎爲智。

　　　道士若亡愚,我智藥亦遺。(義褒〈嘲道士題擬〉之一)

以上都是類似的說理詩,而範圍也不僅以佛理爲限。敦煌寫本〈王梵
志詩集序〉即曰:「但以佛教道法,無我苦空,知先薄之福緣,悉后
微之因果。撰修勸善,誡罪非違。目錄雖則數條,制詩三百餘首,直

_____

〔註66〕見劉勰《文心雕龍》卷九〈時序〉。

言時事，不浪虛談。」〔註67〕正是表明此類詩作的創作心態。

　　《全唐詩》雖然未收錄王梵志的詩作，宋人的詩話也僅略有提及，但是我們絕不能就此忽略其價值。根據後世在敦煌等地所發現的鈔本來看，可見其影響甚至是遠及邊陲的。而就其數量言，王梵志迄今有三百餘首的詩作流傳，這個數量在初唐前期也是首屈一指的。事實上，「梵志詩在唐，不僅民間盛傳之，即大詩人們也都受其影響。王維詩〈與胡居士皆病寄此詩兼示學人〉二首，註云：『梵志體』。……像寒山、拾得，似尤受其影響。唐末詩人杜荀鶴、羅隱們也未嘗不是他的同流。他是以口語似的詩體，格言似的韻文博得民間的『眾口相傳』。」〔註68〕中唐有名的詩僧皎然，也在所著的《詩式》之中，把王梵志的詩列入「跌宕格」之「駭俗品」，指其「外有驚俗之貌，內藏達人之度。」〔註69〕可見其評價亦甚高。

　　後人對於王梵志的詩也相當推崇，特別是〈梵志翻著襪〉。陳善《捫蝨新話》即曰：「文章雖工，而觀人文章，亦自難視。知梵志翻著詩法，則可以作文。」〔註70〕費袞《梁谿漫志》亦云：「山谷以茅季偉事，親引梵志翻襪之句，人喜道之。予嘗見梵志數頌，詞樸而理，於今記於此。」〔註71〕范攄《雲谿友議》則曰：「或有愚士昧學之流，欲其開悟，別吟以王梵志詩。……其言雖鄙，其理歸眞。所謂：『歸眞悟道，徇俗乖眞』也。」〔註72〕都是這樣的道理。

　　至於在初唐前期何以能產生如王梵志這類質量俱佳的詩人及作品，金啓華嘗曰：「初唐詩壇出現王梵志的詩，我們究其遠因，當係

〔註67〕見張錫厚〈關於敦煌寫本王梵志詩整理的若干問題〉頁68。收入《王梵志詩研究彙錄》。上海古籍出版社。1990年。

〔註68〕見鄭振鐸〈王梵志詩跋〉頁145。收入《王梵志詩研究彙錄》。上海古籍出版社。1990年。

〔註69〕見皎然《詩式》卷一〈跌宕格〉。

〔註70〕見陳善《捫蝨新話》卷五〈觀人文章〉。

〔註71〕見費袞《梁谿漫志》卷十〈梵志詩〉。

〔註72〕見范攄《雲谿友議》卷下〈蜀僧喻〉。

從佛教的偈體而來。佛教傳自印度，為著宣傳教義，有時用詩歌來幫助歌唱，以便流傳，方便記憶。這方面有無韻偈和有韻偈。有韻偈更近於詩歌。據《高僧傳》、《續高僧傳》裡的記載，如單道開、耆域、慧可等都有偈作。從四世紀到六世紀三百年來代有作者。而五世紀初的北方佛教大師鳩摩羅什和南方慧遠大師互相贈答的偈，尤為佛教及詩壇的佳話。盡管慧遠認為吟風弄月，皆為『違法』。但是諷世勸善倒是符合教義的，所以中國詩壇之有詩僧出現，是與海外文化交流的產物，而又是中國化了的。偈體和五言詩關係尤為密切，這都對王梵志的詩有影響的。」〔註73〕

　　事實上，自南北朝以至唐代，以詩說理談法的習慣便一直相當興盛，所以在唐代以後，此種類型的作品，便大量產生了。拾得詩云：「我詩也是詩，有人喚作偈。詩偈總一般，讀者須子細。」即指出此二者的相同性。丁福保在《佛學大辭典》亦解釋曰：「佛家作詩曰偈。」而自唐以後，詩偈互稱的例子也是屢見不鮮的，所以說理詩的成長，在唐初如此有利的基礎上，也是有相當不錯的發展。

二、諧　謔

　　「溫柔敦厚」雖然是我國詩教的傳統，但是詩也必須有「美刺」的功能，才能有匡過遷善的具體作用。《毛詩・大序》云：「上以風化下，下以風刺上，主文而譎諫，言之者無罪，聞之者足以戒。」也就是這樣的道理。但是部份態度較不嚴謹的作品，或入於諧謔之流，然《全唐詩》亦將此類作品統列於一類，置之卷末，或許有「雖小道，必有可觀者焉」的寓意。故以下試就隸屬於初唐前期的此類詩作，略舉數例以明之：

　　　　名長意短，口正心邪。棄忠貞於鄭國，忘信義於吾家。

　　　　　　　　　　　　　　　　　　　　（唐高祖〈嘲蘇世長〉）

〔註73〕見金啓華〈一位埋沒千載的詩人──簡介王梵志和他的詩作〉頁103　～104。收入《王梵志詩研究彙錄》。上海古籍出版社。1990年。

蘇世長嘗事僞鄭王世充，爲行臺右僕射。洛陽平，歸國，高祖與之有舊，釋之，授玉山屯監，恩禮殊厚。嘗嘲之云云。世長對曰：「名長意短，實如聖旨。口正心邪，未敢奉詔。昔竇融以河西降漢，十世封侯；臣以山南歸國，惟蒙屯監。」即日拜諫議大夫。〔註74〕

　　以上所舉之作，即爲諧謔之例。不過此作四六夾雜，於體不純，故以下再以一首五言八句體爲例。

　　　急風吹緩箭，弱手馭強弓。欲高翻復下，應西更還東。

　　　十迴俱著地，兩手并擎空。借問誰爲此，乃應是宋公。

（歐陽詢〈嘲蕭瑀射〉）

這是一首接近五言律詩的作品，蓋「宋公蕭瑀不解射，九月九日賜射，瑀箭俱不著垛，詢詠之云云。」〔註75〕歐陽詢在這首詩運用了對比的手法，如：「急風」、「緩箭」，「弱手」、「強弓」，「欲高」、「還下」，「應西」、「還東」等四組現實場景的強烈映襯，表現出蕭瑀不善於射的窘況，實在是相當生動活潑。此外尚有彼此互嘲的作品。如：

　　　聳膊成山字，埋肩不出頭。

　　　誰家麟閣上，畫此一獼猴。（長孫無忌）〔註76〕

　　　索頭連背暖，漫襠畏肚寒。

　　　只因心渾渾，所以面團團。（歐陽詢）

以上兩首爲長孫無忌與歐陽詢互嘲的詩作。無忌見詢姿形麼陋，嘲之。詢答云云。太宗聞之笑曰：詢此嘲曾不畏皇后邪？〔註77〕

　　唐人傳奇〈補江總白猿傳〉，即言歐陽詢爲白猿之子，此雖爲神怪之言，蓋不可信，然詢之狀如猿猴，亦可得而明之。故無忌見其圖形，而嘲之以爲獼猴。歐陽詢聞之，亦嘲無忌之形態。然長孫無忌爲

<hr>

〔註74〕見《全唐詩》卷八六九〈嘲蘇世長〉注。

〔註75〕見《全唐詩》卷八六九〈嘲蕭瑀射〉注。

〔註76〕《全唐詩》第三句作：「誰家麟角上。」《唐詩紀事》作：「誰家麟閣上。」此處據《唐詩紀事》改。

〔註77〕見《全唐詩》卷八六九〈與歐陽詢互嘲〉注。按此事亦見於《唐詩紀事》卷四，《大唐新語》卷一三，《隋唐嘉話》卷上，《太平廣記》卷二八四引《國朝雜記》。

皇后兄，又佐太宗定天下，功居第一，權傾天下，故太宗有此問。而
此二首詩作皆以人體之外形體態爲發揮，描寫眞實貼切，可見其表現
技巧之掌握得體。此類以人之體態外形爲諧謔對象者，尙有不少佳
作。如：

> 崔子曲如鈎，隨例得封侯。
>
> 髆上全無項，胸前別有頭。(省吏〈嘲崔左丞〉)

武德中，清河崔善爲爲尙書左丞，諸曹吏惡其聰察，嘲其短偃。……
高祖勞之曰：「齊末姦吏歌斛律明月，高緯昏不察，至滅其家，朕雖
不德，幸免是。」下令求謗者，謗遂止。〔註78〕

　　這首詩也是嘲弄崔善爲的體型短偃，言其爲「隨例得封侯」。然
高祖知人甚深，反欲求謗者而治罪。可見生若得時，又何懼讒毀之言？

　　總而言之，諧謔的作品在表面上似乎是接近一種文字遊戲，但是
其反映時代風尙與政治動向的深層意義，卻也是值得我們來省思的。

〔註78〕見計有功《唐詩紀事》卷四。按此事亦見於《舊唐書》卷一九一，《新
　　　　唐書》卷九一，《全唐詩》卷八六九。

第六章　初唐前期詩歌之形式

第一節　詩歌體制

　　詩歌在唐代的發展可以說是繽紛燦爛、空前絕後的。不論是就內容、形式或技巧言，都是有承先啓後的極大成就。

　　就唐詩的形式言，嚴羽嘗作分析曰：「有古詩，有近體，有絕句，有雜言，有三五七言，有半五六言。有一字至七字，有三句之歌，有兩句之歌，有一句之歌。」〔註1〕高棅亦曰：「有唐三百年詩，眾體備矣，故有往體、近體、長短篇、五七言、律句、絕句等制。」〔註2〕胡應麟則云：「甚矣，詩之盛於唐也。其體則三四五言，六七雜言，樂府歌行，近體絕句，靡弗備矣。」〔註3〕由此可見，唐詩的形式是相當豐富且多樣的。故《全唐詩·序》曰：「詩至唐而眾體悉備，亦諸法畢該，故稱詩者，必視唐人爲標準，如射之就彀率，治器之就規矩焉。」也就是這樣的道理。故本節即針對初唐前期詩歌在形式表現上的幾種特色，分別加以探討。

〔註1〕見嚴羽《滄浪詩話》〈詩體〉。
〔註2〕見高棅《唐詩品彙》〈總序〉。
〔註3〕見胡應麟《詩藪》〈外編〉卷三。

一、字　數

　　就形式言，唐詩以五、七言爲大宗，是眾所皆知的事實。不過五、七言與時代先後的關聯性，卻是頗值得玩味的。我們就統計資料觀察，五言詩的比例是隨著初、盛、中、晚等時代的演繹而依次遞減，但七言詩則反之。（見附表一）簡單地說，五、七言詩的數量比率在唐詩的發展上是呈現相對增減的。施子愉曾就《全唐詩》存詩一卷以上的詩人作品，加以統計。﹝註4﹞我們根據其統計資料，整理成依四唐分期的表格，則可以清楚發現，初唐時的五言詩佔全部作品的比率高達百分之九十，而同期的七言詩卻只有百分之十。盛唐之世，五言詩也以百分之七十六的絕對優勢，遙遙領先比率爲百分之二十四的七言詩。等到中唐時代，五言詩的比率繼續下降到百分之五十六，僅以些微的差距稍稍領先七言詩的百分之四十四。至於到晚唐時代，五言詩的比率只剩下百分之四十三，而七言詩的成長則超過五言詩，上升到百分之五十七的比例。（見附表一）故由此我們可以得知，五七言詩的消長，其實也是和時代的遞變有著緊密的互動關係。

附表一：唐代五、七言詩分期統計對照表

	五　言	比　率	七　言	比　率	總　數
初　唐	1846	90%	207	10%	2053
盛　唐	4018	76%	1293	24%	5311
中　唐	7502	56%	5784	44%	13286
晚　唐	5709	43%	7467	57%	13176

　　不過，以上的資料是以四唐爲分期，並不能完全代表初唐前期的狀況。同時，若我們假設五言詩的比例是隨時代的演進而逐次降低的說法成立，則我們統計此一時期的詩作，也應該能相對印證我們的假

﹝註 4﹞見施子愉〈唐代科舉制度與五言詩的關係〉《東方雜誌》第四十卷第八號。1944 年。頁 39。

設才是。故以下再統計《全唐詩》內隸屬於初唐前期的作品，（註5）以便觀察此一時期詩作所呈現的實際情況。(見附表二)

附表二：初唐前期詩作言數統計表

	數　量	比　率
五　言	390	94%
七　言	16	4%
其　他	9	2%
總　數	415	100%

　　根據上表的統計我們可以發現，屬於七言的詩作只有十六首，約佔全部比率的百分之四。就個別作者言，作品較多的有：上官儀的〈和太尉戲贈高陽公〉、〈詠畫障〉、〈春日〉三首，許敬宗的〈奉和聖製送來濟應制〉、〈七夕賦詠成篇〉二首，楊師道的〈闕題〉、〈詠馬〉二首，唐太宗的〈餞中書侍郎來濟〉、〈兩儀殿賦柏梁體〉二首。而就詩作題目言，以〈七夕賦詠成篇〉為題的七言詩，也有：凌敬、沈叔安、何仲宣、許敬宗等四人的作品。由此可見，七言詩的數量雖然不多，卻似乎有專用於某些題型的現象。

　　至於五言詩的作品則佔絕大多數，比率甚至高達百分之九十四。代表詩作如：唐太宗的〈帝京篇十首〉、魏徵的〈述懷〉、楊師道的〈隴頭水〉、虞世南的〈從軍行二首〉、王績的〈古意六首〉，上官儀的〈入朝洛堤步月〉，李百藥的〈少年行〉等等，都是極知名的作品。

　　此外，其他的部份則包括雜言與其他言數，其中雜言有八首，六

〔註5〕列入統計者包含：唐太宗、長孫皇后、徐賢妃、王珪、陳叔達、袁朗、竇威、長孫無忌、顏師古、杜淹、魏徵、褚亮、于志寧、令狐德棻、封行高、杜正倫、岑文本、劉洎、褚遂良、楊續、劉孝孫、凌敬、沈叔安、何仲宣、趙中虛、楊濬、楊師道、許敬宗、李義府、虞世南、王績、蕭德言、鄭世翼、崔信明、孔紹安、謝偃、蔡允恭、杜之松、崔善為、朱子奢、張文收、毛明素、陳子良、庾抱、馬周、來濟、張文恭、薛元超、蕭翼、歐陽詢、閻立本、張文琮、上官儀、李百藥等五十四人，作品四百一十五首。

言有一首，合計共有九首，所佔比率為百分之二。其中雜言的部份有：王績的〈春桂問答二首〉為三、五言相雜，〈北山〉，則為七、五言相雜，另長孫無忌的〈新曲二首〉為七、三言相雜，上官儀的〈八詠應制二首〉為三、五、七言相雜，閻立本的〈巫山高〉為三、七言相雜。六言一首，為徐賢妃所作的〈擬小山篇〉。

經由以上的分析考證，我們可以再次證明，前列以初唐前期為五言詩獨盛的假設，應該是可以成立的。至於對四、五、七言的看法，劉勰嘗曰：「若夫四言正體，則雅潤為本，五言流調，則清麗居宗。」（註6）孟棨《本事詩》亦載李白論詩云：「興寄深微，五言不如四言，七言又其靡也。」（註7）這些雖然是以復古的文學觀為出發，但是卻也可以反映從六朝過渡到盛唐之間，對於四、五、七言等各種詩作類型的看法。

四言詩在魏晉以後便已逐漸衰微，鍾嶸曰：「四言文約義廣，取效風騷，便可多得，每苦文繁意少，世罕習焉。」（註8）葉羲昂亦云：「四言詩，唐人罕作，亦未有佳者。」（註9）是以唐代的四言詩除郊廟樂章之外，已極為罕見。而七言詩在此時亦尚未成熟，《唐音審體》曰：「七言始於漢歌行，盛於梁。梁元帝為〈燕歌行〉，群下和之，自是作者迭出。唐初諸家皆效之。陳拾遺創五言古詩，變齊梁之格，未及七言也。」（註10）也是相當真確的見解。

而五言詩的發展在此時卻已達到高峰，我們藉由作品的數量統計與比率來做證明，也是可以得到很明顯的數據差異。初唐前期的詩作以五言詩為主，是無庸置疑的。而這種情況不僅代表著初唐前期所承繼的詩歌傳統，同時也印證初唐前期詩風的主要趨向，以及時代的雅俗好尚。相對於五言詩的發展，七言詩雖然尚處於萌芽的奠基階段，

〔註 6〕見劉勰《文心雕龍》卷二〈明詩〉。

〔註 7〕見孟棨《本事詩》〈高逸第三〉。（引自《歷代詩話續編》，頁 14。）

〔註 8〕見鍾嶸《詩品》。

〔註 9〕見葉羲昂《唐詩直解》〈詩法〉。

〔註10〕見錢木菴《唐音審體》〈古詩七言論〉。（引自《清詩話》，頁 781。）

不過它的遠景，卻是遙遙可期的。因為等到中唐以後，七言詩便要逐漸取代五言詩的優勢地位了。

二、句　數

在字數的通用習慣上，初唐前期是以五言為主，而在句數的實際狀況又是如何呢？以下我們試就《全唐詩》中的代表詩人為例，〔註11〕分析其詩作句數之分佈情形，藉以瞭解初唐前期詩作在句數上所呈現的意義。（見附表三）

附表三：初唐前期詩作句數統計表

句　數	總　數	比　率
4	80	19%
5	1	0%
6	2	0%
8	167	40%
10	31	7%
12	35	8%
14	12	3%
16	28	7%
18	9	2%
20	23	6%
22	8	2%
24	3	1%
28 以上	16	4%
總　數	415	

經過統計分析之後，我們可以清楚發現，在初唐前期的詩歌當中，除柏梁聯句之外，全部都是屬於偶數的句數。而在各種的句數之中，尤以八句體所佔的比例最高，達到百分之四十，而四句體也達到百分之十九，至於其他的句數，則都沒有超過百分之八的。八句體是

〔註11〕同註5。

律詩的基本句型，四句體則是絕句的基本句型，所以由句數的結構來看，我們的確可以看出在初唐前期時，已有逐漸形成律詩和絕句體式的明顯痕跡。

三、對　偶

　　在近體詩的成立要素之中，對仗的形成與使用也是必要的條件之一。根據前人的研究，六朝詩人的詩句中對句的比率，已經高達百分之六十。﹝註12﹞而對唐詩來說，對仗技巧的進步與熟練，應該是超越前人的。因此，以下再以初唐前期的重要詩人為例，﹝註13﹞分別加以統計並分析其對偶之比率，以便探討初唐前期詩歌的對偶概況。（見附表四）

附表四：初唐前期詩作對偶統計表

	詩作數量	統計聯數	對偶聯數	所佔比率
唐太宗	97	496	386	78%
陳叔達	9	31	21	68%
魏　徵	4	26	19	73%
褚　亮	10	61	49	80%
劉孝孫	7	36	25	69%
楊師道	19	79	55	70%
許敬宗	25	165	143	87%
李義府	8	54	49	91%
虞世南	31	183	142	78%
王　績	53	307	199	70%
鄭世翼	5	26	13	50%

﹝註12﹞據高木正一的統計，南朝詩人用對句的比例高達 60%。（見《中國詩歌研究》，頁 38。）

﹝註13﹞列入統計者包含：唐太宗、陳叔達、魏徵、褚亮、劉孝孫、楊師道、許敬宗、李義府、虞世南、王績、鄭世翼、孔紹安、陳子良、庾抱、張文琮、上官儀、李百藥等十七人，作品三百三十九首。

孔紹安	7	26	14	54%
陳子良	12	68	50	74%
庾　抱	5	20	14	70%
張文琮	6	25	18	72%
上官儀	15	71	57	80%
李百藥	26	146	112	77%
總　　計	339	1820	1366	75%

　　經由上列統計之後的結果顯示，在調查的三百三十九首詩作當中，總計有一千八百二十聯，其中屬於對偶的句型，共有一千三百六十六聯，佔全部統計數量比率的百分之七十五。由此可見，在初唐前期的詩作之中，對偶句型的比率更超過六成，而在詩歌架構的發展上，更是佔有決定性的重要地位。

　　對偶在初唐前期的詩歌之中，雖然是普遍存在的事實，但是初唐前期詩歌的對偶型態，表現於首聯的特殊情形，尤爲明顯。同樣在上述統計的三百三十九首詩作之中，首聯即採用對偶句型的，也佔百分之七十（見附表五）。所以整體而言，初唐前期詩作在對仗技法的使用上是相當普遍的，尤其在首聯即採用對偶的句型，更是甚爲明顯的時代特色。

附表五：初唐前期詩作首句對偶統計表

	詩作數量	對偶數量	所佔比率
唐太宗	97	72	74%
陳叔達	9	5	56%
魏　徵	4	3	75%
褚　亮	10	7	70%
劉孝孫	7	4	57%
楊師道	19	12	63%
許敬宗	25	22	88%

李義府	8	8	100%
虞世南	31	20	65%
王　績	53	31	58%
鄭世翼	5	2	40%
孔紹安	7	4	57%
陳子良	12	7	58%
庾　抱	5	3	60%
張文琮	6	5	83%
上官儀	15	12	80%
李百藥	26	20	77%
總　　計	339	237	100%

四、平仄黏對

但是近體的成熟，不單只是由句型的結構，或是對偶的精工來決定，還必須考慮到平仄的對應方式，才能算是比較周全的觀點。關於近體的平仄原則，王力先生曾說：「近體詩的平仄的原則只是要求不單調，為要不單調，所以（一）平聲和仄聲必須遞換，（二）一聯之中，平仄必須相對。……（三）下一聯的出句的平仄必須和上一聯的對句的平仄相聯。」〔註14〕事實上，自六朝以後，在這方面的努力與嘗試都已經有相當的水準，所以在這方面能夠接近標準的作品，也有愈來愈多的趨勢。故以下即列舉初唐前期接近律體平仄的對應句型，來印證我們的說法。如：

東皋薄暮望，徙倚欲何依。樹樹皆秋色，山山唯落暉。

牧人驅犢返，獵馬帶禽歸。相顧無相識，長歌懷採薇。

（王績〈野望〉）

〔註14〕見王力《漢語詩律學》，頁73。

　　○　○　○　•　•　•　•　•　•　•　•　○　○　•　•　○
平平平仄仄，仄仄仄平平。仄仄平平仄，平平仄仄平。

　　○　○　○　•　•　•　•　•　•　•　•　•　•　○　○　○
平平平仄仄，仄仄仄平平。仄仄平平仄，平平仄仄平。

（五律平起首句不用韻）

前列爲王績之〈野望〉，後列則爲「五律平起首句不用韻」之平仄格
式。我們以此二者相較，則可以清楚發現，通篇觀之，「薄」、「唯」
二字之平仄雖不協，但其所處的位置，是屬於可以平仄通用的部份。
因此，說這根本就是標標準準的五言律詩，實不爲過。不過就初唐前
期的作品來看，這類的例子畢竟是少數，絕大部分的作品仍然是以廣
義的古體，以及部份沿襲自六朝的樂府歌行爲主。不過接近律體作品
的茁壯與成熟，配合著各種條件的成熟與發展，也有著一日千里的長
足進步。

五、用　韻

　　用韻的目的在於產生音節的和諧美感，以助於詩境和詩意的呈
現。所以押韻在韻文中是屬於必要的自然現象，而特別是在詩歌類的
作品，尤其不可或缺。沈德潛云：「詩中韻腳，如大廈之有柱石，此
處不牢，傾折立見。故有看去極平，而斷難更移者，安穩故也。」〔註
15〕即爲此故。

　　根據前人的研究，關於從南北朝到初唐的用韻習慣，事實上已經
有相當大的轉變，如蒸登、支脂之微、皆佳、齊祭、蕭宵看等幾組韻，
都起了變化。〔註16〕不過以上的研究包含初唐的前後期，並且也是以
韻文爲範圍，並不單以詩歌爲限。故以下試以《全唐詩》爲材料，挑
選屬於初唐前期的代表詩人，〔註17〕，考察其用韻之習慣。首先，我

〔註15〕見沈德潛《說詩晬語》卷下。
〔註16〕參見鮑明煒《唐代詩文韻部研究》，頁1〜3。
〔註17〕挑選原則以《全唐詩》中錄有五首以上者爲限。詩作列入統計之詩人
　　　　計有：唐太宗、徐賢妃、陳叔達、褚遂良、劉孝孫、楊師道、許敬

們就換韻與否的問題，來加以分析統計，其結果如下。（見附表六）

附表六：初唐前期詩作用韻統計表

	數　　量	比　　率
換　　韻	12	3%
不　換　韻	342	97%
合　　計	354	100%

《唐音癸籤》云：「劉勰曰：『改韻從調，所以節文辭氣。兩韻
輒易，則聲韻微躁；百句不遷，則唇吻告勞。』七古改韻，宜衷此論
為裁，若五言古，畢竟以不轉韻為正。」〔註18〕而由統計的結果來看，
我們可以發現，初唐前期的詩作大多數是以不換韻為主的。至於有換
韻的詩作，絕大部分都是屬於二十句以上的長篇，而短篇皆是以不換
韻為原則，不過部份較長的篇章，也有採一韻到底的。〔註19〕不過，
總的來看，佔統計比率百分之九十七的詩作，都是採用一韻到底的形
式。所以我們可以清楚地證明，初唐前期的詩作大多是以不換韻為原
則，至於根據前述，所謂五言古詩以不轉韻為正的理論，我們也是可
以透過實際的統計數據來加以證明的。

　　而除了考慮換韻與否的問題之外，我們也將探討經由四聲的區
別，探索在各韻部之間，獨用與合用的轉變關係，以明瞭其特性。
至於在韻目的標注上，我們所採用的是時代與當時比較接近，而分
類亦較細密的《廣韻》系統。藉由此項的統計工作之後，以下試將
各韻之獨用或同用的情形加以標註，並記錄其數量，分別排列如下。
（見附表七）

宗、李義府、虞世南、王績、鄭世翼、孔紹安、陳子良、庾抱、張
文琮、上官儀、李百藥等十六人，詩作總計有三百五十四首，超過
《全唐詩》中屬於初唐前期詩人詩作數量的八成以上。

〔註18〕見胡震亨《唐音癸籤》卷四。

〔註19〕如：唐太宗的〈詠司馬彪續漢志〉，長達四十四句，王績的〈薛記室
收過莊見尋率題古意以贈〉、〈過漢故城〉更長達四十八句，然亦皆
為一韻到底。故由此看來，一般之詩作用韻仍是以不換韻為原則。

附表七：初唐前期詩作用韻分列統計表

上平聲：

東　　獨用：三四

東冬　合用：　一

支　　獨用：　八

支之　合用：　一

支微　合用：　一

脂之　合用：　八

脂之微合用：　二

微　　獨用：一六

魚　　獨用：　七

虞模　合用：　三

模　　獨用：　二

齊　　獨用：　三

灰咍　合用：一三

咍　　獨用：　八

眞　　獨用：　四

眞諄　合用：一八

文　　獨用：　四

元魂　合用：　二

元魂痕合用：　二

寒桓　合用：　四

刪　　獨用：　一

刪山　合用：　一

　　　　（一四三）

下平聲：

先　　獨用：　三

先仙　合用：二二

仙　　獨用：　一

蕭宵　合用：　二

豪　　獨用：　一

歌　　獨用：　一

歌戈　合用：　六

麻　　獨用：一四

陽　　獨用：　八

陽唐　合用：二九

庚　　獨用：　三

庚清　合用：二三

庚耕清合用：　一

庚耕清青合用：一

庚清青合用：　三

清　　獨用：　六

青　　獨用：　一

尤　　獨用：　六

尤侯　合用：一一

侵　　獨用：一六

（一五八）

上聲：

旨　　獨用：　一

旨止　合用：　一

語　　獨用：　一

阮獮　合用：　一

銑獮　合用：　四

養　　獨用：　一

養蕩　合用：　一

梗靜　合用：　一

有　　獨用：　一

有厚　合用：　一

　　　（一三）

去聲：

至　　獨用：　一

至志　合用：　二

遇　　獨用：　一

遇暮　合用：　三

暮　　獨用：　一

泰　　獨用：　一

怪夬　合用：　一

震　　獨用：　一

霰線　合用：　三

漾宕　合用：　二

　　　（一六）

入聲：

屋　　獨用：　二

燭　　獨用：　一

質術　合用：　二

質術櫛合用：　一

月　　獨用：　一

屑薛　合用：　三

昔　　獨用：　二

　　　（一二）

　　王力認為，唐朝初年，詩人用韻還是和六朝一樣，並沒有以韻書為標準。大約從開元、天寶以後，用韻才完全依照了韻書。何以見得

呢？譬如《唐韻》裡的支脂之三個韻雖然注明「同用」，但是初唐的
實際語音顯然是「脂」和「之」相混，而「支」韻還有相當的獨立性，
所以初唐的詩往往是「脂之」同用，而「支」獨用〔註20〕。在此我們
觀察初唐前期部份詩人的用韻的原則，確實是符合於此的。雖然在此
一時期韻書已逐漸趨向於興盛，但我們根據詩韻中獨用及合用參差的
嚴重狀況來看，應該也是可以表現出當時以口語來押韻的特性，同時
這也能看出「切韻系統」的包含性，展現在當時的作品之中。所以透
過這些詩作的實際用韻情形，我們也可以探索出當時的用韻原則及部
份的語言習慣。以下，我們再把當時四聲用韻的數量，分別加以統計
分析如下（見附表八）。

附表八：初唐前期詩作用韻四聲分佈表

	平 聲	上 聲	去 聲	入 聲	合 計
數量	301	13	16	12	342
比率	88%	4%	5%	4%	
平仄	平 聲	仄		聲	合 計
數量	301	41			342
比率	88%	12%			100%

　　而由統計的結果我們可以發現，初唐前期詩人的用韻乃是以平聲
為主。上、下平聲合計佔所有詩作用韻比率的百分之八十八，而上、
去、入三類合計則僅佔百分之十二。就此用韻的習慣來看，這也是符
合初唐近體詩以平聲為主的發展趨勢。而就個別用韻的情形來看，使
用最多的前三類韻部分別是：

　　1. 庚耕清青韻部：三八次。　（庚　　獨用：　三次。）

　　　　　　　　　　　　　　　（庚清　合用：二三次。）

　　　　　　　　　　　　　　　（庚耕清合用：　一次。）

〔註20〕見王力《漢語詩律學》，頁 4～5。

（庚耕清青合用：一次。）

（庚清青合用：　三次。）

（清　　獨用：　六次。）

（青　　獨用：　一次。）

2. 陽唐　　韻部：三七次。　（陽　　獨用：　八次。）

（陽唐　合用：二九次。）

3. 東冬　　韻部：三五次。　（東　　獨用：三四次。）

（東冬　合用：　一次。）

以上三者，已佔初唐前期詩人創作的三分之一以上，當爲其用韻之主體。而用韻之取捨，實亦表現作者情感的自然流露。所謂：「東眞韻寬平，支先韻細膩，魚歌韻纏綿，蕭尤韻感慨，各有聲響，莫草草亂用。」〔註21〕

　　王易亦曾提及用韻及文情之關係，其曰：「平韻和暢，上去韻纏綿，入韻迫切，此四聲之別也。東董寬洪，江講爽朗，支紙縝密，魚語幽咽，佳蟹開展，眞軫凝重，元阮清新，蕭篠飄灑，歌哿端莊，麻馬放縱，庚梗振厲，尤有盤旋，侵寢沈靜，覃感蕭瑟，屋沃突兀，覺藥活潑，質術急驟，勿月跳脫，合盍頓落，此此韻部之別也。此雖未必切定，然韻近者情亦相近，其大較可審辨得之。」〔註22〕

　　劉師培在《正名隅論》中也說：

支類脂類的字，多有「由此施彼」，「平陳」的意義。

之類的字，多有「由下上騰」，「挺直」的意義。

歌類魚類的字，多有「侈陳於外」，「擴張」的意義。

侯類幽類宵類的字，多有「曲折有稜」，「隱密斂縮」的意義。

蒸類的字，多有「進而益上」，「凌踰」的意義。

耕類的字，多有「上平下直」，「虛懸」的意義。

陽類東類的字，多有「高明美大」的意義。

〔註21〕見周濟〈宋四家詞選目錄序〉。

〔註22〕見王易《詞曲史》〈構律篇〉。

侵類東（冬）類的字，多有「眾大高闊」、「發舒」的意義。

眞類元類的字，多有「抽引上穿」，「聯引」的意義。

談類的字，多有「隱暗狹小」，「不通」的意義。〔註23〕

而謝雲飛先生也說：

凡「佳、咍」韻的韻語，都有悲哀的情感。

凡「微、灰」韻的韻語，都含氣餒抑鬱的情思。

凡「蕭、肴、豪」韻的韻語，都含有輕佻之意。

凡「尤、侯」韻的韻語，都似乎含有千般愁怨，無法申訴的
意味似的，最適合於憂愁的詩。

凡「寒、桓」韻的韻語，都含有黯然神傷，偷彈雙淚的情愫，
適用於獨自傷情的詩。

凡「眞、文、痕」韻的韻語，都含有苦悶、深沉、怨恨的情
調。

凡「庚、青、蒸」韻的韻語，都含有一份淡淡的哀愁，似乎
又有相當理智的情愫。

凡「魚、虞、模」韻的韻語，都含有日暮途窮，極端失意的
情感。〔註24〕

我們藉此參照初唐前期詩作的用韻習慣，是以多含有「上平下直」的
耕類，以及「高明美大」的陽類東類，和「眾大高闊」的侵類東（冬）
類等三大項爲主體。總此而觀，我們藉由詩作用韻的習慣，的確也能
反應出當時的詩作風格，顯示出相當明顯的現實意義。

　　錢良擇《唐音審體》曰：「齊永明中，沈約、謝朓、王融創爲聲
病，一時文體驟變，……通謂之齊梁體。自永明以迄唐之神龍、景雲，
有齊梁體，無古詩也。雖其氣格近古者，其文皆有聲病，陳子昂崛起，
始創辟爲古詩，至李、杜益張而大之，於是永明之格漸微。今人弗考，
遂概以爲古詩，誤也。」關於這種凡受聲律影響皆與古詩不同的看法，
其實也是有待商榷的。如果我們只就外在形式的廣泛定義言，稱呼初

〔註23〕案：劉師培所說的某類字，係根據嚴可均的古韻十六部分類法來統攝。

〔註24〕見謝雲飛《文學與音律》，頁61～64。

唐的詩歌作品為「古詩」，以別於沈、宋以後所成熟的律體，〔註25〕其實也是合乎現實的狀況。高棅就說：「五言之興，源於漢，注於魏，汪洋乎兩晉，混濁乎梁陳，大雅之音幾乎不振。唐太宗天文秀發，延攬英賢，一時虞世南、魏徵賡歌屬和，共倡斯道，為唐五言古風之始。」〔註26〕這應該算是比較合乎現實的公允之論。

　　律體的成熟必須包含：字數句數的限制、對偶、平仄黏對、以及用韻等諸多部分的相互配合。而經由以上的研究統計之後，我們可以發現，初唐前期的詩歌有幾項體制上特色。依序分別是：（一）五言獨盛，（二）八句及四句體的蓬勃，（三）對偶句法的普遍與首聯用對的習慣，（四）平仄黏對的趨向律化。（五）押韻仍依照實際語言，不以韻書為準。而就以上的條件來看，初唐前期詩歌在體制上的種種表現，不僅繼承了前人的偉大成就，同時也啟發了後代的發展，特別是在律體觀念理論的成熟建立上，實居於關鍵的樞紐地位。

第二節　修辭技巧

　　「修辭」這個名詞，在我國首見於《易經》，其曰：「君子進德修業。忠信，所以進德也；修辭立其誠，所以居業也。」〔註27〕雖然這裡所謂的「修辭」，並不能完全等同於今日對「修辭」所下的定義，但是「修辭」的起源，卻可說是淵源於此的。

　　至於在《禮記》之中，亦嘗記載孔子之言曰：「情欲信，詞欲巧。」〔註28〕這裡所謂的「情欲信」，指的是內容情感的自然真摯，而「詞欲巧」，卻是要求文筆修飾的華美巧妙。作品的情感必須真誠方能感人，但是文辭若也是完全白描的話，就不免令人索然無味了。所以積

〔註25〕《新唐書》卷二〇一〈杜甫傳〉曰：「唐興，詩人承陳隋風流，浮靡相矜。至宋之問、沈佺期等，研揣聲音，浮切不差，而號『律詩』，競相襲沿。」王世貞《藝苑卮言》卷四亦曰：「五言至沈宋，始可稱律。」
〔註26〕見高棅《唐詩品彙》卷一。
〔註27〕見《易經》〈乾文言〉。
〔註28〕見《禮記》〈表記〉。

極修辭的要點，也就是在於配合篇章的內容，以增進作品的感染程度。因此，簡單地說，所謂的「修辭」，也就是說如何以最適切的文辭，來精確表現作者情感與思想的一種文學上的必要手法。

而六朝以後，純文學興起，對於修辭的觀念也益形重視，於是在修辭的技巧與理論上，也都有非常迅速的進步。劉勰在《文心雕龍》即曰：「情理設位，文采行乎其中。剛柔以立本，變通以趨時。立本有體，意或偏長，趨時無方，辭或繁雜。蹊要所司，職在鎔裁，櫽括情理，矯揉文采也。」〔註29〕就是針對修辭重要性的深入論評。

唐詩是一種最精緻的文學，自然也需要較嚴整的修辭技巧來配合，所以在修辭的表現上自然也就相當的可觀。故以下即參照時下較為重要的修辭學著作，〔註30〕挑選出十一種最重要的基本修辭方法，略解說其定義，並酌舉初唐前期的詩句相配合，加以說明闡釋。

一、「回文」

又稱「迴文」，其性質接近於文字遊戲，它是以相同的詞彙，顛倒改變其詞序，表現於一句、一聯、甚或是通篇之內，使其產生循環往返情趣的一種修辭法。回文的特色源自於漢字獨特的基本結構，使其能在詞序或詞品的變換上，產生巧妙的嶄新意味，達到令人耳目一

〔註29〕見劉勰《文心雕龍》卷七〈鎔裁〉。
〔註30〕參考的修辭學著作計有：
《修辭學發凡》，陳望道，臺北：開明書局，民國46年，臺一版。
《修辭學講話》，陳介白，臺北：啟明書局，民國47年，初版。
《修辭學》，傅隸樸，臺北：正中書局，民國62年，初版。
《修辭析論》，董季棠，臺北：益智書局，民國72年，再版。
《修辭學發微》，徐芹庭，臺北：中華書局，民國73年，三版。
《字句鍛鍊法》，黃永武，臺北：洪範書局，民國75年，五版。
《修辭學》，黃慶萱，臺北：三民書局，民國77年，增訂再版。
《修辭散步》，張春榮，臺北：東大圖書，民國80年，初版。
《修辭精華百例》，譚全基，臺北：書林書局，民國82年，一版。
《修辭新天地》，譚全基，臺北：書林書局，民國82年，一版。
《實用修辭學》，關紹箕，臺北：遠流出版，民國82年，初版。

新的奇特效果。其例試列舉如下：

　　一、非意延非罪，離友復離親。(法琳〈辭訣友人詩〉)

　　二、要去如是去，要住如是住。(王梵志〈要去如是去〉)

　　三、你孝我亦孝，不絕孝門戶。(王梵志〈你孝我亦孝〉)

　　四、般若非愚智，破愚歎爲智。(義褒〈嘲道士〉)

　　五、祇道人祭鬼，何曾鬼祭人。(王梵志〈少年何必好〉)

　　六、你道生勝死，我道死勝生。(王梵志〈你道生勝死〉)

　　在上述各例中，例一、例二，均爲一句之中以一字自行回文。例三則爲一聯之中，只以相同的一字來回文。例四、例五、例六則爲一聯之中以兩字相互回文。以上的這些例證，都是屬於回文修辭法的基本句型。

二、頂　眞

　　「頂眞」亦名「頂針」，它是一種利用前一句的結尾，來做下一句的開頭，造成上遞下接、首尾蟬聯的連綿修辭方法。頂眞的效用不僅能使文氣連貫，同時還可以產生反覆的韻律，醞釀優美的音節，使詩句的意義能更加綿密順暢，這是種非常實用的修辭技巧。以下試舉例以言之：

　　一、啓重帷，重帷照文杏。(上官儀〈八詠應制二首〉)

　　二、聞君來蜀道，蜀道信爲難。(靈辨〈榮未及對又嘲〉)

　　三、天公強生我，生我復何爲？(王梵志〈道情詩〉)

　　四、他家笑吾貧，吾貧極快樂。(王梵志〈他家笑吾貧〉)

　　以上四例，皆爲上聯的末二字與下聯的首二字完全相同。第一例以「重帷」，第二例爲「蜀道」，第三例乃「生我」，第四例是「吾貧」，來作爲橫跨兩句之間的銜接關鍵。上述諸例，即爲頂眞修辭法的標準範例。

三、比　擬

　　比擬又稱爲「轉化」，是在描寫一種事物時，轉變其原有的性質，

而改用另一種事物來加以比對相擬，就是所謂的「比擬」。比擬又可分成「擬人」與「擬物」等兩大部份，。所謂的「擬人」，就是把不屬於人類的事或物，加諸以人類的特性來表現，即爲「擬人」。而所謂的「擬物」，就是把原本不屬於物的人或其他事物，改換成物的特性來表現，即是「擬物」。比擬的原則是要使人情與物理相互溝通滲透，彼此往復交流，以我寄物，從物見我，表達出眞切自然的情感流露。其例證列舉如下：

一、鳳言荷深德，微禽安足尚。（王績〈古意六首〉）

二、高枝拂遠雁，疏影度寒星。（杜之松〈和衛尉寺柳〉）

三、雲飛送斷雁，月上淨疏林。（上官儀〈奉和山夜臨秋〉）

四、朱顏含遠日，翠色影長津。（唐太宗〈賦得櫻桃〉）

以上諸例中，例一之「鳳」本不能「言」，然因應用此技巧，使鳳之形象更爲鮮明眞切，故此即爲「擬人」。例二之「高枝」、「疏影」，亦不能「拂」、「度」，故藉此手法表現，亦爲「擬人」。例三之「雲」不能自飛，故此處是爲「以物擬物」之修辭。例四之「朱顏」本指紅潤的面容，在此則比擬爲「櫻桃」的種種特性，故此即爲「以人擬物」之修辭技巧。

四、映　襯

《老子》曰：「有無相生，難易相成，長短相形，高下相傾，音聲相和，前後相隨。」這種世界上萬事萬物彼此相應相對的道理，其實也可以運用在修辭的技巧上。我們採取彼此有對比性的事物來共同排列，使其產生巨大的差異感，這也就是「映襯」修辭法的基本原理。而採用兩種對比性強烈的詞彙，彼此相互呈顯烘托，以便強化所要凸顯的印象，這種修辭的方法，便叫做「映襯」。其例證如下：

一、昔乘匹馬去，今驅萬乘來。（唐太宗〈題河中府逍遙樓〉）

二、橫空一鳥度，照水百花然。（虞世南〈侍宴應詔賦韻得前字〉）

三、悲生萬里外，恨起一杯中。（庾抱〈別蔡參軍〉）

四、舊愛柏梁臺，新寵昭陽殿。（徐賢妃〈長門怨〉）

「映襯」的方式是以數量的多寡最容易呈現，而在上述之中，如例一之「匹馬」與「萬乘」，例二之「一鳥」、「百花」，例三之「萬里」、「一杯」，都是相同的類型，屬於數量上的映襯。而例四之「舊愛」、「新歡」，則是屬於時間先後的差異比較，以上的這些技法，都是「映襯」所常使用的方式。

五、誇　飾

「誇飾」又稱「誇張」，它是以超過常情或實理的文辭來表現原本平常的事物理則，但是這種過度的表現手法，卻又能顯示出它的信服力，令人仍覺得是理所當然。劉勰嘗曰：「雖詩書雅言，風格訓世，事必宜廣，文亦過焉。是以言峻則『嵩高極天』，論狹則『河不容舠』，說多則『子孫千億』，稱少則『靡有孑遺』，襄陵舉『滔天』之目，倒戈立『漂杵』之論，詞雖已甚，其義無害也。」〔註31〕

因為一般人很難滿意於現實的平常，所以如果能適度地採用「言過其實」的誇飾手法，的確也是相當理想的修辭方式。所謂：「飾窮其要，則心聲鋒起，夸過其理，則名實兩乖，若能酌詩書之曠旨，剪揚馬之甚泰，使夸而有節，飾而不誣，亦可謂之懿也。」〔註32〕這的確是誇飾修辭的重要理念。以下，即列舉數例以言之：

一、去去逾千里，悠悠隔九天。（杜淹〈寄贈齊公〉）

二、千日醉不醒，十年味不敗。（唐太宗〈賜魏徵詩〉）

三、幸因千里映，還繞萬年枝。（上官儀〈詠雪應詔〉）

四、思君如夜燭，煎淚幾千行。（陳叔達〈自君之出矣〉）

「誇飾」的修辭也常利用到數量的龐大或時間的久遠來表現。以上的四例之中，例一是屬於空間的誇大，例二、例三為時間的誇大，例四則是數量的誇大。而這些超越現實理念的修辭技巧，正是「誇飾」

〔註31〕見劉勰《文心雕龍》卷八〈夸飾〉。

〔註32〕同註31。

重要原則。

六、複　疊

連續重疊兩個或兩個以上相同的單詞，用以模擬事物的聲音、形狀或姿態，使其神靈活現修辭手法，即稱爲「複疊」。

所謂：「詩人感物，聯類不窮，流連萬象之際，沈吟視聽之區。寫氣圖貌，既隨物以宛轉，屬采附聲，亦與心而徘徊。故『灼灼』狀桃花之鮮，『依依』盡楊柳之貌，『杲杲』爲出日之容，『漉漉』擬雨雪之狀，『喈喈』逐黃鳥之聲，『嚶嚶』學草蟲之韻。……並以少總多，情貌無遺矣。」〔註33〕因此善於利用複疊的修辭方法，對於作品在音韻與意涵的表現上，都是大有助益的。以下試列舉數例以證明：

一、滔滔清夏景，嘒嘒早秋蟬。（劉孝孫〈遊清都觀尋沈道士得仙字〉）

二、皎皎宵月麗秋光，耿耿天津橫復長。（沈叔安〈七夕賦詠成篇〉）

三、燄燄戈霜動，耿耿劍虹浮。（虞世南〈結客少年場行〉）

四、朝朝訪鄉里，夜夜遣人酤。（王績〈田家三首〉）

以上四例，兼具有視覺、聽覺、空間、時間等不同的意義，而透過複疊的手法，的確可以使讀者產生更深刻的印象。

七、雙　關

漢字的結構以一字一音爲原則，所以音同義異，或字同義異的字，也有不少的數量，而所謂的「雙關」，即是用一語詞，但卻同時兼顧到兩種不同事物的修辭方式。李調元即曰：「詩有借字寓意之法，廣東謠云：雨裡蜘蛛還結網，想晴惟有暗中絲，以晴寓情，以絲寓思。」〔註34〕謝榛《四溟詩話》亦云：「古詞曰：『黃蘗向春生，苦心隨日長』。又曰：『霧露隱芙蓉，見蓮不分明』。又曰：『石闕生口中，銜碑不得語』。又曰：『菖蒲花可憐，聞名不相識。』又曰：『桑蠶不作繭，晝夜長懸絲』。又曰：『理絲入殘機，何悟不成匹』。又曰：『桐枝不結花，

〔註33〕見劉勰《文心雕龍》卷一〇〈物色〉。
〔註34〕見李調元《雨村詩話》。

何由得吾子』。又曰：『殺荷不斷藕，蓮心已復生』。此皆吳格，指物借意。」〔註 35〕也都是這樣的道理。「指物借意」正是這類修辭方法的標準模式，而所謂的「吳格」，就是江南地方曲調的一種，以上所言，即是「雙關」常見的特色。而此時期也有類似的代表的作品。如：

一、綜新交縷澀，經脆斷絲多。（虞世南〈中婦織流黃〉）

二、豆入牛口，勢不得久。（〈牛口謠〉）

例一的詩句中，以「縷」寓「侶」，以「絲」寓「思」，即是用雙關的方式，來暗寄情思於詩句之中，表現出思婦落寞心境的手法。而例二之歌謠則以「豆」寓「竇」，也是運用雙關的修辭技巧，來表現當時群雄爭戰的局勢。《全唐詩》〈牛口謠〉注云：「竇建德未敗時有此謠，後果於牛口谷為太宗所擒。此以『豆』諧『竇』之音。」〔註36〕這些都是運用雙關的技法，來表現更為深刻的作品內涵。

關於這類修辭方法的成立，必須以相關的語音能夠同時涉及眼前和心底等兩方面的事物為必要條件，而其重心即在於作為關聯作用的語音，要能和心中含意的語音能夠等同或相似。因此在這種特殊的情形之下，此類的例證必然也較常見於歌謠劇曲等一類比較重視音節韻律的作品之中。

八、練　字

從歷史的源流來看，練字的風氣，大盛於南朝，《文心雕龍》即有〈聲律〉、〈章句〉、〈麗辭〉、〈比興〉、〈夸飾〉、〈練字〉等諸篇，皆在強調練字的功用。事實上，後世所謂的「詩眼」、「字眼」等，也都是練字的具體成就。練字若能精巧，則經常會有畫龍點睛的神奇妙用。故《詩人玉屑》云：「詩句以一字為工，自然穎思不凡。如靈丹一粒，點鐵成金也。」〔註37〕正是此意。

〔註35〕見謝榛《四溟詩話》卷二。（引自《歷代詩話續編》，頁 1168。）
〔註36〕見《全唐詩》卷八七八〈牛口謠注〉。
〔註37〕見魏慶之《詩人玉屑》卷六〈一字之工〉。

陸機〈文賦〉曰：「立片言以居要，乃一篇之警冊。」皮日休亦云：「百鍊爲字，千鍊成句。」所謂累字而造句，積文以成篇，用字的貼切與否，實能影響到通篇的成敗。故皇甫汸曰：「語欲妥貼，故字必推敲，一字之瑕，足以爲玷，片語之類，并棄其餘。」〔註38〕也是如此。故《詩人玉屑》亦曰：「作詩在於練字。」又曰：「唐人雖小詩，必極工而後已。所謂：『句鍛月煉』，信非虛言。」〔註39〕

雖然古人練字是以意爲主，但是空虛的意旨仍必須託附在具體的字面上，所以如何簡練精密，正是此類修辭的要點。故劉勰曰：「是以綴字成篇，必須練擇。」〔註40〕又曰：「句有可削，足見其疏；字不得減，乃知其密。」〔註41〕都是相同的意思。以下，試舉例說明之：

一、井上新桃偷面色，簷邊嫩柳學身輕。（文德皇后〈春遊曲〉）

二、孤嶼含霜白，遙山帶日紅。（唐太宗〈重幸武功〉）

三、白雲抱危石，玄猿挂迴條。（凌敬〈巫山高〉）

四、垂藤掃幽石，臥柳礙浮槎。（楊師道〈還山宅〉）

五、翠蓋飛圓彩，明鏡發輕花。（虞世南〈奉和詠日午〉）

「練字」的關鍵所在，通常也就是全篇的重點所在。而以上諸例中，不論是在詞性的轉變，或是在用字的貼切上，都是令人印象深刻的。如例一之「偷」字，可謂出人意表，又能入人意中。例三之「抱」字、例四之「掃」字，也都和例一有異曲同工之妙。至於例二之「含」與「帶」，與例五之「飛」與「發」等字，亦是頗具有「畫龍點睛」的妙用，令通篇更具巧緻，而這也就是「練字」的目的所在。

九、比 喻

比喻又稱「譬喻」，是將兩種不同類的事或物相比擬，以使主題更加明顯生動的一種手法。劉勰即曰：「何謂比？蓋寫物以附意，颺

〔註38〕見王世貞《藝苑巵言》卷一引。

〔註39〕見魏慶之《詩人玉屑》卷八〈煉字〉及〈句鍛月煉〉。

〔註40〕見劉勰《文心雕龍》卷八〈練字〉。

〔註41〕見劉勰《文心雕龍》卷七〈鎔裁〉。

言以切事者也。」﹝註42﹞這也就是比喻修辭的表現要點。

一般來說，比喻應包括：「喻體」、「喻依」和「喻依」等三大部分。三者俱全者，習慣稱爲「明喻」。而「喻詞」以「是」替代者，稱爲「暗喻」。而同時省略「喻體」與「喻詞」二詞者，則稱爲「借喻」。以上三者，皆爲比喻的基本修辭句型。

而比喻雖然是一種很常見也很容易使用的修辭方法，但是能夠有巧妙的運用，也不是件容易的事。一般來說，比喻的二者除了要有共同的類似點之外，最好也能用虛實相比、眞假交替的方式，才能有比較深刻的印象。以下，即舉例以說明之：

　　一、江濤如素蓋，海氣似朱樓。（虞世南〈賦得吳都〉）
　　二、未減行雨荊臺下，自比凌波落浦遊。（上官儀〈詠畫障〉）
　　三、儀星似河漢，落景類虞泉。（李百藥〈和許侍郎遊昆明池〉）

以上諸例中，例一將「江濤」比爲「素蓋」，「海氣」則喻爲「朱樓」，相當具有創意。而例二之中，上官儀之「自比凌波落浦遊」，也將畫障之精巧刻劃得十分細緻。至於例三之以「儀星」比「河漢」，以「落景」喻「虞泉」，也是相當生動的。

整體而言，比喻是一種相當重要的修辭方法，不過在運用的過程中，如何能巧妙且貼切地加以表現，還是需要多方面的努力經營。

十、轉　品

轉品是指把原本隸屬於某一類詞性的詞，轉換成另一種詞性的詞，透過這種的修辭方法，可以使文學作品產生相當鮮活的新觀感。

一般來說，轉品的使用係以名詞、動詞、形容詞、副詞爲主，在運用的時候也要注意妥貼，切忌強轉，否則造成令人不知所云的困窘結果，也就得不償失了。以下，試舉例說明如下：

　　一、碧林青舊竹，綠沼翠新苔。（唐太宗〈首春〉）
　　二、綠野明斜日，青山澹晚煙。（虞世南〈侍宴應詔賦韻得前字〉）

﹝註42﹞見劉勰《文心雕龍》卷八〈比興〉。

三、錦鱗文碧浪，繡羽絢青空。(許敬宗〈奉和登陝州城樓應制〉)

四、影照鳳池水，香飄雞樹風。(張文琮〈和楊舍人詠中書省花樹〉)

在以上諸例中，例一之「青」、「翠」，例二之「明」、「澹」皆爲形容詞做動詞。例三之「文」、「絢」則爲名詞做動詞。例四之「鳳」、「雞」則爲名詞做形容詞。而這種的表現手法，即是透過詞性的轉換，來達成使通篇內涵能更加顯明鮮活的目的。

十一、倒　裝

在文辭中故意顛倒文法邏輯的正常順序，以增加特殊的效果，就稱爲「倒裝」。如江淹〈別賦〉云：「心折骨驚」，本應作「心驚骨折」，但是經由作者有意的倒裝，便產生了嶄新的意境與感受，這便是倒裝的效果。

而採用這種倒裝修辭的目的，通常是在加強語氣、調整音節、或是改變句式、變化詞序。不過這種的修辭方法也不宜過度使用，以免造成混淆錯亂，影響到作品原先的精確性。其例證列舉如下：

一、朱樓雲似蓋，丹桂雪如花。(陳叔達〈早春桂林殿應詔〉)

二、古木鳴寒鳥，空山啼夜猿。(魏徵〈述懷〉)

在例一的部份，應做「朱樓蓋似雲，丹桂花如雪。」此例倒裝之目的，主要似乎爲調整音節與變化詞序。至於例二的部份，則應做「古木寒鳥鳴，空山夜猿啼」，而其倒裝之目的，可能也是在調整音節、改變句式或是變化詞序。此外，如杜甫的「香稻啄餘鸚鵡粒，碧梧棲老鳳凰枝。」也是此種類型的名句，可見這種的修辭技巧，在唐代詩學的實際表現上，也是屢見不鮮的。

總而言之，修辭是源自於人類追求美感的自然天性，但是由一種自然而然的直覺行爲，演變成具體的理論或法則，也是需要經過長時期的嘗試與努力的。杜甫嘗言：「語不驚人死不休。」又云：「新詩改罷自長吟。」袁枚則曰：「一詩千改始心安。」這些都是在表明作者對於修辭的重視。《能改齋漫錄》載：「東坡嘗語參寥云：如杜詩云：

『新詩改罷自長吟。』乃知老杜用心甚苦。」〔註43〕《秋星閣詩話》亦云：「詩作而不改，尤為不可。作詩安能落筆便好？能改則瑕可為瑜，瓦礫可為珠玉。子美云：『新詩改罷自長吟。』子美詩聖，猶以改而後工，下此可知矣。」〔註44〕由此我們可知修辭的重要。而透過上述種種的詳細考察，的確也可以看出初唐前期在修辭技巧上的努力與成就，的確是不容忽視的。

第三節 修辭特色

詩是最精緻的文學，不論就內容或形式言，但內容的表現必須依賴形式的存在，而形式的具體表現就是修辭的特色。初唐前期的詩作繼承了漢魏以來長期累積的修辭成就，所以表現在修辭上的特色，也有許多的成就。《詩人玉屑》即曰：「然自唐初以前，其為詩者固有高下，而法猶未變，至律詩出，而後詩之與法，始皆大變。」〔註45〕初唐前期的詩風乃延續自六朝以降重視技巧的傳統，所以當我們在考查初唐前期詩作的同時，也可以清楚地發現其呈顯於修辭上的特色，是相當明顯的。而在分析歸納之後，就初唐前期作品的特色而言，主要約略有下列四項，以下試分別論述之。

一、辭藻華美

孔子嘗言：「言之無文，行之不遠。」〔註46〕又曰：「文質彬彬，然後君子。」〔註47〕可見對於辭采的要求，是早在先秦時代便已經開始的。文學的實質內涵固然重要，但是優美的辭章卻也不可或缺。所以《禮記》即曰：「情欲信，辭欲巧。」〔註48〕孔穎達《禮記正義》

〔註43〕見吳曾《能改齋漫錄》卷一一。
〔註44〕見李沂《秋星閣詩話》〈八字訣〉（引自《清詩話》，頁 912。）
〔註45〕見魏慶之《詩人玉屑》卷一〈詩法第二〉。
〔註46〕見《左傳》〈襄公二十五年〉。
〔註47〕見《論語》〈雍也〉。
〔註48〕見《禮記》〈表記〉。

更加以解釋說：「言君子情貌欲得其信實，而辭欲得和順美巧，不違逆於理，與巧言令色者異。」〔註49〕也就是這樣的道理。因為自古以來的文學作品，沒有不重視辭藻的修飾，來使文章能臻於內外皆美的境界。

兩漢之後，詩篇的架構雖然日趨綺美，不過當時並不刻意強調過度的人工雕鑿，所以還是以自然的發展為主。等到魏晉以後，純文學的理論系統逐漸形成，追求辭藻的目標也愈見明顯，特別是所謂的韻文。曹丕在《典論》〈論文〉就提出「詩賦欲麗」的看法，陸機的〈文賦〉也說：「其會意也尚巧，其遣言也貴妍。」所以唯美主義的風潮，也在此時期達到全盛。

劉勰曾說：「聖賢書辭，總稱文章，非采而何？夫水性虛而淪漪結，木體實而花萼振，文附質也。虎豹無文，則鞹同犬羊；犀兕有皮，而色資丹漆，質待文也。若乃綜述性靈，敷寫器象，鏤心鳥跡之中，織辭魚網之上，其為彪炳，縟采名矣。故立文之道，其理有三：一曰形文，五色是也，二曰聲文，五音是也，三曰情文，五性是也。五色雜而成黼黻，五音比而成韶夏，五情發而為辭章，神理之數也。」〔註50〕正是此種觀念的具體延伸。

事實上，文學之所以成為文學，除了要確切地表達意義之外，尚需有華美的辭藻來修飾，才能達成更深遠目的。所謂：「莊周云辯雕萬物，謂藻飾也。韓非云豔采辯說，謂綺麗也。綺麗以豔說，藻飾以辯雕，文辭之變，於斯極矣。」〔註51〕而初唐的修辭手法是直接向上承繼了自六朝以降的觀念，所以對於華美辭藻的要求，仍是和六朝相似的。雖然唐太宗君臣極力排斥六朝文學的「輕靡」內容，但是對於「典麗」的外在形式與技巧，卻仍是大加考究的。我們由當時作品的實際表現，便可以清楚地發現這項事實。如：

〔註49〕同註48。
〔註50〕見劉勰《文心雕龍》卷七〈情采〉。
〔註51〕同註50。

潔野凝晨曜，裝墀帶夕暉。集條分樹玉，拂浪影泉璣。
色灑妝臺粉，花飄綺席衣。入扇縈離匣，點素皎殘機。

（唐太宗〈詠雪〉）

結伴戲方塘，攜手上雕航。船移分細浪，風散動浮香。
遊鶯無定曲，驚鳧有亂行。蓮稀釧聲斷，水廣棹歌長。
棲鳥還密樹，泛流歸建章。

（唐太宗〈采芙蓉〉）

雪花聯玉樹，冰彩散瑤池。翔禽遙出沒，積翠遠參差。

（陳叔達〈春首〉）

六文開玉篆，八體曜銀書。飛毫列錦繡，拂素起龍魚。
鳳舉崩雲絕，鸞驚遊霧疏。別有臨池草，恩霑垂露餘。

（岑文本〈奉述飛白書勢〉）

這些雕鑿華美的辭藻，不論是就詞性的安排，或是色彩的搭配，以及意象的架構等等，都可以稱得上是經過精心雕琢的巧妙安排。劉勰曰：「詩人感物，聯類不窮，流連萬象之際，沈吟視聽之區。寫氣圖貌，既隨物以婉轉；屬采附聲，亦與心而徘徊。」〔註52〕在創作的過程中，詩人除了要發揮靈敏的感受力之外，對於高度技巧的掌握，也是不可或缺的。而在此雙重條件的配合之下，也就形成初唐前期詩歌普遍有辭藻華美的時代特色。

二、典故繁多

胡元瑞曰：「詩自模景述情之外，則有用事而已。」〔註53〕自魏晉以後，繁用典故成為文學作品的必要條件之一。劉勰嘗曰：「事類者，蓋文章之外，據事以類義，援古以證今者也。」〔註54〕在此所謂的「事類」，即是用典。近人劉永濟對此曾有更深入地解釋說：「文家用古事以達今意，後世謂之用典，實乃修辭之法，所以使言簡而意賅也。故用典所貴，在於切意，切意之典，約有三美。一則意婉而盡，

〔註52〕見劉勰《文心雕龍》卷一○〈物色〉。
〔註53〕見胡震亨《唐音癸籤》卷四引。
〔註54〕見劉勰《文心雕龍》卷八〈事類〉。

二則藻麗而富，三則氣暢而凝。」〔註55〕黃侃亦曰：「爰至齊梁以後，聲律對偶之文大興，用事采言，尤關能事，其甚者，捃拾細事，爭疏辟典，以一事不知爲恥，以字有來歷爲高。文勝而質漸以漓，學富而才爲之累，此則末流之弊，故宜去甚去奢，以節止之者也。然質文之變，華實之殊，事有相因，非由人力。故前人之引言用事，以達意切情爲宗，後有繼作，則轉以去故就新爲主。」〔註56〕所以不論就修辭技巧或內容表現上來看，典故的採用確實也有其積極的意義。

初唐前期的詩歌在技巧的發展上仍是延續六朝以降的傳統，同時因爲當時提倡典麗雅正的詩風，所以典故繁多也成爲當時詩歌作品的特色。以下試以初唐前期的主要作家爲例，酌以明用、暗用、反用等各舉數例，並略加說明之：

（一）明　用

在詩中引用典故，直接表明其人或其事，即爲明用。如：

共樂還鄉宴，歡比大風歌。（唐太宗〈幸武功慶善宮〉）

《史記‧高祖本紀》曰：「高祖還歸，過沛，留。置酒沛宮，悉召故人父老子弟縱酒，發沛中兒得百二十人，教之歌。酒酣，高祖擊筑，自爲歌詩曰：『大風起兮雲飛揚，威加海內兮歸故鄉，安得猛士兮守四方。』令兒皆和習之。」漢高祖在歌詞裡表達了他一統天下的豪情壯志。唐太宗在詩作中引用這個典故，也表現出他有和漢高祖相類似的情境。又如：

于焉歡擊筑，聊以詠南風。（唐太宗〈重幸武功〉）

這首詩作除了引用上述高祖擊筑爲歌大風的典故之外，也寓含有另一個典故。《禮記‧樂記》云：「昔者舜作五弦之琴以歌南風。」〈疏〉曰：「其詞曰：『南風之熏兮，可以解吾民之慍兮；南風之時兮，可以阜吾民之財兮。』」唐太宗在這裡借用南風之歌的典故，也是在說明他自己愛民的心情。

〔註55〕見劉永濟《文心雕龍校釋》卷上〈麗辭〉頁43。
〔註56〕見黃侃《文心雕龍札記》〈事類〉頁185。

（二）暗　用

引徵典故，渾然天成，望之平常，實爲有本，即爲暗用。如：

> 得志重寸陰，忘懷輕尺璧。（唐太宗〈帝京篇〉之八）

《淮南子・原道》曰：「故聖人不貴尺之璧，而重寸之陰，時難得之物。」所以這兩句即是源自於此，強調君王不當沈溺於飲宴之樂，而當重視寶貴的光陰。又如：

> 紉珮蘭凋徑，舒圭協剪桐。（唐太宗〈過舊宅二首〉之二）

在這裡共有兩個典故，前句所用的是出自〈離騷〉的：「扈江離與辟芷兮，紉秋蘭以爲佩。」這是屈原身配蘭草，以示個人的志向高潔。後句則用的是「成王剪桐封叔虞于晉」的典故。《呂氏春秋・重言》曰：「成王與唐叔虞燕居，援桐協以爲珪，而授唐叔虞曰：『余以此封女。』叔虞喜以告周公。……於是遂封叔虞於晉。」這是太宗功成還鄉時的緬懷心境，流溢於詩作之中的欣喜之情，是相當貼切的。又如：

> 林下何須遠借問？出眾風流舊有名。（長孫皇后〈春遊曲〉）

《世說新語・賢媛》云：「謝遏絕重其姊，張玄常稱其妹，欲以敵之。有濟尼者，並遊張謝二家，人問其優劣。答曰：『王夫人神情散朗，故有林下風氣；顧家婦清心玉映，自是閨房之秀。』」此亦爲暗引之例。

（三）反　用

《藝苑雌黃》曰：「文人用故事，有直用其事者，有反其意而用之者。直用其事者，即爲直用；反用其意者，則爲反用。」如：

> 「霸陵無醉尉，誰滯李將軍？」（長孫無忌〈灞橋待李將軍〉）

《史記・李將軍列傳》載：「嘗夜從一騎出，從人田間飲。還至灞陵亭，灞陵尉醉，呵止廣。廣騎曰：『故李將軍』。尉曰：『今將軍尚不得夜行，何乃故也。』止廣宿亭下。」此即爲反用之故。又如：

> 將軍欲定遠，見棄不應賒。（楊師道〈詠硯〉）

《後漢書・班超傳》云：「超與母隨至洛陽，家貧，常爲官傭書以自養。久勞苦，嘗輟業投筆歎曰：『大丈夫無它志略，猶當效傅芥子、張騫立

功異域，以取封侯，安能久事筆研閒乎？』」也正是如此的類型。

《詩人玉屑》曰：「詩之用事，不可牽彊，必至於不得不用而後用之，則事辭爲一，莫見其安排鬥湊之跡。」﹝註57﹞沈德潛則曰：「援引典故，詩家所尚。」﹝註58﹞用典是詩家必備的技巧之一。善用典故者，不僅能削繁爲簡，同時更可以增加文章的風致，強化內涵與精神。用典不單只是援用舊事以增加意味，也可以表現作者的創作才華，所以在盛行典麗風格的初唐詩作中，關於這項的成就也是顯而易見的。

三、聲律諧和

〈詩大序〉言：「在心爲志，發言爲詩。情動於中而形於言，言之不足，故詠歎之；詠歎之不足，故永歌之；永歌之不足，不知手之舞之，足之蹈之也。」劉勰則曰：「夫音律所始，本於人聲者也，聲含宮商，肇自血氣，先王因之，以制樂歌。」﹝註59﹞又曰：「言語者，文章神明，樞機吐納，律呂唇吻而已。」﹝註60﹞陸機亦云：「暨音聲之迭代，若五色之相宣。」﹝註61﹞這都是在說明聲律諧和的重要。

在齊永明之世，反切的運用日漸廣泛，平、上、去、入等四聲的分析也愈見明確，雖然如沈約《四聲譜》、周顒《四聲切韻》、王斌《四聲論》等著作皆已失傳，但由此卻能夠清楚地顯示出，當時文壇對於詩文聲韻的要求，已由自然的直覺表現，轉化成爲人工製定的類型。所以永明聲律論的形成，也正象徵著當時人們對於語文聲律之美的著重與追求，已經有了更進一層的發展與成就。而由於諷詠詩文、清言閒談、以及翻譯誦讀佛經等的實際需求，於是聲律論的興起，便已是水到渠成的必然趨勢了。

永明聲律論的重點在於「四聲八病」，四聲據說創自周顒，後因

﹝註57﹞見魏慶之《詩人玉屑》卷七〈不可牽彊〉。
﹝註58﹞見沈德潛《說詩晬語》卷下〈詩與典實〉。
﹝註59﹞見劉勰《文心雕龍》卷七〈聲律〉。
﹝註60﹞同註59。
﹝註61﹞見蕭統《昭明文選》卷一七〈文賦〉。

沈約等的力倡而流行。至於八病的創始，歷來眾說紛紜。鍾嶸的《詩品·序》即曰：「余謂文製本須諷讀，不可蹇礙。但令清濁流通，口吻調利，斯爲足矣。至平上去入，則余病未能，蜂腰鶴膝，閭里已具。」《南史·陸厥傳》則曰：「永明末盛爲文章，吳興沈約、陳郡謝朓、琅琊王融、以氣類相推轂。汝南周顒，善識音律，約等文皆用宮商，將平上去入四聲，以此制韻，有平頭、上尾、蜂腰、鶴膝。五字之中，音韻悉異，兩句之內，角徵不同，不可增減。」〔註62〕

　　然而根據以上兩段的文獻記載，並沒有正式提出關於「八病」的正式名稱。我國歷史記錄上最早出現「八病」說的，是隋代王通的《中說·天地》篇所說的：「上陳應劉，下述沈謝，四聲八病，剛柔清濁，各有端序。」而初唐詩人李百藥亦嘗曰：「四聲八病。」而盧照鄰的〈南陽公集序〉亦云：「八病爰起，沈隱侯永作拘囚。」直到中唐僧皎然的《詩式·明四聲》也還說：「沈休文酷裁八病，碎用四聲。」以上雖然是屢見不鮮，但卻都沒有詳細的說明。

　　關於「八病」的完整說法，目前以《魏文帝詩格》爲最早，然此書業經考定其即爲初唐詩人上官儀所著之《筆札華梁》。〔註63〕故以下即摘錄其說，略述其大意：

　　　　「一曰平頭，謂句首兩字並是平聲是犯。如古詩：『朝雲晦初景，丹池晚飛雪，飄披聚還散，吹揚凝且滅。』二曰上尾，謂第五字與第十字同聲是犯。如古詩：『蕩子到倡家，秋庭夜月華，桂華侵雲長，輕光逐漢斜。』內『家』字與『華』字同聲，是韻則不妨，若側聲，是同上去入，即是犯也。三曰蜂腰，謂第二字與第五字同聲是犯。如古詩：『徐步金門旦，言尋上苑春。』四曰鶴膝，謂第五字與第十五字同聲是犯。如古詩：『陟野看陽春，登樓望初節，綠池始沾裳，弱蘭未央結。』內『春』字『裳』字同是平聲，故犯，上去入

〔註62〕見《南史》卷四八〈陸厥傳〉。
〔註63〕見王夢鷗《初唐詩學著述考》，頁31～37。

亦然。五曰大韻，謂二句中字與第十字同聲是犯。如古詩：『端坐愁苦思，攬衣起西遊。』又古詩：『胡姬年十五，春日正當壚。』『愁』與『遊』、『胡』與『壚』是犯也。六曰小韻，謂九字中有『明』字，又用『清』字是犯。如古詩：『薄帷覽明月，清風吹我襟。』七曰傍紐，謂十字中有『元』字，又用『阮』、『願』、『月』字是犯。如古詩：『我本良家子，來嫁單于庭。』『家』與『嫁』是犯也。八曰傍紐，謂十字中有『田』字，又用『寅』、『延』字是犯。如古詩：『田夫亦知禮，寅賓延上坐。』」〔註64〕

這可以說是相當深入的探究。而在初唐前期，關於聲律和諧理論的具體建設上，除了上官儀之外，稍後的元兢也是功不可沒。

《文鏡秘府論》曰：「調聲之術，其例有三：一曰換頭，二曰護腰，三曰相承。一、換頭者，若兢於〈蓬州野望〉詩曰：『飄飄宕渠域，曠望蜀門限。水共三巴遠，山隨八陣開。橋形疑漢接，石勢似煙迴。欲下他鄉淚，猿聲幾處催。』此篇第一句頭兩字平，次句頭兩字去上入，次句頭兩字去上入，次句頭兩字平，次句頭兩字又平，次句頭兩字去上入，次句頭兩字又去上入，次句頭兩字又平。如此輪轉，自初以終篇，明爲雙換頭，是最善也。若不可得如此，則如篇首第二字是平，如此輪轉終篇，唯換第二字，其第一字與下句第一字用平不妨，此亦名爲換頭，然不及雙換。又不得句頭第一字是去上入，次句頭用去上入，則聲不調也，可不慎歟！二、護腰者，腰，謂五字之中，第三字也。護者，上句之腰不宜與下句之腰同聲。然同去上入則不可用，平聲無妨也。庾信詩曰：『誰言氣蓋代，晨起帳中歌。』『氣』是第三字，上句之腰也，是下句之腰，此爲不調，宜護其腰，慎勿如此。三、相承者，若上句五字之內，去上入字則多，而平聲極少者，則下句用三平承之。用三平之術，向上向下二途，其歸道一也。三平向上承者，如謝康樂詩云：『溪壑斂暝色，雲霞收夕霏。』上句唯有『溪』

一字是平，四字是去上入，故下句之上用『雲霞收』三平承之，故曰上承也。三平向下承者，如王中書詩曰：『待君竟不至，秋雁雙雙飛。』上句唯有一字是平，四去上入，故下句末『雙雙飛』三平承之，故曰三平向下承也。」〔註65〕

「調聲三術」的原則，正是律詩黏對的正確方式，所以上述的說法，對於律體的建立，可以說是有更進一步的建設。據學者考定，《文鏡秘府論》的這段文字原出於元兢的《詩髓腦》，〔註66〕此書的年代大致在高宗的上元、儀鳳年間，所以說它是稍後於上官儀，而總結初唐前期的詩學理論，也是十分恰當的。

《宋書·謝靈運傳》曰：「若夫敷衽論心，商榷前藻，工拙之數，如有可言。夫五色相宣，八音協暢，由乎玄黃律呂，各適物宜，欲使宮商相變，低昂舛節，若前有浮聲，則後有切響，一簡之內，音韻盡殊，兩句之中，輕重悉異，妙達此旨，始可言文。」〔註67〕劉勰亦曰：「凡聲有飛沉，響有雙疊，雙聲隔字而每舛，疊韻離句而必睽。」〔註68〕由此來看，永明時期除了四聲的發展之外，二元對立的平仄論也正逐漸形成。等到了初唐前期上官儀的「八病」說，和稍後元兢的「調聲三術」之後，平仄相對的運用技巧，便已經相當成熟了。

所以四聲的分辨與平仄二元論的興起，直接地促成了詩律的創制，但由於聲調組合的多樣可能，所以在積極格律的創制上頗爲困難，於是只好先在消極地避免妨礙聲律美的情形下，定出某些消極的避免方針，而所具體呈現於文學理論之中的，便是「八病」了。

事實上，自然聲律的巧妙運用，的確能產生「清濁通流，口吻調利」的美感，但是要調和出和諧的聲律，並非是人人可及的。所以，「八病」的產生，就是限制詩律的忌諱條例，詩人如果能避免八病，

〔註65〕見遍照金剛《文鏡秘府論》天卷〈調聲〉。
〔註66〕見王夢鷗《初唐詩學著述考》，頁72。亦見王利器《文鏡秘府論校注》，頁56。
〔註67〕見《宋書》卷六七〈謝靈運傳論〉。亦見《昭明文選》卷五〇。
〔註68〕見劉勰《文心雕龍》卷七〈聲律〉。

則聲律自然鏗鏘動人,這其實是以消極的手段,來趨向於積極的理想目標。如:避「平頭」,即是律體每聯出句與對句平仄相反的理論依據。避「上尾」,則爲律體的用韻的基本原則。避「鶴膝」,則需用「四聲遞用」法等。〔註69〕故據上述而言,「八病」的提出,確實也有其正面的積極意義。

而在八病之後提出的「調聲三術」,更使中國的詩歌文學由講求自然音韻美的習慣,逐漸進入人爲音韻美的階段。如此詩歌的聲調益形協和,抑揚頓錯更爲明晰,在情意的表現上也更爲直接有力,如此對於文學作品中的美學價值,就有了更積極的成就。

其次,上述的詩學理論也使得近體詩的發展能有所依循,經由消極的病犯,到積極的格律建設,使得詩學的理論和作品都有很大的進步。這在我們對照當時的理論和作品的差異狀時況,就可以清楚地瞭解此點對於初唐前期詩作的重大影響。以下,再試以陶淵明的〈歸園田居〉之三與王績的〈野望〉相比對,並參校「五律平起首句不用韻」的平仄格式,以明瞭初唐前期詩作在聲律諧和上的明顯進展。

　　幽蘭生前庭,含薰待清風。清風脫然至,見別蕭艾中。

　　行行失故路,任道或能通。覺悟當念還,鳥盡廢良弓。

　　　　　　　　　　　　　　　　　(陶淵明〈飲酒詩二十首〉之一七)

　　東皋薄暮望,徙倚欲何依。樹樹皆秋色,山山唯落暉。

　　牧人驅犢返,獵馬帶禽歸。相顧無相識,長歌懷採薇。

　　　　　　　　　　　　　　　　　　　　　　(王績〈野望〉)

　　平平平仄仄,仄仄仄平平。仄仄平平仄,平平仄仄平。

○○○○•　•○•○○　•○○○•　○○•○•
平平平仄仄，仄仄仄平平。仄仄平平仄，平平仄仄平。

（五律平起首句不用韻）

透過平仄標準表的對照，並針對以上兩首不同時代的詩作比較之後，我們可以發現二者在聲律和諧的表現上，是有相當大的差異。而王績的詩作雖然是初唐前期時的作品，出現在律體成熟的時代之前，但不論是就平仄、黏對、格律、用韻等各方面，其實都已經相當接近後世標準的五言律詩。故由八病的消極限制，到律體格律的積極建設，我們實在可以明顯看出其在聲律和諧上的具體成就。

四、對偶精工

對偶又名對句，又稱對仗，也叫對章，亦稱排偶，此皆同物而異名也。

由於漢字具有一字一音的基本特性，所以便於形成句數相同，意義相對的句型。日本漢學家鹽谷溫即曰：「中國語文單音而孤立之特性，其影響於文學上，使文章簡潔，便於作駢語，使音韻協暢。」〔註70〕

因此對偶在中國文學作品上的使用，便是自然而然的結果。故早在先秦以前，就有很多類似的創作。如：《易經》的「水流濕，火就燥」、《書經》的「滿招損，謙受益」、《詩經》「出自幽谷、遷於喬木」等均是。此後，再經歷了楚辭、漢賦、樂府歌行的催化之後，對句的技巧就更加細膩成熟了。

魏晉南北朝的時代，駢風大盛，相對的也使對句的重要性益形增加，並進而影響到當時的詩作，甚至有全篇皆用對仗來結構的。當時的名家如：陸機、謝靈運、謝朓等，都是精於此道的高手。〔註71〕但由於當時對偶的使用，在詩作的形式上並非勒為定格，所以成就也就

〔註70〕見鹽谷溫著、陳彬龢譯《中國文學概論》。

〔註71〕據高木正一的統計，南朝詩人用對句的比例高達百分之六十。（引自《中國詩歌研究》，頁138。）

相對的有限了。不過，雖然如此，此一時期講究對偶的風氣，在對日後唐詩的成就與影響上，卻是我們所不可輕忽的。

同樣的，對仗的理論，也出現在當時的文學批評的專書中。如《文心雕龍》就有：「故麗辭之體，凡有四對，言對為易，事對為難，反對為優，正對為劣。」﹝註72﹞的說法。《顏氏家訓》亦曰：「今世音律諧靡，章句對偶，諱深精詳，賢於往昔者多矣。」﹝註73﹞甚至是專門論言屬對的書籍，如朱遠的《語麗》，《語對》，徐僧權的《編略》，杜公瞻的《編珠》等等，亦見行於當世。﹝註74﹞可見當時有關對偶理論的蓬勃興盛。

唐代以後，對偶的技巧更加地成熟，最具體的表現，就是初唐詩人上官儀的「六對」、「八對」之說，這可說是當時對偶的經典之作。其說曰：

「詩有六對：一曰正名對，天地日月是也。二曰同類對，花葉草芽是也。三曰連珠對，蕭蕭赫赫是也。四曰雙聲對，黃槐綠柳是也。五曰疊韻對，徬徨放曠是也。六曰雙擬對，春樹秋池是也。」又曰：「詩有八對：一曰的名對，送酒東南去，迎琴西北來是也。二曰異類對，風織池間樹，蟲穿草上文是也。三曰雙聲對，秋露香佳菊，春風馥麗蘭是也。四曰疊韻對，放蕩千般意，遷延一介心是也。五曰聯綿對，殘河若帶，初月如眉是也。六曰雙擬對，議月眉欺月，論花頰勝花是也。七曰回文對，情新因意得，意得逐情新是也。八曰隔句對，相思復相憶，夜夜淚沾衣；空歎復空泣，朝朝君未歸是也。」﹝註75﹞

以上的十四種對，其中「的名」即「正名」，而「雙聲」、「疊韻」、「雙擬」等三對重複，故實際只有十對。而《文鏡秘府論》另載有古人同

﹝註72﹞見劉勰《文心雕龍》卷七〈麗辭〉。
﹝註73﹞見顏之推《顏氏家訓》卷下〈文章篇〉。
﹝註74﹞見王利器《文鏡秘府論校注》，頁259。
﹝註75﹞見魏慶之《詩人玉屑》卷七引《詩苑類格》。

出的十一種對，大部分與上官儀之說相同，後人以爲上列諸說係出於初唐人之手。由此觀之，對偶之說雖非由上官儀一手所創，然由於其官高位重，聲威顯赫於當時，故假其名以託之，亦有相當可能。而由於對偶的興盛，律體也逐漸臻於成熟之境。

　　雖然古代的文法未興，但分詞性爲虛實二類。不過在後世條分縷析的深入研究下，就有著更爲工巧的對句規則。如《詩賦類聯》分爲三十四部，《詩腋》分三十二部，《詞林典腋》分三十門，《詩學含英》分爲三十九類等等，都是相當精密的。以下個人試歸併各家說法，總爲十七類，並分別舉證以說明之：

1. 天文對

　　　　珮移星正動，扇掩月初圓。（唐太宗〈帝京篇〉）

　　　　曆星臨夜燭，眉月隱輕紗。（褚亮〈詠花燭〉）

　　　　星模鉛裡曆，月寫黛中蛾。（許敬宗〈奉和七夕宴圖應制二首〉）

　　　　促軫乘明月，抽弦對白雲。（王績〈山夜調琴〉）

　　　　疑逐朝雲去，翻隨暮雨來。（鄭世翼〈看新婚〉）

　　　　夜久星沈沒，更深月影斜。（謝偃〈踏歌詞三首〉）

　　　　溜闊霞光近，川長曉氣高。（李百藥〈渡漢江〉）

2. 時令對

　　　　夏律昨留灰，秋箭今移晷。（唐太宗〈度秋〉）

　　　　滔滔清夏景，嘒嘒早秋蟬。（劉孝孫〈遊清都觀尋沈道士得仙字〉）

　　　　日色夏猶冷，霜華春未歇。（李義府〈詠和邊城秋氣早〉）

3. 地理對

　　　　秦川雄帝宅，函谷壯皇居。（唐太宗〈帝京篇〉）

　　　　挹河澂綠宇，御溝映朱宮。（許敬宗〈奉和登陝州城樓應制〉）

　　　　溫池下絕澗，棧道接危巒。（褚亮〈詠花燭〉）

　　　　江濤如素蓋，海氣似朱樓。（虞世南〈賦得吳都〉）

　　　　浮遊五湖內，宛轉三江裡。（王績〈古意六首〉）

4. 地名對

壽丘惟舊跡，酆邑乃前跡。(唐太宗〈幸武功慶善宮〉)

久擅龍門質，孤竦嶧陽名。(楊師道〈詠琴〉)

何如御京洛，流霰下天津。(許敬宗〈奉和喜雪應制〉)

情深感代國，樂甚諼譙方。(許敬宗〈奉和過舊宅應制〉)

冀馬樓蘭將，燕犀上谷兵。(虞世南〈從軍行二首〉)

5. 人名對

楚王雲夢澤，漢帝長楊宮。(唐太宗〈出獵〉)

爪牙驅信越，腹心謀張陳。(王珪〈詠漢高祖〉)

孔淳辭散騎，陸昶謝中郎。(王績〈贈李徵君大壽〉)

聖莫若周公，忠豈踰霍光。(王績〈贈梁公〉)

阮籍醒時少，陶潛醉日多。(王績〈醉後〉)

6. 歷史對

未央初壯漢，阿房昔侈秦。(唐太宗〈登三臺言志〉)

不知今有漢，唯言昔避秦。(王績〈田家三首〉)

化曆昭唐典，承天順夏正。(李百藥〈奉和正日臨朝應詔〉)

7. 動物對

驚雁落虛弦，啼猿悲急箭。(唐太宗〈帝京篇〉)

龍飛灞水上，鳳集岐山陽。(袁朗〈賦飲馬長城窟〉)

鳥戲翻新葉，魚躍動清漪。(岑文本〈安德山池宴集〉)

小池聊養鶴，閒田且牧豬。(王績〈田家三首〉)

8. 植物對

萍間日彩亂，荷處香風舉。(唐太宗〈帝京篇〉)

霜剪涼階蕙，風捎幽渚荷。(魏徵〈暮秋言懷〉)

凍柳含風落，寒梅照日鮮。(劉孝孫〈冬日宴于庶子宅各賦一字得鮮〉)

9. 宮室對

綺殿千尋起，離宮百雉餘。(唐太宗〈帝京篇〉)

玉池流若醴，雲閣聚非煙。(杜正倫〈玄武門侍宴〉)

狹斜通鳳闕，上路抵青樓。(楊續〈安德山池宴集〉)

初日明燕館，新溜滿梁池。(虞世南〈初晴應教〉)

高閣浮香出，**長廊**寶釧鳴。(李百藥〈寄楊公〉)

10. 器物對

琱戈夏服箭，羽騎**綠沉弓**。(唐太宗〈出獵〉)

玉琯涼初應，**金壺**夜漸闌。(楊師道〈初秋夜坐應詔〉)

倚**鑪**便得睡，橫**甕**足堪眠。(王績〈過酒家五首〉)

昨夜**瓶**始盡，今朝**甕**即開。(王績〈題酒店壁〉)

11. 服飾對

赫奕儼**冠蓋**，紛綸盛**服裝**。(唐太宗〈正日臨朝〉)

玉珮金鈿隨步遠，**雲羅霧縠**逐風輕。(長孫無忌〈新曲二首〉)

鏘洋鳴**玉珮**，灼爍耀**金蟬**。(魏徵〈奉和正日臨朝應詔〉)

懶整**鴛鴦被**，羞褰**玳瑁床**。(李義府〈堂堂詞二首〉)

橫裁**桑節杖**，直剪**竹皮巾**。(王績〈被召謝病〉)

低身鏘**玉珮**，舉袖拂**羅衣**。(蕭德言〈詠舞〉)

細細**輕裙**全漏影，離離**薄扇**詎障塵。(謝偃〈樂府新歌應教〉)

挂**纓**豈憚宿，落**珥**不勝嬌。(李百藥〈少年行〉)

12. 飲食對

玉酒泛雲罍，**蘭殽**陳綺席。(唐太宗〈帝京篇〉)

椒蘭卒清酌，**簠簋**徹香其。(陳叔達〈州城西園入齋祠社〉)

始暴**松皮脯**，新添**杜若漿**。(王績〈食後〉)

13. 形體對

柳葉來**眉**上，桃花落**臉**紅。(陳子良〈新成安樂宮〉)

斷**腸**雖累月，分**手**未盈旬。(褚亮〈傷始平李少府正己〉)

嬌嚬**眉**際斂，逸韻**口**中香。(李百藥〈火鳳詞二首〉之二)

14. 人事對

縱情**昏主**多，克己**明君**鮮。(唐太宗〈賦尚書〉)

嘆息聊**自思**，此生豈**我情**。(王績〈石竹詠〉)

15. 顏色對

　　急管韻朱弦，清歌凝**白雪**。（唐太宗〈帝京篇〉）

　　白雲飛夏雨，**碧嶺**橫春虹。（楊師道〈賦終南山用風字韻應詔〉）

　　紅樹搖歌扇，**綠珠**飄舞衣。（陳子良〈酬蕭侍中春園聽妓〉）

　　迴鞍拂桂**白**，頹汗類塵**紅**。（庾抱〈驄馬〉）

16. 數字對

　　岸曲非**千里**，橋斜異**七星**。（唐太宗〈賦得浮橋〉）

　　十月五星聚，**七年四海**賓。（王珪〈詠漢高祖〉）

　　負宸延**百辟**，垂旒御**九**賓。（顏師古〈奉和正日臨朝〉）

　　三男婚令族，**五女**嫁賢夫。（王績〈獨坐〉）

17. 方位對

　　北闕三春晚，**南榮**九夏初。（唐太宗〈賦得夏首起節〉）

　　北討燕承命，**東**驅楚絕糧。（王珪〈詠淮陰侯〉）

　　地遊窮**北**際，雲崖盡**西**陸。（許敬宗〈奉和執契靜三邊應詔〉）

　　風驚**西北**枝，電隙**東南**節。（王績〈古意六首〉）

《詩人玉屑》曰：「文之所以貴對偶者，謂出於自然，非假於牽強也。」〔註76〕《唐音癸籤》亦曰：「自古詩漸作偶對，音節亦漸協而諧。宮體而降，其風彌盛。徐、庾、陰、何，以及張正見、江總持之流，或數聯獨調，或全篇通穩，雖未有律之名，已寖具律之體。」〔註77〕而透過以上的類型觀察，我們可以了解在初唐前期詩人作品中，所表現出極為細緻的對偶技巧。而由於對句的精巧，是組成律體成熟的最重要部份，因此關於律體成熟的問題，已經是水到渠成的必然趨勢。

　　許文雨曰：「大抵初期之詩，踵前增華，由新體入近體，浮切諧協，支對工整，此其可紀者一也。復好用排句複調，以變樂府單行之氣勢，故聲律鏗鏘，士爭新尚，此其可紀者二也。」〔註78〕此外加上華美的辭藻和繁多的典故，便已構成了初唐前期詩歌修辭之主要特色。

〔註76〕見魏慶之《詩人玉屑》卷七〈無斧鑿痕〉。

〔註77〕見胡震亨《唐音癸籤》卷一。

〔註78〕見許文雨《唐詩集解》卷一〈敘說〉。

第七章　初唐前期詩歌之風格

　　西方的文學思想家布封嘗曰:「風格是應該刻劃思想的。」又曰:
「風格必須有全部智力機能的配合與活動,只有意思能構成風格的內
容,至於辭語的和諧,他只是風格的附件。」〔註1〕

　　而文學上的風格,是指文學作品在內容與形式的交互作用下,
所展現出來的特色。姚一葦先生曾說:「所謂風格,乃一個時代的一
般性或社會意識,與一個藝術家的特殊性或個人意識,透過藝術品
的形式與品質而形成的那一藝術家的世界。」〔註2〕同樣的,在一
個時代之中,經由共同特性的表現,也會產生時代性的風格。胡震
亨曰:「兩漢以質勝,六朝以文勝。魏稍文,所以遜兩漢;唐稍質,
所以過六朝。」〔註3〕陸時雍亦曰:「齊梁人欲嫩而得老,唐人欲老
而得嫩,其所別在風格之間。」〔註4〕都是這樣的道理。

　　關於詩之風格,劉勰《文心雕龍》嘗曰:「若總其歸途,則數窮
八體:一曰典雅,二曰遠奧,三曰精約,四曰顯附,五曰繁縟,六曰
壯麗,七曰新奇,八曰輕靡。」〔註5〕中唐詩僧皎然的《詩式》亦列

〔註1〕見布封〈論風格～在法蘭西學士院爲他舉行的入院典禮上的演說〉。
　　　　（引自《文學理論資料彙編》,頁694～695。）
〔註2〕見姚一葦《藝術的奧祕》,頁294。
〔註3〕見胡震亨《唐音癸籤》卷一一。
〔註4〕見陸時雍《詩鏡總論》。（引自《歷代詩話續編》,頁1408。）
〔註5〕見劉勰《文心雕龍》卷六〈體性〉。

有一十九體。所謂:「風韻切暢曰高,體格開放曰逸,放詞正直曰貞,臨危不變曰忠,持節不改曰節,立志不放曰志,風情耿耿曰氣,緣情不盡曰情,氣多含蓄曰思,詞溫而正曰德,檢束防閑曰誡,情性疏野曰閒,心跡曠誕曰達,傷甚曰悲,詞理悽切曰怨,立言曰意,體裁勁健曰力,非如松風不動,林狖未鳴,乃謂意中之靜,非謂森森望水,杳杳看山,乃言意中之遠。」〔註6〕晚唐詩人司空圖之《詩品》,亦分詩之風格爲二十四品,其爲「雄渾、沖淡、纖穠、沈著、高古、典雅、洗鍊、勁健、綺麗、自然、含蓄、豪放、精神、縝密、疏野、清奇、委曲、實境、悲慨、形容、超詣、飄逸、曠達、流動。」〔註7〕司空圖於二十四詩品之類下,復各以四言之韻文十二句註解其意。司空圖對詩作風格的分類品評,向爲歷來詩家所重視。清初的尤侗即曰:「司空圖在唐末不以詩名,而其詩品二十四則,深得詩家三昧。」〔註8〕薛雪亦曰:「司空表聖詩品二十四則,無一毫膚義,學詩不可不熟讀深思。」〔註9〕都是相當有見地的看法。

而就初唐的詩作風格言,《蔡寬夫詩話》云:「唐自景雲以前,詩人猶習齊梁之氣,率以纖巧爲工。」〔註10〕胡應麟《詩藪》則曰:「初唐體質濃厚,格調整齊,時有近拙近板處。」〔註11〕《唐音癸籤》亦曰:「古體至陳,本質亡矣。隋之才不若陳之麗,而稍知尙質,故隋末諸臣,即爲唐風正始。」又曰:「漢魏六朝遞變,其體爲唐。」〔註12〕

故綜合以上諸家之言來看,歷來詩家一方面大多承認唐詩有繼承自漢魏六朝以降的傳統,特別是在齊、梁、陳、隋諸朝,對於初唐前期的詩作風格,有相當深遠的影響。但是在另一方面,他們卻

〔註 6〕見皎然《詩式》〈詩體有一十九字〉注。
〔註 7〕見司空圖《詩品》。
〔註 8〕見尤侗《艮齋雜說》。
〔註 9〕見薛雪《一瓢詩話》。(引自《清詩話》,頁696。)
〔註10〕見魏慶之《詩人玉屑》卷一三〈評唐人詩〉引《蔡寬夫詩話》。
〔註11〕見胡震亨《唐音癸籤》卷一○引《詩藪》。
〔註12〕同註3。

也不得不承認，唐詩之所以能成爲唐詩，也自有其特異之處。不過處於新舊交替之間的初唐前期，在政治勢力的重新組織與整體文學風氣的轉變之際，也就自然產生出它獨特的時代風格特色。故以下即就各種不同的層面，概分爲四種風格，並略舉相關的代表詩作，以呈顯其時代之特性。

一、典正雅麗

在初唐前期的作家之中，勢力最爲龐大的集團，就是以唐太宗君臣爲核心的宮廷詩派。他們的人數眾多，同時也掌控著豐富的資源，所以在初唐前期的詩壇上，可以說是最爲明顯的主流。雖然他們在彼此之間也存在著個別的差異，但是典正雅麗的共同風格，卻是普遍表現在他們的作品之中。

關於這一類的作品內容，主要以奉和應制、遊宴、答贈、哀輓、邊塞、詠物等爲主，具有代表性的作品相當多，我們試以唐太宗、陳叔達、許敬宗、上官儀等人的詩作爲例。如：

> 秦川雄帝宅，函谷壯皇居。綺殿千尋起，離宮百雉餘。
> 連薨遙接漢，飛觀迥凌虛。雲日隱層闕，風煙出綺樓。
> 　　　　　　　　　　　　　（唐太宗〈帝京篇〉之一）
> 金鋪照春色，玉律動年華。朱樓雲似蓋，丹桂雪如花。
> 水岸銜階轉，風條出柳斜。輕輿臨太液，湛露酌流霞。
> 　　　　　　　　　　　　　（陳叔達〈早春桂林殿應詔〉）
> 曦馭循黃道，星陳引翠旗。濟潼紆萬乘，臨河耀六師。
> 前旌彌陸海，後騎發通伊。勢逾迴地軸，威盛轉天機。
> 是節歲窮紀，關樹蕩良飈。仙露含靈掌，瑞鼎照川湄。
> 沖襟賞臨眺，高詠入京畿。　　　（許敬宗〈奉和入潼關〉）
> 石關清晚夏，璇輿御早秋。神麾颺珠雨，仙吹響飛流。
> 沛水祥雲泛，宛郊瑞氣浮。大風迎漢筑，叢煙入舜球。
> 翠梧臨鳳邸，茲蘭帶鶴舟。偓佺歌玄化，扈蹕頌王遊。
> 遺簪謬昭獎，珥筆荷恩休。　　　（上官儀〈奉和過舊宅應制〉）

上述四首詩作，正是此類風格的標準代表。《唐音癸籤》曰：「太宗文武間出，首闢吟源，宸藻概主豐麗。」﹝註13﹞又曰：「有唐吟業之盛，導源有自。文皇英姿間出，表麗縟於先程。」﹝註14﹞又云：「貞觀、永徽吟賢，褚亮、楊師道、李義府、許敬宗、上官儀，其最也，吉光片羽，僅傳人口。」﹝註15﹞都是相當眞切的看法。

徐獻忠又曰：「文皇生更隋代，早事藝文，習氣既閒，神標復秀，故綺發天葩，輝揚內藻，聲音之本，不徒然矣。及乎大業成就，神氣充揚，延攬英賢，流徵四座，其游幸諸作，宮徵鏗然，六朝浮靡之習，一變而唐，雖綺麗鮮錯，而雅道立矣，其爲一代之祖，又何疑焉？」﹝註16﹞於是在以唐太宗爲首的帶動之下，整個貞觀詩壇所呈現出的，是一片典正雅麗的風格，而這也正是初唐前期的詩作之中，最爲重要的一種特色。

二、雄壯沈鬱

在初唐前期的眾多宮廷詩人之中，也有一些是出身較爲寒微的。他們歷經了革命事業的奮鬥之後，也在政治上取得應有的一席之地，因此他們的詩風，在受到個人經歷的影響之下，自然也和一般的傳統世族有所差異。此外，部份世襲爵祿的宮廷詩人，也不只執著於典正雅麗的風格，在文體或心緒的轉變下，也呈現出別種的意趣。於是在初唐前期的眾多詩作之中，除去典正雅麗的作品風格之外，也有不少雄壯沈鬱的作品，展現其獨特的風格。

而關於這一類的作品內容，主要是以邊塞、社會寫實、詠史、述懷等爲主。至於代表的作品，我們可以虞世南、王珪、魏徵、李百藥等人的詩作爲例。如：

韓魏多奇傑，偶儻遺聲利。共矜然諾心，各負縱橫志。

﹝註13﹞見胡震亨《唐音癸籤》卷五。
﹝註14﹞見胡震亨《唐音癸籤》卷二七〈談叢三〉。
﹝註15﹞見胡震亨《唐音癸籤》卷四。
﹝註16﹞見徐獻忠《唐詩品》。

結交一言重，相期千里至。綠沉明月弦，金絡浮雲轡。
吹簫入吳市，擊筑遊燕肆。尋源博望侯，結客遠相求。
少年懷一顧，長驅背隴頭。皎皎戈霜凍，耿耿劍虹浮。
天山冬夏雪，交河南北流。雲起龍沙暗，木落雁門秋。
輕生殉知己，非是爲身謀。　　（虞世南〈結客少年場行〉）
秦王日凶慝，豪傑爭共亡。信亦胡爲者，劍歌從項梁。
項羽不能用，脫身歸漢王。道契君臣合，時來名位彰。
北討燕承命，東驅楚絕糧。斬龍堰灘水，擒豹熠夏陽。
功成享天祿，建旗還南昌。千金答漂母，百錢酬下鄉。
吉凶成糾纏，倚伏難預詳。弓藏狡兔盡，慷慨念心傷。

　　　　　　　　　　　　（王珪〈詠淮陰侯〉）

中原初逐鹿，投筆事戎軒。縱橫計不就，慷慨志猶存。
仗策謁天子，驅馬出關門。請纓繫南粵，憑軾下東藩。
鬱紆陟高岫，出沒望平原。古木鳴寒鳥，空山啼夜猿。
既傷千里目，還驚九折魂。豈不憚艱險，深懷國士恩。

　　　　　　　　　　　　　（魏徵〈述懷〉）

日落征途遠，悵然臨古城。頹墉寒雀集，荒堞晚烏驚。
蕭森灌木上，迢遞孤煙生。霞景煥餘照，露氣澄晚清。
秋風轉搖落，此志安可平。　　（李百藥〈秋晚登古城〉）

以上四首作品，正是此種類型的代表。《唐音癸籤》嘗引徐獻忠曰：
「虞永興師資野王，嗜慕徐庾，而意存砥柱，擬浣宮豔之舊，故其
詩洗濯浮夸，興寄獨遠。雖藻彩縈紆，不乏雅道，治世之音，先人
而興者。」〔註17〕沈德潛也批評魏徵的詩說：「氣骨高古，變從前纖
廉之習，盛唐風格，發源於此。」〔註18〕胡震亨亦曰：「李安平藻思
沈鬱，尤長五言，……，含巧於碩，才壯意新，眞不虛人主品目。」
〔註19〕這都可以說是相當精確的見解。

　　關於此類風格的作品，詩作的數量雖然並不是很多，但是在初唐

〔註17〕同註13。
〔註18〕見沈德潛《古詩源》卷一。
〔註19〕同註13。

前期的詩壇之中，這也是不可輕忽的一股力量。

三、閒逸澹遠

　　除去上述的作品之外，初唐前期的詩作也有閒逸澹遠的一派，他們的創作者，主要都是以中下階層的不遇文士為主。他們在政治上多半是失意者，不是終身屈就於低官卑職，要不然就乾脆掛冠求去。不過他們在文學上的表現，卻也是獨樹一幟。這一方面是由於他們所處的創作環境不同於一般的宮廷詩人，同時也和他們個人的習性或品格有關，所以他們的作品，自然也就產生了與眾不同的特別風格。

　　關於這一類的作品內容，主要是以田園、山水、遊仙、詠物等為主，至於代表的作品，可以王績、崔信明、鄭世翼、陳子良等人的詩作為例。如：

> 前旦出園遊，林華都未有。今朝下堂來，池水開已久。
> 雪被南軒梅，風催北庭柳。遙呼灶前妾，卻報機中婦。
> 年光恰恰來，滿甕迎春酒。（王績〈春日〉）
> 楓落吳江冷。（崔信明）
> 巫山臨太清，崆峣類削成。霏霏暮雨合，靄靄朝雲生。
> 危峰入鳥道，深谷寫猿聲。別有幽棲客，淹留攀桂情。
> （鄭世翼〈巫山高〉）
> 我行逢日暮，弭櫂獨維舟。水霧一邊起，風林兩岸秋。
> 山陰黑斷磧，月影素寒流。故鄉千里外，何以慰羈愁。
> （陳子良〈入蜀秋夜宿江渚〉）

以上三首詩作及一斷句，正是此類風格的代表。屠隆曰：「無功朗散，其詩閒遠。」〔註20〕翁方綱亦曰：「王無功以真率疏淺之格，入初唐諸家中，如鸞鳳群飛，忽逢野鹿，正是不可多得也。」〔註21〕而其他諸家的作品，也都是有類似的風格及特色，展現其閒逸

〔註20〕見屠隆〈唐詩類苑序〉。
〔註21〕見翁方綱《石洲詩話》卷一。

澹遠的意味。

關於這一類風格的詩作，雖然在當時的數量不多，但是對於日後唐詩的啓發和引導，卻是功不可沒的。

四、質樸俚俗

在王梵志的詩作尙未被大量發現以前，關於初唐前期屬於質樸俚俗的一派風格，一直是被忽略的。等到近年來，此類作品大量出土以後，不論是在數量或質量上，都有令人相當驚異的成就。而相對的研究也開始蓬勃發展，於是這一類風格的作品價值，也再度被學術界重新考量。

在初唐前期，佛學日益興盛，許多遊情於釋典的詩僧們，他們爲了講道說理的需求，所以就大量地翻譯創造許多詩歌作品，以宣揚宗教意旨或贈答說喻。但由於這些詩作的對象是屬於廣泛的市井小民，因此在表現的手法上勢必不能太過於艱澀雕琢，以免造成隔閡。所以一系列以淺白俚俗爲風格的詩作，也就大量的產生了。

這些作品雖然在民間廣爲流行，不過在當時官方的編纂文獻上，卻被有意忽略，因此淹沒了數千年。不過隨著近年來在考古挖掘上的新發現，許多類似的作品都已獲得重見天日的機會。關於這些詩作，在《全唐詩補編》裡，就收錄相當多質量俱佳的作品。

這一類作品，多以說理、諧謔、答贈及社會寫實等爲主，至於代表的作品，我們可以王梵志的詩作爲例。如：

> 惡事總須棄，善事莫相違。知意求妙法，必得見如來。
>
> （〈惡事總須棄〉）
>
> 立身存篤信，景行勝將金。在處人攜接，諳知無負心。
>
> （〈立身存篤信〉）
>
> 他人騎大馬，我獨跨驢子。回顧擔柴漢，心下較些子。
>
> （〈他人騎大馬〉）

王梵志的詩不僅含有佛家語，亦有儒家思想及一般待人處事的道理，

但不論其內容如何，其質樸俚俗的詩作風格卻是一致的。范攄曰：「其言雖鄙，其理歸眞。」〔註22〕費袞亦稱其：「詞仆而理。」〔註23〕都是這樣的道理。

關於這一類風格的作品，不僅當時在民間廣爲流傳，且由於其具有通俗的開創性，所以這種質樸俚俗的風格也持續發展，開拓了日後唐詩燦爛發展的寬廣道路。

總的來說，在我們考查初唐前期種種詩作的風格之後，我們可以清楚的發現，不論是典正雅麗、雄壯沈鬱、閒逸澹遠或質樸俚俗等各種不同風格的作品，都在不同詩人的積極創作下，不斷的成長茁壯。而隨著時代不停的向前演繹，各種不同風格的作品，也各自在不同的傳承體系之下，綻放出一朵朵燦爛輝煌的鮮麗花朵。

〔註22〕見范攄《雲溪友議》卷下〈蜀僧喻〉。
〔註23〕見費袞《梁谿漫志》卷十〈梵志詩〉。

第八章　初唐前期詩歌之成就及影響

　　《詩人玉屑》引《許彥周詩話》云:「六朝諸人之詩,不可不熟讀,……鍛鍊至此,自唐以來,無人能及也。退之云:『齊梁及陳隋,眾作皆蟬噪。』此語吾不敢議,亦不敢從。」〔註1〕楊愼亦曰:「六代之作,其旨趣雖不足影響大雅,而其體裁,實景雲、垂拱之先驅,開元、天寶之濫觴也。」〔註2〕以上諸說,即是在表明六朝詩歌的價值,及初唐詩歌在歷史傳承上的意義。

　　但不可諱言的,初唐前期的詩歌,主要仍是承繼自六朝以降的傳統,其中特別是南朝的詩歌藝術成就,對初唐前期的影響尤大。不過相較於六朝的客觀環境,唐朝卻有著截然不同的分野。唐朝的政治基礎是屬於大一統的局面,社會秩序安定,工商經濟發達,教育文化興盛。因此在這些有利的大前提下,整個初唐前期詩歌的成就及影響,是深遠且全面性的。而在我們通盤考查初唐前期詩歌的內外在因素之後,歸納出下列的四項主題,來表現初唐前期詩歌的具體成就以及種種的影響。

一、革除浮靡文風

　　初唐前期包含:高祖、太宗以及高宗等三個君主,前後合計約有四十六年的時間,而其中最主要的部份,就是以唐太宗爲首的「貞觀

〔註1〕見魏慶之《詩人玉屑》卷一三〈襃貶不同〉引《許彥周詩話》。
〔註2〕見楊愼《升菴集》卷二〈選詩外篇序〉。

詩壇」。身爲歷史上少數英明君主之一的唐太宗，自然也懂得「釋實求華，以人從欲，亂于大道，君子恥之」的道理。〔註3〕所以淵源已久的革除浮靡文風的種種行動，也透過政治的力量來再次推展，而這對於日後盛唐詩歌能發展成文質並茂的革新體質，是有不可輕忽的決定性影響。

在太宗即位以後，革除浮靡文風的工作，就開始積極的展開。不過唐初君臣對於政治與藝術的關聯認知上，卻明顯地分爲對立的二派。杜淹、薛收等人對魏晉以降的亂世文風，一概視爲末流。但是唐太宗、魏徵、令狐德棻、李百藥等人，卻把政治的成份擺到文學之上。兩者相較，後者不論在人數或是政治、文學的影響地位上，都要遠勝過前者。於是在初唐前期的詩壇上，就表現出一種偏重於政治取向的典麗雅正文風。

因此，在隸屬於初唐前期的貞觀、龍朔時代，雖然糾正了過份強調文藝決定政治的傳統偏見，但是對於傳統儒家配合頌讚政治得失的「雅音」，仍舊是相當重視的。而雅音必須符合典麗的基本要求。因此初唐前期的文風改革，主要便在於建立雅正的內容，至於辭藻的華麗與否，就不是重點的所在，只要內容能有益於王政教化，華麗的辭藻是毋須排斥的。所謂「去茲鄭衛音，雅音方可悅。」〔註4〕以及「淺俗庶反淳，替文聊就質。已知隆至道，共歡區宇一。」〔註5〕都是這樣的理論基礎。

於是在龍朔初年（660 年），講究「綺錯婉媚」的上官體風行，這是宮廷派詩人在初唐前期時所達到的成就顛峰。而在初唐後期，宮廷詩人的勢力依然龐大，在「文章四友」及沈、宋等人的持續帶動之下，不論是在形式或技巧上的發展，仍然是有著日新月異的飛快進步。

所以在君主持續的帶頭引領，以及現實環境的配合之下，「貞觀

〔註3〕見唐太宗〈帝京篇序〉。
〔註4〕見唐太宗〈帝京篇〉。
〔註5〕見唐太宗〈執契靜三邊〉。

詩壇」的詩人們也把他們的理想落實於實際的創作之中，於是原本浮靡的低劣文風，也在唐太宗君臣的努力之下，逐漸轉移成典正雅麗的時代新風氣。

二、促成律體成熟

初唐前期的詩人不僅在革除浮靡的文風上有所成就，而在促成律體成熟的諸多條件中，也有很大的貢獻。

葉燮嘗批評唐初的詩云：「非古非律，詩之極衰也。」〔註6〕從詩體上來看，初唐前期的詩不論是樂府或古詩，普遍都存在著古律夾雜的現象。關於這種現象，是律體形成的必經階段，如果不經過這段陣痛期，又怎能有成熟的律體產生呢？所以這種古律夾雜的現象，其實也是由古體的嘗試，過渡到近體完成的必經過程。

從理論上言，初唐前期的詩人們在前人的既有經驗下持續努力，所以在龍朔年間，上官儀的《筆札華梁》可以說是最具體的成就。而稍後元兢的《詩髓腦》、崔融的《新定詩體》，也都有相當的成績。關於上述諸作，雖然大多失傳，但是在中唐前後由日僧遍照金剛所著的《文鏡秘府論》之中，卻保存了不少初唐前期的詩學理論，這些都是彌足珍貴的歷史記錄，在在都說明了初唐前期在近體詩學理論上的具體成長。

而從實際的創作情形來看，楊伯謙云：「五言絕句，唐初變六朝子夜體也。七言絕句，初唐尚少，中唐漸盛。」〔註7〕姚鼐曰：「五言律，陰鏗、何遜、徐陵已開其體，唐初人研揣聲音，穩熟體勢，其製乃備。」〔註8〕錢木菴亦曰：「七言律詩，始於唐咸亨、上元年間，至開、寶而作者日出。」〔註9〕以上所述，都是在詳細地闡明，關於唐初的前後，律體從孕育到成熟的種種經過。

〔註6〕見葉燮《原詩》。（引自《清詩話》，頁569。）
〔註7〕見趙翼《甌北詩話》。
〔註8〕見姚鼐《今體詩鈔》。
〔註9〕見錢木菴《唐音審體》。（引自《清詩話》，頁783。）

　　總上所言，在初唐前期的詩學發展上，淵源較久的五言詩持續蓬勃發展，並在律體成熟之後迅速轉化。至於新興的七言詩，也逐漸受到詩人們的重視，在往後的歲月中，也成為新興的重要詩體之一。李維楨曰：「六朝詩律體已具，而律法未嚴，不偶之句與不諧之韻，往往而是。至唐而句必偶，韻必諧，法嚴矣。……唐之律嚴於六朝，而能用六朝之所長，初盛時得之，故擅美千古。」〔註10〕正是這樣的道理。

三、普及詩學層面

　　相對於初唐前期時宮廷詩人的成就，廣大屬於中下階層的文士，也在社會安定、經濟發展、政治穩定等有利的情況下，逐漸嶄露頭角。他們有些不慕榮利，歸隱鄉里，卻也開拓出一番不同的氣象，表現其獨特的觀察視野與切入角度。有些則受到宮廷詩人歌頌太平的風氣影響，激發起「有為者亦若是」的積極心態。所謂：「虞、李、岑、許之儔，以文章進，王、魏、來、褚之輩，以才術顯，咸能起自布衣，蔚為卿相。」〔註11〕於是「拾青紫於俯仰，取公卿於朝夕」〔註12〕的理想，也就成為一般中下階層文士奮鬥的目標。加上唐代以科舉取士，詩賦也成為博取功名的主要利器，所以一般士庶百姓對於詩的興趣也就與日俱增，於是詩在唐代的成就，也就形成全面性的代表。而這些在初唐前期所種下的因，在隨後的詩壇上，也產生了許多新興的力量，像「初唐四傑」的出現，就是這些新生力量的最好明證。高棅曰：「唐世詩學之盛，上自帝王公卿，下至山林韋布，以及乎方外異人，閭閻女子，莫不願學焉。」〔註13〕胡應麟則曰：「上自天子，下逮庶人，百司庶府，三教九流，靡所不備。」〔註14〕〈全唐詩序〉亦

〔註10〕見李維楨《大泌山房集》卷九〈唐詩類苑序〉。
〔註11〕見盧照鄰〈南陽公集序〉。
〔註12〕見王勃〈上絳州上官司馬書〉。
〔註13〕見高棅《唐詩品彙》〈五言古詩序目〉。
〔註14〕見胡應麟《詩藪》〈外編〉卷三。

云：「蓋唐開國之初，即用聲律取士，聚天下才智英傑之彥，悉從事於六藝之學，以爲進身之階，則習之者固已專且勤矣。而又堂陛之唱和，朋友之贈處，與夫登臨之即事感懷，勞人遷客之逐物寓興，一舉而託之於詩，雖窮達殊途，而以言乎擴寫性情，則其致一也。」〔註15〕而隨著時代的演繹，加上各方面有利因素的配合，唐詩的全面普及也就指日可待。

在穩定的政治背景，繁榮的經濟基礎，普及的教育學術，和君主帝王的大力支持提倡之下，唐詩的發展也就益形蓬勃了。由於詩學層面的普及，這不僅強化了唐詩發展的良好基礎，同時也爲日後盛唐詩歌的種種成就，帶來更廣泛充實的良好基礎。

四、開拓多樣風貌

至於就初唐前期的詩歌內容言。聞一多嘗曰：「唐初五十年間的類書是較粗糙的詩，他們的詩是較精密的類書。」〔註16〕這種過度貶抑初唐前期詩作價值的論調，實在是所偏頗。初唐前期以應制奉和、答贈、詠物詩作等爲主流，是不爭的事實。但是如果以此就忽視其他優秀詩人的作品，卻也是不公平的。事實上，甚至是在大部分宮廷詩人的作品之中，也有許多深具創造性的作品，我們怎麼能就此一竿子完全打翻呢？《唐詩品彙》曰：「貞觀永徽之時，虞魏諸公稍離舊習，王楊盧駱因加美麗，劉希夷有閨帷之作，上官儀有婉媚之體，此初唐之始製也。」〔註17〕就此而言，整個初唐前期的種種成就，實在是不容忽視的。

事實上，相對於前人的成就，初唐前期不論是在詩作的內容、形式或風格上，都有全然不同的嶄新成就，這些都是在作品的實際表現上，可以清楚發現的。我們試以初唐前期的宮廷詩人代表唐太宗，以及在詩作內容與風格都和宮廷詩人大相逕庭的田園詩人代表王績爲

〔註15〕見〈全唐詩序〉。
〔註16〕見聞一多《詩選與校箋》〈類書與詩〉頁7。
〔註17〕見高棅《唐詩品彙》〈總序〉。

例，略做說明與比較。

　　高廷禮曰：「五言之興源於漢，漢注於魏汪洋乎，兩晉混濁乎。梁陳大雅之音幾于不振，唐太宗天文秀拔，延覽英賢，一時虞世南、魏徵賡歌，共倡斯道，爲唐五言古風之始。」〔註18〕《廣溪詩話》亦云：「唐文皇既以武功平隋亂，又以文德致太平，於篇詠尤其所好。……蓋其詩語，與功業正相副也。」〔註19〕由上述的論評來看，唐太宗的詩作的確是頗具價值的。

　　而就王績言，其作品亦相當多樣且深具影響。其詠懷一類的作品，對於稍後的陳子昂、張九齡等詩人的啓發，是相當重要的。而其田園山水類的作品，對於盛唐如王維等自然派的詩人，也是別具洞見，具有開創性的作用。王績的這一些作品，爲整個唐代詩歌開創了嶄新的契機。明朝的詩評家楊慎即曰：「王無功，隋人入唐，隱節既高，詩律又盛，蓋王、楊、盧、駱之濫觴，陳、杜、沈、宋之先鞭也。」又曰：「舊傳四聲自齊、梁至沈、宋始定爲唐律。然沈、宋體制，時帶徐、庾，未若王績剪裁鍛鍊，曲盡清玄，眞開跡唐詩也。」〔註20〕王績作品的內容和體裁都開創了初唐前期詩壇的新風氣，在整個唐詩的傳承和發展中，也是具有承先啓後的重要作用。

　　而透過以上抽樣式的比較論述之後，我們可以清楚發現，初唐前期詩歌的內容與風貌，其實也是相當的豐富。

　　總的來看，在初唐前期的詩作之中，六朝的餘風雖然仍明顯存在，但是事實上並未完全居於主導的地位。而不論是就作品的內容、形式或風格上言，初唐前期的詩作實有其獨特的存在意義。至於對日後整個唐詩所產生的啓發與影響，在我們通盤的觀察與比較之後，也能夠明白的發現，初唐前期詩作在傳承上的地位，實在是居於關鍵性的樞紐。

〔註18〕見高廷禮〈古唐詩合解〉卷一。
〔註19〕見陳岩肖《庚溪詩話》。
〔註20〕見楊慎《升庵詩話》卷二。

第九章 結 論

　　就政治上說，唐帝國的建立，結束了四百年來的分裂與動亂。而
就文學上說，初唐前期詩歌的持續發展，則是從齊梁的空虛浮靡，逐
漸轉向盛唐積極雄健所不可或缺的一個重要的過渡階段。

　　唐詩的意義是全面性的。《四溟詩話》曰：「唐人或漫然成詩，自
有含寓託諷。」又曰：「詩有辭前意、辭後意，唐人兼之，婉而有位，
渾而無跡。」〔註1〕這可以說是對唐人詩歌的成就與表現，做了最完
善的詮解。

　　而自從高棅把唐詩劃分為：初、盛、中、晚等四期之後，唐詩
的分期研究便多以此為準。而初唐係以高祖武德元年（618 年）至
睿宗太極元年（712 年）為限，歷時長達九十五年，故本文又以高
宗龍朔三年（663 年）為界，之前劃為初唐前期，之後則畫歸初唐
後期，以為斷代論述之標準。

　　初唐前期包含有：高祖武德九年，太宗貞觀二十三年，以及高宗
前期十四年等三個前後相承接的時期，合計約有四十六年的時間。而
當時主要的核心代表，係以唐太宗君臣等宮廷詩人為主。這是由於武
德年間的時代較短，且高祖忙碌於軍事上的統一行動，故在文學上的
成就便相當有限。而高宗前期的時間亦不長，且不論是在政治或文學

〔註 1〕見謝榛《四溟詩話》卷一。（引自《歷代詩話續編》，頁 1149。）

上的表現，均可視為貞觀時代的延伸，因此在整個初唐前期的詩歌發展歷程上，「貞觀詩壇」不論是在時間的長短及內容的豐富性上，實具有決定性的深遠影響。

因此在貞觀時代，唐太宗不僅創造了政治經濟上的奇蹟，同時也奠定了唐詩發展的堅實基礎。唐太宗為中國歷史上少數英明且具有包容性的君主，他用人唯才，不計前嫌，故能統合各方面的力量，開創出政治及文學上的偉大成就。就整個貞觀詩壇來看，除去唐太宗的舊班底如：劉孝孫、顏師古、岑文本、褚遂良、上官儀、李義府、許敬宗等人之外，前朝的遺老如：陳叔達、虞世南、楊師道、李百藥，昔日的敵人對手，如隱太子門下的：陳子良、王珪、魏徵、庾抱等人，也都能兼容並蓄、齊心攜手，共同努力開創出初唐前期詩歌的璀璨花朵。

而在眾多金碧輝煌的宮廷詩人之外，部份中下階層的文士如：鄭世翼、崔信明、杜之松、王績、崔善為等人，也有比較清新自然的作品，展現他們獨特的風格，其中尤以王績的詩作質量最為可觀，對當時及後世的影響也最為長遠。

此外，詩僧們在初唐前期詩歌的貢獻上，也是不容忽視的。如：法宣、法琳、慧淨等，也在詩歌藝術的表現上，呈顯出各自的特色。而在敦煌出土的王梵志作品，更令人耳目一新，在初唐前期眾多的詩歌之中，展現其別種的風貌，使後代的學者有全然不同的見解與感受。

因此，不論是「以儒家為主導思想的宮廷詩人，崇尚老莊的田園詩人，皈依佛教的哲理詩人，以及賦豔情的文人、貴婦，都借助這一韻文形式宣揚自己的人生哲學，抒發自己的情趣，反映現實，美化人生，匯成了時代的交響曲，形成了百鳥爭春的唐初詩苑。」〔註2〕這的確是當時豐盛作者群的一大特色。

至於就作品的內容言，初唐前期的表現亦是相當的豐富。「唐初

────────────

〔註 2〕見張步雲《唐代詩歌》，頁 70。

貞觀、龍朔年間，文治武功及經濟文化的發展蔚為壯觀。反映在詩歌創作上，題材多樣，描寫範圍擴大。宮廷詩、邊塞詩、閨情詩以及與宮廷詩相對立的田園詩、哲理詩等應運而生，它們各顯特色，獨呈異彩。」〔註3〕初唐前期在時代上本就和六朝相互銜接，因此在作品的內容上，自然也受到六朝的影響。就本文的論述來看，當時作品的主要內容，係以奉和應制、遊宴、答贈、宮體豔情、閨怨、邊塞、詠物、田園、山水等類別為主，表現是多采多姿的。至於其他相關類型的作品，數量雖然不是很多，但也都有代表性的名作流傳。

　　而不論是文體或風格的形成，絕非是在短時間之內，就會有一蹴可躋的明顯效果。事實上，文學的演繹乃是有一定的淵源與規律可循，所以唐詩之所以能夠全面地興盛，處於過渡關鍵的初唐前期，實具有決定性的重要地位。

　　毛先舒曰：「詩至唐，眾體悉備，菁華大宣，詩之海也。」〔註4〕在初唐前期詩歌的形式表現上，不論是在古詩或樂府的承繼與發展上，都有相當的成就。不過初唐前期在體裁上的最大成就，還是在律體的建立。焦循曰：「齊梁者，樞紐於古律之間者也，至唐遂專以律傳。」〔註5〕王應奎亦曰：「律詩起於初唐，而實胚胎於齊梁之世。」〔註6〕在歷經六朝對律體的理論鑽研與實際創作的相互印證之後，律體的完成已經是水到渠成的必然趨勢。於是在初唐以後，律體和古詩的分庭抗禮已然成形，而在盛唐以後，律體的成就甚至成為時代的標竿而超越古詩，也是理所必然的結果了。

　　至於就風格言，初唐前期的詩歌風格雖然受到六朝詩風的影響，但是在現實環境的改變下，初唐前期的詩人作者也對長期以來飽受批評的浮靡詩風做了相當程度的修正，於是一種「典正雅麗」的嶄新風

〔註3〕同註2。
〔註4〕見毛先舒〈唐詩解序〉。
〔註5〕見焦循《易餘籥錄》卷一五。
〔註6〕見王應奎《柳南隨筆》卷三。

格，便成爲初唐前期詩作的普遍特色。此外，由於詩作的多樣性，相對的，在詩歌風格的展現自然也有不同的特色。就本文的研究來看，除去「典正雅麗」的主要風格之外，「雄壯沈鬱」、「閒逸澹遠」、「質樸俚俗」等各種風格，也流露在不同詩人的不同作品之中。

　　康海曰：「予昔在詞林讀歷代詩，漢魏以降顧獨悅初唐焉。其詞雖縟，而氣雄渾朴略，有國風之遺響。」〔註7〕王格亦曰：「初唐居近體之首，質而不俚，華而不豔，其渾厚蔚郁之氣有足觀法者。」〔註8〕這些對初唐詩作風格的看法，可以說是比較持平而公正的。

　　總的來看，初唐前期的詩人們向上繼承了六朝以降的傳統，向下則開啓了初唐後期以及盛唐以後的多樣風貌。至於傳統詩家歷來對於初唐前期詩人及詩作的種種誤解與偏見，在我們詳細統計與探究當時的詩人特色、詩作內容、詩歌形式、以及創作風格之後，對於初唐前期詩歌的種種價值，實有重新評估的必要。

〔註7〕見康海《康對山先生文集》卷四〈樊子少南詩集序〉。
〔註8〕見《明文海》卷二二五〈初唐詩序〉。

參考書目

《十三經注疏》（臺北：藝文印書館，民國 68 年七版）。

《十種唐詩選》，王士禎（臺北：廣文書局，民國 60 年初版）。

《三國志》，陳壽（臺北：鼎文書局，民國 68 年初版）。

《大唐新語》，劉肅（臺北：商務印書館，民國 55 年初版）。

《中古文學史》，劉師培（臺北：文海出版社，民國 61 年影印版）。

《中國文學史》，胡雲翼（臺北：三民書局，民國 59 年再版）。

《中國文學史》，葉慶炳（臺北：學生書局，民國 76 年修正重版）。

《中國文學理論史》（隋唐五代宋元時期），黃保眞等（臺北：洪葉文化
　有限公司，1993 年初版）。

《中國文學散論》，張健（臺北：商務印書館，民國 57 年二版）。

《中國文學發展史》，劉大杰（臺北：華正書局，民國 74 年版）。

《中國詩史》（一），葛賢寧（臺北：中華文化，民國 45 年再版）。

《中國詩歌史》，張敬文（臺北：幼獅書局，民國 59 年出版）。

《中國詩歌史》，張建業（臺北：文津出版社，民國 84 年初版）。

《中國詩歌研究》，羅宗濤等（臺北：中央文物供應社，民國 74 年初版）。

《中國詩歌原理》，松浦友久著、孫昌武、鄭天剛譯（臺北：洪葉文化有
　限公司，1993 年初版一刷）。

《中國詩學》（考據篇），黃永武（臺北：巨流圖書公司，民國 66 年一版
　一印）。

《中國詩學》（思想篇），黃永武（臺北：巨流圖書公司，民國 66 年一版
　一印）。

《中國詩學》（設計篇），黃永武（臺北：巨流圖書公司，民國 66 年一版
　一印）。

《中國詩學》（鑑賞篇），黃永武（臺北：巨流圖書公司，民國 66 年一版
　一印）。

《中國歷代帝王譜系彙編》，貫虎臣（臺北：正中書局，民國 55 年臺初
　版）。

《中國歷代詩詞曲論專著提要》，霍松林主編（北京：北京師範學院出版
　社，1991 年第一版）。

《中說》，王通（臺北：商務印書館，民國 68 年臺一版（影印本））。

《六朝詠懷組詩研究》，李正治（師大國文研究所碩士論文，民國 69 年）。

《六朝隋唐文學研討會論文集》（嘉義：國立中正大學中國文學系所，民
　國 83 年）。

《太平御覽》，宋太宗（臺北：商務印書館，民國 64 年三版）。

《少室山房筆叢》，胡應麟（臺北：世界書局，民國 69 年再版）。

《文心雕龍札記》，黃侃（臺北：文星書局，民國 54 年）。

《文心雕龍注釋》，周振甫（臺北：里仁書局，民國 73 年）。

《文心雕龍校釋》，劉永濟（臺北：正中書局，民國 55 年）。

《文苑英華》，李昉等（臺北，新文豐出版社，民國 68 年初版）。

《文學與音律》，謝雲飛（臺北：東大圖書公司，民國 67 年初版）。

《文鏡秘府論》，遍照金剛（臺北：學海出版社，民國 63 年初版）。

《文鏡秘府論校注》，王利器（臺北：貫雅文化出版事業公司，民國 80
　年初版）。

《文獻通考》，馬端臨（臺北：新興書局，民五二新一版）。

《文體明辨》，徐師曾（北京：人民文學出版社，1963 年一版）。

《日知錄》，顧炎武（臺北：商務印書館，民國 54 年臺一版）。

《王梵志詩研究彙錄》，張錫厚（上海：上海古籍出版社，1990 年第一
　版）。

《北朝文學研究》，吳先寧（臺北：文津出版社，民國 82 年初版）。

《半軒集》，王行（臺北：台灣商務，民國 61 年影印本）。

《古今詩話叢編》（臺北：廣文書局，民國 60 年初版）。

《古今詩話續編》（臺北：廣文書局，民國 62 年初版）。

《古詩源》，沈德潛（臺北：台灣商務，民國 55 年臺一版）。

《四庫全書總目提要》，紀昀等（臺北：商務印書館，民國 72 年初版）。

《四溟詩話》，謝榛（北京：中華書局，1984 年新一版）。

《玉海》，王應麟（臺北：華文書局，民國 53 年初版）。

《由隱逸到宮體》，洪順隆（臺北，文史哲出版社，民國 73 年文一版）。

《白話文學史》，胡適（臺南：東海出版社，民國 65 年初版）。

《全唐文》，董誥等（臺北：文海出版社，民國 61 年三版）。

《全唐詩》，清聖祖御定（臺北：文史哲出版社，民國 67 年出版）。

《全唐詩外編》，王重民等（臺北：木鐸出版社，民國 72 年初版）。

《全唐詩尋幽探微》，墨人（臺北：商務印書館，民國 76 年初版）。

《全唐詩逸》，河世甯（臺北：廣文書局，民國 59 年初版）。

《全唐詩補編》，陳尚君輯校（北京：中華書局，1992 年第一版）。

《全唐詩話》，尤袤（臺北：新文豐書局，民國 74 年初版）。

《全唐詩稿本》，錢謙益等（臺北：聯經出版事業公司，民國 68 年初版）。

《百衲本二十四史》（臺北：商務印書館，民國 56 年臺一版）。

《百種詩話類編》，臺靜農主編（臺北：藝文印書館，民國 63 年初版）。

《宋元戲曲考》，王國維（臺北：藝文印書館，民國 63 年三版）。

《宋本廣韻》，陳彭年等（臺北：黎明文化事業公司，民國 65 年出版）。

《易餘籥錄》，焦循（臺北：文海書局，民國 56 年影印本）。

《河岳英靈集研究》，李珍華、傅璇琮（北京：中華書局，1992 年第一版）。

《牧齋有學集》，錢謙益（臺北：商務印書館，民國 54 年臺三版）。

《初唐詩學著述考》，王夢鷗（臺北：商務印書館，民國 66 年初版）。

《南朝詩研究》，王次澄（臺北：東吳大學中國學術著作獎助委員會，民國 73 年初版）。

《律詩研究》，簡明勇（臺北：文史哲出版社，民國 79 年五版）。

《昭明文選》，蕭統（臺北：華正書局，民國 79 年初版）。

《貞觀政要》，吳兢（臺北：河洛圖書出版社，民國 64 年初版）。

《修辭學》，黃慶萱（臺北：三民書局，民國 79 年增訂五版）。

《原詩》，葉燮（北京：人民書局，1979 年第一版）。

《唐人七言近體詩格律的研究》，席涵靜（臺北：昌言出版社，民國 65 年初版）。

《唐人年壽研究》，李燕捷（臺北：文津出版社，民國 83 年初版）。

《唐才子傳》，辛文房（臺北：世界書局，民國 49 年初版）。

《唐六典》，李林甫等撰（北京：中華書局出版，1992 年第一版）。

《唐太宗集》，吳云、冀宇編（西安：陝西人民出版社，1986 年第一版）。

《唐文粹》，姚鉉（臺北：商務印書館，民國 57 年臺一版）。

《唐代文學史略》，王士菁（合肥：安徽教育出版社，1990 年第一版）。

《唐代文學的文化精神》，鄧小軍（臺北：文津出版社，民國 82 年初版）。

《唐代文學演變史》，李從軍（北京：人民文學出版社，1993 年第一版）。

《唐代文學論著集目》，羅聯添編（臺北：學生書局，民國 68 年初版）。

《唐代交通圖考》，嚴耕望（臺北：中央研究院歷史語言研究所，民國 75 年出版）。

《唐代的詩篇》，平岡武夫主編（上海：上海古籍出版社，1991 第一版）。

《唐代詩人塞防思想》，黃麟書（九龍：造陽文學社，1980 年）。

《唐代詩文韻部研究》，鮑明遠（江蘇：江蘇古籍出版社，1990 年第一版）。

《唐代詩評中風格論之研究》，黃美鈴（臺北：文史哲出版社，民國 71 年初版）。

《唐代詩歌》，張步雲（長沙：湖南師範出版社，1992 年第一版）。

《唐代詩學》，正中書局編輯委員會（臺北：正中書局，民國 56 年臺初版）。

《唐代詩學》，張步雲（安徽，安徽教育出版社，1990 年一版一刷）。

《唐代邊塞詩研究論文選粹》（蘭州：甘肅教育出版社，1988 年第一版）。

《唐史新論》，李樹桐（臺北：中華書局，民國 61 年初版）。

《唐律疏議》，長孫無忌（臺北：商務印書館，民國 84 年初版）。

《唐音癸籤》，胡震亨（臺北：世界書局，民國 49 年初版）。

《唐會要》，王溥（臺北：世界書局，民國 70 年五版）。

《唐詩大辭典》，周勛初（上海：江蘇古籍出版社出版，1990 年第一版）。

《唐詩百話》，施蟄存（臺北：文史哲出版社，民國 83 年初版）。

《唐詩別裁》，沈德潛（臺北：商務印書館，民國 54 年臺一版）。

《唐詩形成的研究》，方瑜（臺北：牧童出版社，民國 64 年初版）。

《唐詩的傳承》，陳國球（臺北：學生書局，民國 79 年初版）。

《唐詩初箋簡編》，楊家駱編（臺北：鼎文書局，民國 60 年初版）。

《唐詩品彙》，高棅（臺北：學海出版社，民國 72 年初版）。

《唐詩研究》，胡雲翼（臺北：商務印書館，民國 76 年臺七版）。

《唐詩紀事》，計有功（臺北：鼎文書局，民國 60 年初版）。

《唐詩紀事校箋》，王仲鏞（成都：巴蜀書社，1989 年第一版）。

《唐詩淺探》，朱文長（臺北：商務印書館，民國 68 年初版）。

《唐詩通論》，劉開揚（成都：四川人民出版社，1981 年第一版）。

《唐詩答客難》，張天建（北京：學苑出版社，1991，一版二印

《唐詩集解》，許文雨（臺北：正中書局，民國 59 年臺三版）。

《唐詩解》，唐汝詢（臺南：莊嚴出版社，民國 86 年初版）。

《唐詩論文集續集》，劉開揚編（上海：上海古籍出版社，1987 年第一
版）。

《唐詩論文選集》，呂正惠（臺北：長安出版社，民國 74 年初版）。

《唐詩論評類編》，陳伯海主編（山東：山東教育出版社，1993 年第一
版）。

《唐詩學引論》，陳伯海（上海：知識出版社，1988 年第一版）。

《唐詩選》，中國社會科學院文學研究所編（北京：人民文學出版社，1978
年第一版）。

《唐詩選評》，李攀龍（臺北市：河洛圖書出版社，民國 63 年臺景印初
版）。

《唐詩體派論》，許總（臺北：文津出版社，民國 83 年初版）。

《唐摭言》，王定保（臺北：藝文印書館，民國 55 年影印本）。

《師友詩傳錄》，郎廷槐（臺北：商務印書館，民國 55 年臺一版）。

《桐江續集》，方回（臺北：商務印書館，民國 59 年初版）。

《袁中郎全集》，袁宏道（臺北：清流出版社，民國 65 年）。

《帶經堂詩話》，王士禎（臺北：廣文書局，民國 60 年）。

《捫蝨新話》，陳善（北京市：中華書局，1985 年新一版）。

《梁谿漫志》，費袞（臺北：商務印書館，民國 72 年初版）。

《清詩話》，丁福保編（臺北：木鐸出版社，民國 77 年初版）。

《通典》，杜佑（臺北：世界書局，民國 75 年影印

《詠史詩註析》，降大任（太原市：山西人民出版社，1985 年第一版）。

《詞曲史》，王易（廣文書局，民國 60 年三版）。

《隋唐中央權力結構及其演進》，雷家驥（臺北：東大圖書公司，民國
84 年初版）。

《隋唐五代文學思想史》，羅宗強（上海：上海古籍出版社，1986 年第
一版）。

《隋唐五代史》，王仲犖（上海：上海人民出版社，1988 年第一版）。

《隋唐五代史》，傅樂成（臺北：華岡出版有限公司，民國 60 年再版）。

《隋唐五代史》，呂思勉（臺北：九思出版社，民國 66 年臺一版）。

《隋唐史》，王壽南（臺北：三民書局，民國 75 年初版）。

《隋唐史》，岑仲勉（北京：中華書局，1982 年第一版）。

《隋唐嘉話》，劉餗（北京：中華書局，1979 年第一版）。

《隋書》，魏徵（臺北：鼎文書局，民國 69 年三版）。

《雲谿友議》，范攄（臺北：商務印書館，民國 70 年初版）。

《新編中國文學簡史》，金啓華（河南：中州古籍出版社，1989 年第一版）。

《滄浪詩話》，嚴羽（臺北：金楓出版社，民國 75 年

《滄浪詩話校釋》，郭紹虞（里仁書局，民國 76 年初版）。

《詩人玉屑》，魏慶之（臺北：九思出版有限公司，民國 67 年臺一版）。

《詩文聲律論稿》，啓功（香港：中華書局，1978 年初版）。

《詩式》，皎然（臺北：商務印書館，民國 54 年臺一版）。

《詩歌：智慧的水珠》，邵毅平（臺北：國際村文庫書店，1993 年初版）。

《詩歌原論》，劉聖旦（臺北：長歌出版社，民國 65 年初版）。

《詩論分類纂要》，朱任生編纂（臺北：商務印書館，民國 60 年初版）。

《詩學理論資料彙編》（臺北：華若文化事業有限公司，民國 74 年臺一版）。

《詩選與校箋》，聞一多（臺北：九思出版社，民國 67 年臺一版）。

《詩藪》，胡應麟（臺北：廣文書局，民國 72 年影印版）。

《詩體明辨》，徐師曾（臺北：廣文書局，民國 61 年初版）。

《資治通鑑》，司馬光（臺北：天工書局，民國 77 年再版）。

《甌原詩說》，冒春榮（上海：上海古籍出版社，1983 年第一版）。

《漢唐文學的嬗變》，葛曉音（北京：北京大學出版社，1990 年第一版）。

《漢唐貴族與才女詩歌研究》，張修蓉（臺北：文史哲出版社，民國 74 年初版）。

《漢語詩律學》，王力（上海：上海教育出版社，1963 年新一版）。

《說詩晬語詮評》，蘇文擢（臺北：文史哲出版社，民國 74 年修訂再版）。

《齊梁詩探微》，盧清青（臺北：文史哲出版社，民國 73 年初版）。

《樂府詩集》，郭茂倩編（臺北：里仁書局，民國 69 年初版）。

《談藝錄》，錢鍾書（臺北：書林出版社，民國77年補訂本）。

《歷代名人生卒年表》，梁廷燦編（臺北：商務印書館，民國68年臺二版）。

《歷代詩話》，何文煥編（臺北：藝文印書館，民國60年三版）。

《歷代詩話論作家》（一），常振國、降雲編（臺北：黎明文化事業公司，民國82年初版）。

《歷代詩話論作家》（三），常振國、降雲編（臺北：黎明文化事業公司，民國82年初版）。

《歷代詩話續編》，丁福保編（臺北：木鐸出版社，民國72年初版）。

《興亡千古事》，蔡英俊（臺北：月房子出版，民國83年初版）。

《龜山先生語錄》，楊時（臺北：商務印書館，民國65年台二版）。

《禪學與唐宋詩學》，杜松柏（臺北：黎明文化事業公司，民國65年初版）。

《薑齋詩話》，王夫之（北京：人民文學出版社，1961年第一版）。

《叢書子目類編》，楊家駱編（臺北：中國學典館，民國66年三版）。

《舊詩略論》，梁春芳（南京：正中書局，民國37年初版）。

《顏氏家訓》，顏之推（臺北：中華書局，民國55年臺一版）。

《曝書亭集》，朱彝尊（臺北：商務印書館，民國57年臺一版）。

《瀛奎律髓》，方回（上海：上海古籍出版社，1993年第一版）。

《韻語陽秋》，葛立方（北京：中華書局，1985年新一版）。

《嚴羽及其詩研究》，黃景進（臺北：文史哲出版社，民國75年初版）。

《續唐詩話》，沈炳巽（臺北：鼎文書局，民國60年初版）。

《讀通鑑論》，王夫之（臺北：廣文書局，民國63年再版）。